Agatha Christie®

Treze à mesa

Tradução de Bruno Alexander

www.lpm.com.br

L&PM POCKET

Coleção **L&PM** POCKET, vol. 1202

Texto de acordo com a nova ortografia.
Título original: *Lord Edgware Dies*

Primeira edição na Coleção **L&PM** POCKET: fevereiro de 2016
Esta reipressão: janeiro de 2025

Tradução: Bruno Alexander
Capa: designedbydavid.co.uk © HarperCollins/Agatha Christie Ltd. 2008
Preparação: Marianne Scholze
Revisão: Lia Cremonese

CIP-Brasil. Catalogação na publicação
Sindicato Nacional dos Editores de Livros, RJ.

C479t
Christie, Agatha, 1890-1976
Treze à mesa / Agatha Christie ; tradução Bruno Alexander.
– 1. ed. – Porto Alegre, RS : L&PM, 2025.
272 p. ; 18 cm. (Coleção L&PM POCKET, v. 1202)

Tradução de: *Lord Edgware Dies*
ISBN 978-85-254-3384-8

1. Ficção inglesa. I. Alexander, Bruno. II. Título.

16-30034 CDD: 823
CDU: 821.111-3

Rua Comendador Coruja, 314, loja 9 – Floresta – 90.220-180
Porto Alegre – RS – Brasil / Fone: 51.3225.5777

Pedidos & Depto. Comercial: vendas@lpm.com.br
Fale conosco: info@lpm.com.br
www.lpm.com.br

Impresso no Brasil
Verão de 2025

Agatha Christie

(1890-1976)

Agatha Christie é a autora mais publicada de todos os tempos, superada apenas por Shakespeare e pela Bíblia. Em uma carreira que durou mais de cinquenta anos, escreveu 66 romances de mistério, 163 contos, dezenove peças, uma série de poemas, dois livros autobiográficos, além de seis romances sob o pseudônimo de Mary Westmacott. Dois dos personagens que criou, o engenhoso detetive belga Hercule Poirot e a irrepreensível e implacável Miss Jane Marple, tornaram-se mundialmente famosos. Os livros da autora venderam mais de dois bilhões de exemplares em inglês, e sua obra foi traduzida para mais de cinquenta línguas. Grande parte da sua produção literária foi adaptada com sucesso para o teatro, o cinema e a tevê. *A ratoeira*, de sua autoria, é a peça que mais tempo ficou em cartaz, desde sua estreia, em Londres, em 1952. A autora colecionou diversos prêmios ainda em vida, e sua obra conquistou uma imensa legião de fãs. Ela é a única escritora de mistério a alcançar também fama internacional como dramaturga e foi a primeira pessoa a ser homenageada com o Grandmaster Award, em 1954, concedido pela prestigiosa associação Mystery Writers of America. Em 1971, recebeu o título de Dama da Ordem do Império Britânico.

Agatha Mary Clarissa Miller nasceu em 15 de setembro de 1890 em Torquay, Inglaterra. Seu pai, Frederick, era um americano extrovertido que trabalhava como corretor da Bolsa, e sua mãe, Clara, era uma inglesa tímida. Agatha, a caçula de três irmãos, estudou basicamente em casa, com tutores. Também teve aulas de canto e piano, mas devido ao temperamento introvertido não seguiu carreira artística. O pai de Agatha morreu quando ela tinha onze anos, o que a aproximou da mãe, com quem fez várias viagens. A paixão por conhecer o mundo acompanharia a escritora até o final da vida.

Em 1912, Agatha conheceu Archibald Christie, seu primeiro marido, um aviador. Eles se casaram na véspera do Natal de 1914 e tiveram uma única filha, Rosalind, em 1919. A carreira literária de Agatha – uma fã dos livros de suspense do escritor inglês Graham Greene – começou depois que sua irmã a desafiou a escrever um romance. Passaram-se alguns anos até que o primeiro livro da escritora fosse publicado. *O misterioso caso de Styles* (1920), escrito próximo ao fim da Primeira Guerra Mundial, teve uma boa acolhida da crítica. Nesse romance aconteceu a primeira aparição de Hercule Poirot, o detetive que estava destinado a se tornar o personagem mais popular da ficção policial desde Sherlock Holmes. Protagonista de 33 romances e mais de cinquenta contos da autora, o detetive belga foi o único personagem a ter o obituário publicado pelo *The New York Times*.

Em 1926, dois acontecimentos marcaram a vida de Agatha Christie: a sua mãe morreu, e Archie a deixou por outra mulher. É dessa época também um dos fatos mais nebulosos da biografia da autora: logo depois da separação, ela ficou desaparecida durante onze dias. Entre as hipóteses figuram um surto de amnésia, um choque nervoso e até uma grande jogada publicitária. Também em 1926, a autora escreveu sua obra-prima, *O assassinato de Roger Ackroyd*. Este foi seu primeiro livro a ser adaptado para o teatro – sob o nome *Álibi* – e a fazer um estrondoso sucesso nos teatros ingleses. Em 1927, Miss Marple estreou como personagem no conto "O Clube das Terças-Feiras".

Em uma de suas viagens ao Oriente Médio, Agatha conheceu o arqueólogo Max Mallowan, com quem se casou em 1930. A escritora passou a acompanhar o marido em expedições arqueológicas e nessas viagens colheu material para seus livros, muitas vezes ambientados em cenários exóticos. Após uma carreira de sucesso, Agatha Christie morreu em 12 de janeiro de 1976.

Para o dr. e a sra. Campbell Thompson

Sumário

Capítulo 1 – Uma representação teatral 9
Capítulo 2 – Um jantar 20
Capítulo 3 – O homem do dente de ouro 31
Capítulo 4 – Uma entrevista 42
Capítulo 5 – Assassinato 53
Capítulo 6 – A viúva 62
Capítulo 7 – A secretária 72
Capítulo 8 – Possibilidades 82
Capítulo 9 – A segunda morte 88
Capítulo 10 – Jenny Driver 96
Capítulo 11 – A egoísta 106
Capítulo 12 – A filha 115
Capítulo 13 – O sobrinho 123
Capítulo 14 – Cinco perguntas 132
Capítulo 15 – Sir Montagu Corner 142
Capítulo 16 – Só conversa 149
Capítulo 17 – O mordomo 154
Capítulo 18 – O outro homem 161
Capítulo 19 – Uma grande dama 172
Capítulo 20 – O motorista de táxi 179
Capítulo 21 – A história de Ronald 186
Capítulo 22 – O estranho comportamento de Hercule Poirot 193
Capítulo 23 – A carta 202
Capítulo 24 – Notícias de Paris 213
Capítulo 25 – Um almoço 219
Capítulo 26 – Paris? 226

Capítulo 27 – A respeito do pincenê.......................234
Capítulo 28 – Poirot faz algumas perguntas.............242
Capítulo 29 – Poirot fala..248
Capítulo 30 – A história...259
Capítulo 31 – Um documento humano 265

Capítulo 1

Uma representação teatral

A memória do público é fraca. Todo o alvoroço e interesse causados pelo assassinato de George Alfred St. Vincent Marsh, quarto Barão Edgware, já pertencem ao passado. Foram substituídos por novas sensações.

Meu amigo Hercule Poirot nunca foi mencionado abertamente em relação ao caso. Devo dizer que isso estava totalmente de acordo com seu desejo. Ele não queria que seu nome aparecesse. Outra pessoa levou o crédito – exatamente o que Poirot desejava. Além disso, na singular opinião pessoal de Poirot, o caso constitui um de seus fracassos. Ele jura ter sido a observação casual de um desconhecido na rua o que o colocou no rumo certo.

Seja como for, foi seu gênio que apurou a verdade da história. Não fosse por ele, duvido que tivessem descoberto o culpado do crime.

Sinto, portanto, que chegou a hora de pôr em pratos limpos tudo o que sei sobre o caso. Conheço todos os detalhes do assunto e posso dizer que, procedendo dessa maneira, estarei satisfazendo a vontade de uma senhora de raro fascínio.

Nunca me esquecerei daquele dia na sala de visitas discreta e arrumada de Poirot quando, caminhando de um lado para o outro sobre a mesma faixa do tapete, meu pequeno amigo nos fez um resumo magistral e assombroso do caso. Começarei minha narrativa pelo mesmo ponto que ele o fez na ocasião – um teatro londrino, em junho do ano passado.

Carlotta Adams causava furor em Londres na época. No ano anterior, apresentara dois espetáculos que fizeram um sucesso estrondoso. Dessa vez, a temporada era de três semanas e se encerraria na noite seguinte.

Carlotta Adams era uma jovem americana com um talento impressionante para interpretar esquetes individuais sem auxílio de maquiagem ou cenário. Parecia falar qualquer idioma sem dificuldade. O número em que descrevia uma noite num hotel estrangeiro era realmente maravilhoso. Um a um, turistas americanos e alemães, famílias inglesas de classe média, mulheres de reputação duvidosa, aristocratas russos empobrecidos e garçons fatigados desfilavam em rápida sucessão pelo palco.

Os esquetes oscilavam entre a seriedade e o humorismo. Um deles, em que uma mulher tcheca agonizava no leito do hospital, dava um nó na garganta. No minuto seguinte, estávamos nos contorcendo de rir com um dentista que realizava seu trabalho tagarelando tranquilamente com as vítimas.

O programa terminava com o que ela anunciava como "algumas imitações".

Nisso também ela era ótima. Sem maquiagem alguma, de repente suas feições pareciam desaparecer, adquirindo a expressão de um político famoso, uma atriz conhecida ou uma beldade social. Para cada personagem, tinha uma fala curta e característica. Essas falas, a propósito, demonstravam profundo espírito de observação. Pareciam desnudar todos os pontos fracos do sujeito selecionado.

Uma das últimas imitações era a de Jane Wilkinson – jovem e talentosa atriz americana, bastante conhecida em Londres. Uma imitação muito bem feita, realmente. Falava idiotices com tanta propriedade que acabávamos sentindo que o assunto era de suma importância. A voz, cheia de musicalidade, tinha um timbre grave e rouco, fascinante. Os gestos contidos, de estranhos significados, o corpo ligeiramente sinuoso, até a impressão de extrema beleza física – como é que ela conseguia? Não dá para imaginar!

Sempre admirei a bela Jane Wilkinson. Ela me impressionava em papéis dramáticos, e sempre sustentei, perante os que lhe reconheciam a beleza, mas negavam-lhe o talento de atriz, que nela havia uma força histriônica considerável.

Foi um pouco inquietante, ao ouvir aquela voz familiar, ligeiramente rouca, com o toque de fatalismo que tantas vezes me emocionara, e ver aquele gesto aparentemente pungente da mão que se fechava e abria devagar, a cabeça jogada de repente para trás, os cabelos descobrindo o rosto, constatar que ela sempre fazia isso no auge de uma cena dramática.

Jane Wilkinson era dessas atrizes que abandonaram o palco pelo casamento para só voltar poucos anos depois.

Três anos antes, casara-se com o rico, porém excêntrico, lorde Edgware. Corriam boatos de que ela o deixou pouco tempo depois. De qualquer maneira, dezoito meses após o casamento já estava filmando nos Estados Unidos, e nessa temporada aparecera numa peça de sucesso em Londres.

Assistindo à imitação de Carlotta Adams, boa, mas talvez um pouco maliciosa, ocorreu-me conjeturar sobre a opinião que os modelos escolhidos teriam dessas imitações. Ficavam felizes com a notoriedade, a promoção que lhes proporcionavam? Ou se aborreciam com o que, afinal, redundava numa exposição proposital dos macetes de seu ofício? Será que Carlotta Adams não se colocava na posição do mágico rival que diz: "Ora, esse truque é velho! Muito simples. Vou lhes mostrar como se faz!"?

Cheguei à conclusão de se fosse *eu* o sujeito em questão, ficaria muito aborrecido. Trataria de disfarçar meu descontentamento, claro, mas com certeza não gostaria. A pessoa precisa ter a cabeça muito aberta e grande senso de humor para tolerar uma exposição impiedosa dessas.

Acabara de pensar isso quando a gostosa gargalhada rouca em cena ecoou às minhas costas.

Virei bruscamente a cabeça. Na poltrona logo atrás da minha, curvada para a frente, com os lábios entreabertos, encontrava-se o alvo da imitação: lady Edgware, mais conhecida como Jane Wilkinson.

Constatei de imediato que minhas conclusões estavam completamente erradas. Lady Edgware curvava-se para a frente, de lábios entreabertos, com expressão de prazer e encantamento no olhar.

Quando o número terminou, ela aplaudiu com vontade, rindo e virando-se para o acompanhante, um sujeito alto, extremamente bonito, o perfeito deus grego, cujo rosto eu conhecia mais da tela que do palco. Era Bryan Martin, o ídolo de cinema mais popular da época. Ele e Jane Wilkinson coestrelaram diversos filmes.

– Ela é maravilhosa, não? – exclamou lady Edgware.

O outro riu.

– Jane, que entusiasmo!

– Mas eu a achei maravilhosa mesmo! Muito melhor do que eu imaginava.

Não consegui ouvir a resposta espirituosa de Bryan Martin. Carlotta Adams já havia começado outra improvisação.

O que aconteceu em seguida, tenho certeza, foi uma coincidência bastante curiosa.

Depois do teatro, Poirot e eu fomos jantar no Savoy.

Bem na mesa vizinha, encontravam-se lady Edgware, Bryan Martin e duas outras pessoas que eu não conhecia. Enquanto eu chamava a atenção de Poirot para o grupo, outro casal entrou e ocupou a mesa seguinte. O rosto da mulher não me era estranho, mas, por incrível que pareça, não a identifiquei logo.

De repente, percebi que era Carlotta Adams! O homem eu não conhecia. Bem-vestido, tinha um semblante alegre, um tanto quanto vazio. Não me agradava.

Carlotta Adams. Toda de preto, não chamava atenção. Seu rosto não suscitava interesse ou reconhecimento imediato. Era um desses rostos versáteis, que se prestam perfeitamente à arte da mímica. Podia assumir facilmente qualquer personalidade, mas não tinha individualidade.

Transmiti essas reflexões a Poirot. Ele escutou com atenção, a cabeça oval ligeiramente inclinada para um lado, lançando um rápido olhar para as duas mesas em questão.

– Quer dizer que essa é lady Edgware? Sim, lembro... Já a vi atuar. Uma *belle femme*.

– E ótima atriz.

– Possivelmente.

– Você não parece convencido.

– Creio que depende do contexto, meu caro. Se ela estiver no centro da ação, se tudo girar em torno dela... sim, será uma boa atriz. Duvido que seja capaz de interpretar um papel pequeno ou o de um personagem excêntrico. A peça tem que ser escrita *sobre* ela e *para* ela. Ela me parece o tipo de mulher que está interessada só em si mesma. – Fez uma pausa e acrescentou, de modo bastante inesperado: – Gente assim corre grande perigo na vida.

– Perigo? – retruquei surpreso.

– Pelo visto, usei uma palavra que o surpreende, *mon ami*. Sim, perigo. Porque uma mulher dessas só enxerga uma coisa pela frente: a si mesma. Não vê os perigos e riscos que a cercam, os milhões de interesses e relacionamentos conflituosos da vida. Não. Só enxerga o próprio umbigo. Por isso, mais cedo ou mais tarde, a situação acaba em desastre.

Fiquei interessado. Admiti a mim mesmo que jamais teria tido semelhante ponto de vista.

– E a outra? – perguntei.

– A srta. Adams?

Desviou o olhar para a mesa dela.

– E? – perguntou, sorridente. – O que você quer que eu diga sobre ela?

– Somente sua impressão.

– *Mon cher*, está me achando com cara de clarividente que lê a palma e adivinha o caráter?

– Você faria isso melhor do que a maioria – respondi.

– Você confia mesmo em mim, Hastings. Chego a ficar comovido. Não sabe, meu caro, que cada um de nós é um negro mistério, um labirinto de paixões, atitudes e desejos conflituosos? *Mais oui, c'est vrai.* Tiramos nossas conclusões... que noventa por cento das vezes são erradas.

– Não no caso de Hercule Poirot – afirmei, com um sorriso.

– Mesmo Hercule Poirot! Oh! Sei muito bem que você sempre me achou um pouco pretensioso, mas posso lhe garantir que sou uma pessoa bastante modesta, na verdade.

Ri.

– Você? Modesto?

– Pois é. Exceto, admito, em relação ao meu bigode, do qual me orgulho. Não encontrei em Londres nenhum que se compare.

– Fique tranquilo – falei, com ironia. – Não existe. Quer dizer que não se arrisca a opinar a respeito de Carlotta Adams?

– *Elle est artiste!* – disse Poirot simplesmente. – Isso já diz quase tudo, não?

– Seja como for, não acha que ela corre perigo na vida?

– Todos nós corremos, meu caro – filosofou Poirot. – A desgraça sempre está à espreita. Mas, em relação à sua pergunta, a srta. Adams deverá se sair bem. Ela é arguta, e não só isso. Você deve ter reparado que ela é judia, não?

Eu não tinha reparado, mas, agora que ele falava, conseguia identificar leves traços de ancestralidade semítica.

– Isso contribui para o êxito – continuou Poirot. – Embora ainda haja uma possibilidade de perigo, já que é de perigo que estamos falando.

– Qual?

– O amor ao dinheiro. O amor ao dinheiro pode desviar uma pessoa como ela do caminho da prudência.

– Isso pode acontecer com todos nós – retorqui.

– É verdade, mas tanto você quanto eu perceberíamos o risco. Pesaríamos os prós e os contras. A pessoa que só se importa com dinheiro fica cega para o resto.

Ri da seriedade dele.

– Esmeralda, a rainha cigana – comentei, de brincadeira.

– A psicologia da personalidade é interessante – continuou Poirot, sem mudar de assunto. – Não há como se interessar por crimes sem se interessar pela psicologia. Não é o mero ato de matar, mas o que existe *por trás* que interessa ao especialista. Está acompanhando meu raciocínio, Hastings?

Respondi que estava acompanhando perfeitamente.

– Percebi que, quando trabalhamos juntos em algum caso, você está sempre me impelindo a ações físicas, Hastings. Quer que eu meça pegadas, analise cinzeiros, deite de barriga para baixo no chão para examinar detalhes. Nunca se deu conta de que, deitados numa poltrona de olhos fechados, podemos chegar mais rápido à solução de qualquer problema. Enxergamos com os olhos da mente.

– Eu não – contestei. – Quando me deito numa poltrona de olhos fechados, só acontece uma coisa, e sempre a mesma!

– Já reparei! – disse Poirot. – É curioso. Nesses momentos, o cérebro deveria estar trabalhando febrilmente, não mergulhar na letargia. A atividade mental é tão interessante, tão estimulante! O emprego da massa cinzenta é um verdadeiro prazer espiritual. Só assim somos capazes de vencer a bruma e chegar à verdade...

Acho que peguei o costume de me distrair toda vez que Poirot fala em massa cinzenta. É que ele já falou muito.

Dessa vez, minha atenção foi desviada para as quatro pessoas sentadas à mesa ao lado. Quando o solilóquio de Poirot chegou ao fim, comentei, sem conseguir conter o riso:

– Parece que você fez sucesso, Poirot. A bela lady Edgware não tira os olhos de você.

– Deve saber a respeito da minha identidade – disse Poirot, tentando bancar o modesto.

– Acho que é o famoso bigode – opinei. – A moça está encantada.

Poirot cofiou o bigode sub-repticiamente.

– Não há como negar que ele é único – disse. – Ah, meu caro, esse bigode "escovinha", como se diz, que você usa... é um horror... uma atrocidade... uma afronta às leis da natureza. Desista dele, meu caro, eu lhe imploro.

– Nossa – exclamei, ignorando o apelo de Poirot. – Ela está se levantando. Acho que vem falar conosco. Bryan Martin está reclamando, mas ela não mudará de ideia.

Dito e feito. Jane Wilkinson levantou-se impetuosamente da cadeira e veio à nossa mesa. Poirot ergueu-se com uma reverência, e eu fiz o mesmo.

– Monsieur Hercule Poirot, não? – perguntou a voz suave e rouca.

– Às suas ordens.

– Monsieur Poirot, quero falar com o senhor. Preciso, aliás.

– Mas claro, madame. Não quer se sentar?

– Não, não. Aqui não. Quero conversar com o senhor em particular. Vamos subir para o meu apartamento.

Bryan Martin, que se aproximara, disse com uma risada crítica:

– Você precisa esperar um pouco, Jane. Estamos no meio do jantar. E monsieur Poirot também.

Mas não era fácil demover Jane Wilkinson de seu intuito.

– E daí, Bryan? É só pedirmos que mandem o jantar para o quarto. Você poderia fazer isso, não? E, Bryan...

Foi atrás dele, que já se afastava, insistindo para que fizesse alguma coisa. Minha impressão foi a de que ele relutava, balançando a cabeça, de testa franzida. Mas ela falou de maneira ainda mais enfática e, finalmente, com um encolher de ombros, ele cedeu.

Uma ou duas vezes durante a cena ela olhou de relance para a mesa onde estava Carlotta Adams, e fiquei me perguntando se o que ela sugeria não teria alguma coisa a ver com a americana.

Encerrado o assunto, Jane voltou, triunfante.

– Vamos subir – disse, incluindo-me com um sorriso estonteante.

A questão de concordarmos ou não com seu plano, pelo visto, não lhe ocorrera. Arrastou-nos sem a mínima menção de desculpas.

– Que sorte a minha encontrá-lo aqui esta noite, monsieur Poirot – disse, conduzindo-nos ao elevador. – É incrível como tudo parece dar certo comigo. Eu estava quebrando a cabeça pensando o que fazer quando levanto os olhos e vejo o senhor na mesa ao lado. Pensei: "Monsieur Poirot me mostrará o caminho".

Interrompeu-se para dizer "segundo andar" ao ascensorista.

– Se eu puder ajudá-la... – começou Poirot.

– Tenho certeza de que pode. Ouvi dizer que o senhor é o homem mais fabuloso que já existiu. Alguém precisa me tirar dessa confusão em que me meti, e sinto que o senhor é a pessoa perfeita.

Saímos no segundo andar, e ela tomou a dianteira no corredor, parando em frente a uma porta e entrando num dos apartamentos mais suntuosos do Savoy.

Jogando a manta branca de pele em cima de uma cadeira e a pequena bolsa cravada com pedras preciosas sobre a mesa, a atriz mergulhou numa poltrona e exclamou:

– Monsieur Poirot, não sei exatamente como, mas *preciso* me livrar do meu marido!

Capítulo 2

Um jantar

Depois da surpresa inicial, Poirot se recuperou.

– Mas, madame – disse ele com o olhar cintilante –, livrar-se de maridos não é a minha especialidade.

– Claro que não. Eu sei disso.

– A senhora precisa é de um advogado.

– É aí que o senhor se engana. Estou cheia de advogados. Já tive advogados corretos, advogados ladrões, e nenhum me ajudou. Os advogados limitam-se a conhecer as leis. Parece que não têm o mínimo senso comum.

– E a senhora acha que eu tenho?

Ela deu uma risada.

– Ouvi dizer que o senhor é o suprassumo dessa área, monsieur Poirot.

– *Comment?* Suprassumo? Não compreendo.

– Bem... que o senhor é *o maior.*

– Madame, talvez eu seja inteligente, talvez não. Para usar da franqueza, sou. Por que fingir que não? Mas seu pequeno impasse não faz meu *gênero.*

– Não vejo por quê. É um problema.

– Oh! Um problema!

– E difícil – continuou Jane Wilkinson. – Não imagino que o senhor seja um homem que se acanhe diante de dificuldades.

– Devo elogiá-la pela capacidade de observação, madame. Mas, mesmo assim, não faço investigações para divórcio. Não é bonito... *ce métier là.*

– Meu querido, não estou lhe pedindo para ser espião. Não adiantaria. Mas preciso me livrar do homem, e tenho certeza de que o senhor pode me indicar uma maneira.

Poirot fez uma pausa antes de responder. Quando respondeu, havia um tom novo em sua voz.

– Primeiro me diga, madame, por que a senhora está tão ansiosa em "se livrar" de lorde Edgware?

Não houve demora nem hesitação na resposta, que veio rápida e direta.

– Ora, não é óbvio? Porque quero me casar de novo. Por que mais seria?

Arregalou com pureza os grandes olhos azuis.

– Mas qual o problema de conseguir um divórcio?

– O senhor não conhece o meu marido, monsieur Poirot. Ele é... é... – ela estremeceu. – Não sei como explicar. É um sujeito estranho... não é como as outras pessoas. – Fez uma pausa e continuou: – Ele nunca deveria ter se casado... com ninguém. Sei do que estou falando. Não sei descrevê-lo, mas ele é... estranho. Sua primeira esposa fugiu. Deixou um bebê de três meses. Ele jamais se divorciou dela, e ela morreu na miséria em algum país do exterior. Depois, casou-se comigo. Bem... não aguentei. Fiquei com medo. Abandonei-o e fui para os Estados Unidos. Não tenho motivo para pedir divórcio e, se lhe desse um, ele nem perceberia. Ele... é uma espécie de fanático.

– Em certos Estados americanos, a senhora poderia conseguir o divórcio, madame.

– Não adianta para mim. Não se eu quiser morar na Inglaterra.

– E a senhora quer morar na Inglaterra?

– Sim.

– Com quem pretende se casar?

– Eis a questão. Com o duque de Merton.

Contive-me para não soltar uma exclamação. O duque de Merton era o desespero das mães casamenteiras.

Jovem com tendências monacais, anglicano ferrenho, constava que vivia sob o jugo da mãe, a terrível duquesa. Tinha uma vida de extrema austeridade, colecionando porcelana chinesa e com reputação de esteta. Diziam que não dava a mínima para mulheres.

– Sou simplesmente louca por ele – disse Jane, sentimental. – Ele é diferente de todo mundo que eu conheço, e o castelo da família é uma coisa fabulosa. A situação toda é de um romantismo sem precedentes. E ele ainda é bonito, lindo. Uma espécie de monge dos sonhos.

Fez uma pausa.

– Vou deixar os palcos quando me casar. Perdi o interesse pelo teatro.

– E, enquanto isso – comentou Poirot com ironia –, lorde Edgware atrapalha esses sonhos românticos.

– Sim. E está me levando ao desespero. – Recostou-se, pensativa. – Evidentemente, se estivéssemos em Chicago, eu poderia dar cabo dele com a maior facilidade, mas aqui vocês não parecem contratar pistoleiros.

– Aqui – retrucou Poirot, sorrindo – consideramos que todo ser humano tem direito à vida.

– Não sei, não. Acho que vocês estariam muito melhor sem alguns políticos. E sabendo o que sei sobre Edgware, creio que ele não seria nenhuma perda... muito pelo contrário.

Bateram à porta, e um garçom entrou com os pratos do jantar. Jane Wilkinson continuou a discutir o problema sem dar a menor importância à sua presença.

– Mas não quero que o senhor o mate para mim, monsieur Poirot.

– *Merci*, madame.

– Pensei que talvez o senhor pudesse convencê-lo de alguma maneira, fazer com que ele concorde com a ideia do divórcio. Tenho certeza de que o senhor é capaz.

– Acho que a senhora superestima meus poderes de persuasão, madame.

– Ah, mas o senhor certamente encontrará *alguma* solução, monsieur Poirot. – Curvou-se para a frente, arregalando novamente os olhos azuis. – O senhor quer que eu seja feliz, não quer?

Sua voz era suave, baixa, deliciosamente sedutora.

– Quero que todo mundo seja feliz – retorquiu Poirot, com sensatez.

– Sim, mas eu não estava pensando em todo mundo. Estava pensando somente em mim.

– Eu diria que é o que a senhora sempre faz, madame.

Poirot sorriu.

– O senhor acha que sou egoísta?

– Oh! Não foi o que eu disse, madame.

– Mas eu devo ser egoísta mesmo. Só que detesto ser infeliz. Chega a prejudicar meu trabalho. E vou viver sempre infeliz, a menos que ele aceite o divórcio... ou morra. Pensando bem – prosseguiu, pensativa –, seria muito melhor se ele morresse. Eu me sentiria definitivamente livre.

Olhou para Poirot em busca de solidariedade.

– O senhor *vai* me ajudar, não vai, monsieur Poirot?

Levantou-se, pegou a manta branca e fitou Poirot com um olhar suplicante no rosto. Ouvi um rumor de vozes no corredor. A porta estava entreaberta.

– Caso contrário... – continuou ela.

– Caso contrário...?

Ela riu.

– Vou ter que chamar um táxi e dar cabo dele eu mesma.

Rindo, desapareceu por uma porta que dava para uma peça contígua no momento exato em que Bryan Martin entrava com a moça americana, Carlotta Adams, seu acompanhante e as duas pessoas que haviam jantado com ele e Jane Wilkinson. Eles me foram apresentados como sr. e sra. Widburn.

– Olá! – disse Bryan. – Onde está Jane? Quero lhe dizer que me saí bem na incumbência que me deu.

Jane apareceu à porta do quarto. Segurava um batom.

– Conseguiu trazê-la? Maravilha. Srta. Adams, gostei tanto do seu trabalho que queria conhecê-la pessoalmente. Entre aqui para conversarmos enquanto dou um jeito no rosto. Devo estar horrível.

Carlotta Adams aceitou o convite. Bryan Martin atirou-se numa poltrona.

– Muito bem, monsieur Poirot – disse. – O senhor foi devidamente capturado. Nossa querida Jane conseguiu convencê-lo de lutar pela sua causa? Melhor ceder logo. Ela não aceita "não" como resposta.

– Talvez nunca tenha ouvido essa resposta.

– Uma personalidade muito interessante, a de Jane – disse Bryan Martin. Reclinou-se na poltrona e soprou a fumaça do cigarro ociosamente para o alto. – Tabus não significam nada para ela. Nem princípios éticos. Não diria que ela é imoral. Estaria sendo injusto. Amoral é a palavra. Só enxerga uma coisa na vida: o que ela deseja.

Riu.

– Acredito que mataria com a maior tranquilidade. E ficaria chateada se a pegassem e quisessem enforcá-la por isso. O problema é que ela *seria* pega. Não tem imaginação. Sua ideia de assassinato seria pegar um táxi, usando o próprio nome, e atirar.

– Só queria saber por que você está falando isso – murmurou Poirot.

– Hã?

– Você a conhece bem, monsieur?

– Acho que sim.

Riu novamente, mas a risada me pareceu forçada.

– Vocês concordam, não? – perguntou para os outros.

– Oh! Jane é uma egoísta – disse a sra. Widburn. – Mas uma atriz precisa ser, se quiser expressar sua personalidade.

Poirot não disse nada. Fitava o rosto de Bryan Martin com uma curiosa expressão especulativa que não consegui decifrar.

Nesse momento, Jane irrompeu do quarto vizinho, seguida de Carlotta Adams. Presumo que já tivesse "dado um jeito no rosto", seja lá o que isso signifique, de um modo que lhe parecia satisfatório. Para mim, estava exatamente como antes e incapaz de melhoria.

O jantar foi muito animado, embora por vezes eu tivesse a sensação de que havia correntes subterrâneas que eu não conseguia definir.

Jane Wilkinson não mostrou a menor sutileza. Era obviamente uma moça que só se ocupava de uma coisa de cada vez. Desejara ter uma conversa com Poirot e conseguira o que queria sem demora. Agora estava, evidentemente, de muito bom humor. O desejo de incluir Carlotta Adams no jantar, concluí, havia sido por mero capricho. Divertira-se imensamente, como uma criança, com a maravilhosa imitação de si mesma.

Não, as correntes subterrâneas que eu sentira não tinham nada a ver com Jane Wilkinson. Em que direção corriam?

Analisei os convidados, um por um. Bryan Martin? Realmente, ele não se comportava com naturalidade. Mas isso, pensei, podia ser simplesmente característica de um artista de cinema. A exagerada inibição de um homem vaidoso, acostumado demais a desempenhar um papel para poder descartá-lo facilmente.

Carlotta Adams, pelo menos, comportava-se com naturalidade. Era uma moça calma, de voz grave e agradável. Examinei-a com certa atenção agora que tinha a oportunidade de fazê-lo bem de perto. A meu ver, tinha seu encanto, embora um tanto negativo. Consistia numa ausência de qualquer nota dissonante ou estridente. Era a personificação da harmonia. Seu próprio aspecto era negativo. Cabelo preto, olhos de um azul pálido, rosto branco e uma boca imprevisível. Uma fisionomia agradável, mas difícil de reconhecer se a encontrássemos, digamos, com outra roupa.

Parecia satisfeita com a gentileza e os elogios de Jane. Qualquer moça ficaria, pensei. E então, nesse instante, aconteceu algo que me obrigou a rever essa opinião um pouco precipitada.

Carlotta Adams olhava para a anfitriã do outro lado da mesa, que, nesse momento, virava a cabeça para falar com Poirot. Havia uma estranha qualidade perscrutadora naquele olhar – um cálculo deliberado, e surpreendi uma hostilidade bem definida naqueles olhos azuis claros.

Fantasia, talvez. Ou possivelmente inveja profissional. Jane era uma atriz de sucesso, definitivamente consagrada. Carlotta dava seus primeiros passos naquele caminho.

Olhei para os outros três participantes do grupo. O sr. e a sra. Widburn. O que dizer deles? Ele era um homem alto, cadavérico; ela, rechonchuda, loura, efusiva. Pareciam pessoas ricas, apaixonados por tudo que tivesse a ver com teatro. Recusavam-se, aliás, a falar de outro assunto. Devido à minha recente ausência da Inglaterra, descobriram que eu estava bastante mal informado e, por fim, a sra. Widburn, virando-me as costas roliças, esqueceu-se completamente de que eu existia.

O último membro do grupo era o rapaz moreno, de rosto redondo e jovial, que acompanhava Carlotta Adams. Desde o início, desconfiei de que ele não estava tão sóbrio. À medida que tomava mais champanhe, isso se tornou ainda mais óbvio.

Parecia estar sofrendo de um profundo sentimento de injustiça. Na primeira metade do jantar, manteve um silêncio taciturno. Já na segunda, desabafou comigo, como se eu fosse um de seus melhores amigos.

– O que eu quero dizer – falou. – Não é. Não, meu caro, não é...

Omito a dificuldade de articular as palavras.

– Quero dizer – prosseguiu –, pode me explicar? Se você pega uma menina... se intrometendo. Desarrumando tudo. Não que eu tenha dito algo que não devia. Ela não é desse tipo. Sabe como é... pais puritanos... o *Mayflower*... esse negócio todo. Poxa... a moça é direita. O que eu quero dizer é... o que eu estava falando?

– Que estava difícil – ajudei.

– Dane-se tudo. Dane-se. Tive de pegar dinheiro emprestado para esta gandaia com o meu alfaiate. Um sujeito muito prestativo, o meu alfaiate. Há anos que lhe devo dinheiro. Cria uma espécie de laço entre nós. Nada como criar laços, não é, meu caro? Você e eu. Eu e você. Falando nisso, quem é você?

– Meu nome é Hastings.

– Não diga. Eu seria capaz de jurar que você era um camarada chamado Spencer Jones. O velho Spencer Jones. Conheci-o em Eton e Harrow e peguei emprestada uma nota de cinco com ele. O que estou dizendo é que uma cara é muito parecida com a outra... é isso o que estou dizendo. Se fôssemos um bando de chineses, não saberíamos distinguir uns dos outros.

Ele sacudiu a cabeça com tristeza. Depois, reanimou-se de repente e tomou mais uns goles de champanhe.

– Não importa – disse ele. – O que importa é que não sou um desses negros malditos.

Essa observação causou-lhe tanta euforia que ele passou a tecer comentários de caráter otimista.

– Olhe pelo lado bom, rapaz – instou. – O que estou dizendo é para olhar pelo lado bom. Um dia... quando eu tiver uns setenta e cinco anos, mais ou menos, vou ser um homem rico. Quando o meu tio morrer. Aí, vou poder pagar o meu alfaiate.

Sorriu, satisfeito com a ideia.

Havia algo estranhamente cativante naquele rapaz. Tinha o rosto redondo e um bigodinho preto, absurdamente pequeno, que dava a impressão de estar insulado no meio de um deserto.

Reparei que Carlotta Adams o observava, e foi depois de um olhar na direção dele que ela se levantou e interrompeu a conversa.

– Foi muito bom vocês terem vindo – disse Jane. – Adoro programas assim, espontâneos. Vocês não?

– Eu não – respondeu a srta. Adams. – Acho que sempre planejo tudo com muito cuidado antes de fazer alguma coisa. Poupa aborrecimentos.

Carlotta Adams pronunciou essas palavras com certa antipatia.

– Bom, de qualquer maneira, os resultados compensam – riu Jane. – Acho que nunca me diverti tanto como com seu espetáculo hoje à noite.

O rosto da moça americana desanuviou-se.

– Muito bom ouvir isso – disse ela, com amabilidade. – Agradeço-lhe por me dizer. Preciso de incentivo. Quem não precisa?

O rapaz de bigode preto interveio:

– Carlotta, cumprimente as pessoas, agradeça o jantar à tia Jane e vamos embora.

A maneira como ele saiu lépido pela porta foi um milagre de concentração. Carlotta seguiu-o sem demora.

– Ué – disse Jane –, de onde saiu esse sujeito que me chamou de tia Jane? Nem tinha reparado nele.

– Minha querida – disse a sra. Widburn –, não ligue para ele. Foi um aluno brilhante na Oxford University Dramatic Society. Quem diria, não? Detesto ver uma vocação fracassada. Bom, Charles e eu precisamos ir andando.

Os Widburn foram embora, e Bryan Martin foi com eles.

– E, sr. Poirot?

Poirot sorriu.

– *Eh bien*, lady Edgware?

– Pelo amor de Deus, não me chame assim. Quero esquecer esse nome! A menos que o senhor seja o sujeitinho mais empedernido da Europa.

– De maneira alguma. Não sou empedernido.

Tive a impressão de que Poirot havia bebido champanhe demais. Talvez uma taça além da conta.

– Então o senhor vai conversar com meu marido? E convencê-lo a fazer o que eu quero?

– Vou conversar com ele – prometeu Poirot, com cuidado.

– E se ele recusar... o que tenho certeza de que acontecerá... o senhor pensa num plano inteligente. Dizem que o senhor é o homem mais inteligente da Inglaterra, monsieur Poirot.

– Madame, para me chamar de empedernido a senhora se refere à Europa. Mas em termos de inteligência limita-se à Inglaterra.

– Se o senhor conseguir realizar o que lhe pedi, direi do universo.

Poirot fez um gesto de desaprovação.

– Madame, não prometo nada. Em nome da psicologia, tentarei marcar um encontro com o seu marido.

– Analise-o o quanto quiser. Talvez até faça bem para ele. Mas o senhor tem que conseguir. Pelo meu bem. Preciso ter meu romance, monsieur Poirot. – E acrescentou, sonhadora: – Imagine só a sensação que causará.

Capítulo 3

O homem do dente de ouro

Poucos dias depois, estávamos à mesa do café da manhã quando Poirot me passou uma carta que acabara de abrir.

– Bem, *mon ami* – disse –, o que acha disso?

Era um recado de lorde Edgware, em linguagem formal, marcando um encontro para o dia seguinte, às onze.

Devo confessar que fiquei bastante surpreso. Havia considerado as palavras proferidas por Poirot como expressão leviana de um momento de descontração. Não imaginava que ele fosse tomar as providências necessárias para cumprir a promessa.

Poirot, sempre perspicaz, leu meus pensamentos, e seus olhos brilharam.

– Pois é, *mon ami*, não foi só o champanhe.

– Eu não quis dizer isso.

– Mas sim... sim... você deve ter pensado: "Coitado desse velho, entrou no espírito da festa, faz promessas que jamais cumprirá, que nem pretende cumprir". Mas, meu caro, as promessas de Hercule Poirot são sagradas.

Assumiu uma postura majestosa ao pronunciar essas últimas palavras.

– Claro, claro. Eu sei disso – afirmei logo. – Mas achei que sua capacidade de raciocínio estivesse um pouco... como dizer? ... abalada.

– Não costumo deixar que minha capacidade de raciocínio seja "abalada", como você diz, Hastings. O melhor e mais seco dos champanhes, a mais loura e sedutora das mulheres... nada abala a capacidade de raciocínio de Hercule Poirot. Não, *mon ami*, fiquei interessado. Só isso.

– No romance de Jane Wilkinson?

– Não exatamente. Seu romance, como diz, é um negócio como qualquer outro. Um degrau na carreira bem-sucedida de uma bela mulher. Se o duque de Merton não tivesse título nem fortuna, sua semelhança romântica com um monge dos sonhos iria por água abaixo. Não, Hastings. O que me intriga é a parte psicológica da questão, o embate de personalidades. Aguardo a oportunidade de analisar lorde Edgware mais de perto.

– Não espera ter sucesso na sua missão, espera?

– *Pourquoi pas?* Todo homem tem um ponto fraco. Não pense, Hastings, que só porque estou analisando o caso de um ponto de vista psicológico eu não vá me esforçar ao máximo para alcançar êxito na missão que me foi confiada. Sempre gosto de exercitar minha criatividade.

Eu já temia alguma alusão à massa cinzenta e me senti grato por ter sido poupado.

– Então nós vamos ao Regent Gate amanhã, às onze? – perguntei.

– Nós? – retorquiu Poirot com ironia, arqueando as sobrancelhas.

– Poirot! – protestei. – Não vai me deixar para trás. Eu sempre vou junto.

– Se fosse um crime, um caso misterioso de envenenamento, um assassinato... Ah! Isso, sim, alimenta sua alma. Mas uma simples questão de acordo social?

– Nem mais uma palavra – falei, com determinação. – Eu vou junto.

Poirot riu discretamente, e nesse momento nos avisaram de que um cavalheiro nos procurava.

Para nossa grande surpresa, o visitante era nada menos que Bryan Martin.

O ator parecia mais velho à luz do dia. Ainda era bonito, mas com uma espécie de beleza devastada. Passou pela minha cabeça que talvez fosse viciado em drogas. Havia certa tensão em sua conduta que me sugeria essa possibilidade.

– Bom dia, sr. Poirot – disse ele, animado. – O senhor e o capitão Hastings tomam café da manhã num horário razoável, pelo visto. Por falar nisso, imagino que esteja muito ocupado no momento, não?

Poirot sorriu amavelmente.

– Não – respondeu. – No momento, não tenho praticamente nenhum assunto importante a tratar.

– Até parece – riu Bryan. – Nenhum trabalho na Scotland Yard? Nenhum caso delicado da realeza? Não dá para acreditar.

– Você confunde ficção com realidade, meu caro – disse Poirot, sorridente. – Posso lhe garantir que, no momento, estou completamente sem trabalho, embora ainda não precise recorrer à caridade. *Dieu merci.*

– Sorte minha – disse Bryan com outra risada. – Talvez aceite minha proposta.

Poirot observou o rapaz, pensativo.

– Tem um problema para eu resolver, não é? – perguntou depois de um tempo.

– Tenho e não tenho.

Dessa vez, sua risada revelou certo nervosismo. Ainda observando-o com ar pensativo, Poirot indicou uma cadeira. O rapaz sentou-se de frente para nós, já que eu estava sentado ao lado de Poirot.

– Pois vamos ouvir o que o senhor tem a dizer – incentivou Poirot.

Bryan Martin ainda parecia encontrar alguma dificuldade.

– A questão é que não posso contar tudo o que gostaria. – Hesitou. – É difícil. A coisa toda começou nos Estados Unidos.

– Ah, nos Estados Unidos?

– Um mero incidente me chamou a atenção. Para dizer a verdade, eu estava viajando de trem e reparei numa determinada pessoa. Um sujeitinho feio, barba feita, óculos e um dente de ouro.

– Ah, um dente de ouro!

– Exatamente. Aliás, esse é o "x" da questão.

Poirot fez que entendia com a cabeça.

– Começo a compreender. Prossiga.

– Bem, como eu ia dizendo, reparei nesse cara. Um detalhe: na ocasião, eu estava viajando para Nova York. Seis meses mais tarde, eu estava em Los Angeles e vi o mesmo indivíduo. Não sei por quê... mas aconteceu. Até aí, nada de mais.

– Continue.

– Um mês depois, tive ocasião de ir a Seattle e, logo que cheguei lá, quem eu encontrei? O meu amigo de novo, *só que desta vez de barba.*

– Curioso.

– Não é? Claro que na hora não imaginei que tivesse alguma coisa a ver comigo, mas quando revi o sujeito em Los Angeles sem barba, em Chicago de bigode e sobrancelhas diferentes e num vilarejo montanhoso disfarçado de mendigo, comecei a desconfiar.

– Naturalmente.

– Conclusão... Bem, pode parecer estranho, eu sei, mas eu estava sendo seguido.

– Incrível.

– Não é? Depois, tive oportunidade de confirmar. Aonde quer que eu fosse, lá, num canto qualquer, surgia a minha sombra, usando diferentes disfarces. Felizmente, graças ao dente de ouro, sempre consegui identificá-lo.

– Ah, o dente de ouro! Um detalhe muito feliz.

– De fato.

– Desculpe-me, monsieur Martin, mas nunca falou com o homem? Nunca lhe perguntou o motivo de tão insistente vigilância?

– Não. – O ator hesitou. – Até pensei em perguntar, uma ou duas vezes, mas sempre achei melhor não. Não adiantaria. Provavelmente, se descobrissem que o camarada tinha sido identificado, colocariam outro no lugar dele. Alguém que eu não reconhecesse.

– *En effet*... alguém sem aquele dente de ouro tão oportuno.

– Exatamente. Talvez eu estivesse errado, mas foi o que pensei.

– Agora, monsieur Martin, o senhor acabou de fazer referência a "eles". Quem são "eles"?

– Foi só uma forma de falar. Presumi, não sei por quê, que no fundo havia uma entidade nebulosa que poderia chamar de "eles".

– Tem algum motivo para crer nisso?

– Nenhum.

– Quer dizer que não tem a mínima ideia de quem possa ter interesse em segui-lo nem por que motivo.

– Não tenho a mínima ideia. A não ser...

– *Continuez* – incentivou Poirot.

– Eu *tenho* uma ideia – disse Bryan Martin, devagar. – Veja bem, é uma mera suposição da minha parte.

– Uma suposição pode ajudar muito algumas vezes, monsieur.

– Está relacionada a certo incidente que ocorreu em Londres há uns dois anos. Um incidente insignificante, mas inexplicável e impossível de esquecer. Já pensei muito a respeito, sem atinar com a razão. Como não consegui encontrar explicação para o caso na época, estou inclinado a achar que essa história de perseguição está relacionada com aquilo. Mas juro que não entendo como ou por quê.

– Talvez eu entenda.

– Sim, mas a questão... – disse Bryan Martin novamente constrangido – é que não posso lhe contar tudo. Não agora. Daqui a um dia, mais ou menos, talvez eu possa.

Incitado a continuar falando pelo olhar inquisitivo de Poirot, Bryan Martin continuou, desesperado.

– Havia uma moça envolvida na história.

– *Ah, parfaitement!* Uma moça inglesa?

– Sim. Pelo menos... Por quê?

– Muito simples. O senhor não pode me contar agora, mas espera poder me contar dentro de um ou dois dias. Isso significa que deseja obter o consentimento dela. Portanto, a moça está na Inglaterra. A propósito, também devia estar aqui na época em que foi seguido, pois se estivesse nos Estados Unidos, o senhor a teria procurado na mesma hora. Ou seja, como ela esteve na Inglaterra durante os últimos dezoito meses, provavelmente é inglesa, embora eu não possa afirmá-lo. Um raciocínio lógico, não?

– Muito. Agora, se eu conseguir o consentimento dela, o senhor me ajudará?

Houve uma pausa. Poirot parecia debater a questão internamente.

– Por que o senhor me procurou antes de falar com ela? – perguntou Poirot depois de um tempo.

– Bem, pensei... – hesitou. – Eu queria convencê-la... a esclarecer as coisas... quer dizer, a deixar que o senhor esclarecesse. O que estou querendo dizer é: se *o senhor* investigar o caso, a questão não precisa se tornar pública, certo?

– Depende – respondeu Poirot, calmamente.

– Como assim?

– Se houver algo relacionado a crime...

– Oh! Não tem nada a ver com crime.

– O senhor não sabe. Talvez tenha.

– Mas o senhor faria o máximo por ela... por nós?

– Isso sim. Naturalmente.

Poirot fez silêncio por um momento e depois disse:

– Diga-me uma coisa: esse seu perseguidor... essa sombra... que idade ele tinha?

– Ah, devia ser bastante novo. Uns trinta anos.

– Ah! – exclamou Poirot. – Realmente é incrível. Sim. Isso torna a coisa toda muito mais interessante.

Fiquei olhando para ele. Bryan Martin também. Tenho certeza de que esse comentário era igualmente inexplicável para nós dois. Bryan me interrogou arqueando as sobrancelhas. Fiz que não sabia com a cabeça.

– Sim – murmurou Poirot. – Torna a coisa toda muito interessante.

– *Talvez* fosse mais velho – disse Bryan em tom de dúvida –, mas acho que não.

– Não, não, tenho certeza de que sua observação foi exata, monsieur Martin. Muito interessante... deveras interessante.

Perplexo com as palavras enigmáticas de Poirot, Bryan Martin parecia perdido, sem saber o que dizer ou fazer em seguida. Começou a falar por falar.

– Divertido aquele jantar – disse. – Jane Wilkinson é a mulher mais autoritária que já existiu.

– Tem visão seletiva – disse Poirot, sorrindo. – Uma coisa de cada vez.

– E sempre consegue tudo o que quer – completou Martin. – Como as pessoas aguentam é que eu não sei!

– As pessoas aguentam muita coisa de uma mulher bonita, meu caro – disse Poirot, piscando o olho. – Se tivesse nariz achatado, a pele amarelada, o cabelo oleoso... Ah! Nesse caso, não conseguiria "tudo o que quer", como o senhor diz.

– Imagino que não – concordou Bryan. – Mas me deixa louco às vezes. De qualquer maneira, gosto muito de Jane, embora não me pareça regular muito bem para certas coisas.

– Ao contrário, eu diria que ela regula bastante bem.

– Não foi isso que eu quis dizer. É claro que ela sabe cuidar de seus interesses. Tem muito jeito para os negócios. Eu estava falando moralmente.

– Ah, moralmente.

– Ela é o que se chama de amoral. Certo e errado não existem para ela.

– Lembro-me de que o senhor falou alguma coisa a respeito naquela noite.

– O senhor falou em crime agora há pouco...

– Sim...

– Bom, não me surpreenderia se Jane cometesse um crime algum dia.

– O senhor deve conhecê-la bem – murmurou Poirot, pensativo. – Vocês dois já atuaram juntos muitas vezes, não?

– Sim. Acho que a conheço da cabeça aos pés. Posso imaginá-la matando com a maior tranquilidade.

– Ah! Ela tem um temperamento forte?

– Não. Nem um pouco. É mais fria do que barriga de lagartixa. O que eu quero dizer é que, se alguém atravessasse seu caminho, ela simplesmente o eliminaria... sem pestanejar. E não poderíamos condená-la por isso... moralmente, digo. Ela é do tipo "se meteu comigo, dançou".

Havia certa amargura inédita nessas últimas palavras. Fiquei me perguntando que lembranças ele estaria remoendo.

– O senhor acha que ela seria capaz de cometer... um assassinato?

Poirot observou-o atentamente. Bryan soltou um suspiro profundo.

– Pior é que acho. Talvez um dia o senhor se lembre do que estou dizendo... Eu a *conheço*. Mataria com a mesma naturalidade com que toma chá pela manhã. *Estou falando sério, monsieur Poirot.*

Levantou-se.

– Sim – disse Poirot, sem se alterar. – Dá para ver.

– Eu a conheço – repetiu Bryan Martin – completamente.

Franziu a testa um instante e depois disse, em outro tom:

– Sobre a questão de que estávamos falando, dou notícias daqui a alguns dias. O senhor aceita, não?

Poirot ficou olhando-o por um tempo, sem responder.

– Sim – disse, finalmente. – Aceito. Parece-me um caso... interessante.

Pronunciou essa última palavra de um modo um pouco estranho. Desci com Bryan Martin. Já à porta, ele me perguntou:

– O senhor entendeu o que ele falou sobre a idade do sujeito? Digo, o que havia de tão interessante no fato de ele ter trinta e poucos anos? Não entendi nada.

– Eu também não – admiti.

– Não parece fazer sentido. Talvez ele estivesse apenas brincando comigo.

– Não – retruquei. – Poirot não faz isso. Pode acreditar: se ele disse que a questão tem importância é porque tem.

– Seria bom entender. Pelo menos o senhor também não entendeu. Detestaria me sentir idiota.

Bryan Martin afastou-se, e eu voltei para o lado do meu amigo.

– Poirot, que importância tinha a idade do perseguidor? – perguntei.

– Você não entendeu? Meu pobre Hastings! – exclamou, sorrindo e sacudindo a cabeça. Em seguida, perguntou: – O que você achou da conversa como um todo?

– Não há muito no que se basear. Difícil dizer. Se soubéssemos mais...

– Mesmo sem saber mais, não lhe ocorrem certas ideias, *mon ami*?

O telefone tocou nesse momento, poupando-me da ignomínia de confessar que não me ocorria ideia alguma. Atendi.

Escutei uma voz feminina, firme, clara e eficiente.

– Aqui é a secretária de lorde Edgware. Lorde Edgware lamenta ter que cancelar o compromisso com monsieur Poirot, marcado para amanhã de manhã. Aconteceu um imprevisto, e ele precisará ir para Paris. Ele poderia encontrar monsieur Poirot por alguns minutos hoje, ao meio-dia e quinze, se não for muito inconveniente.

Consultei Poirot.

– Claro, meu amigo. Iremos hoje.

Transmiti o recado.

– Ótimo – disse a voz firme e profissional. – Marcado, hoje, ao meio-dia e quinze.

E desligou.

Capítulo 4

Uma entrevista

Cheguei com Poirot à casa de lorde Edgware em Regent Gate num estado muito agradável de expectativa. Embora não compartilhasse de seu entusiasmo pela "psicologia", as poucas palavras que lady Edgware dissera em relação ao marido despertaram a minha curiosidade. Estava ansioso para ver qual seria minha impressão pessoal.

A casa era imponente – bem construída, bonita e um tanto quanto tenebrosa. Não havia jardineiras nas janelas ou frivolidades do tipo.

A porta foi aberta imediatamente, e não por um mordomo idoso, de cabelo branco, como seria de se esperar a julgar pelo exterior da casa. Ao contrário, quem abriu a porta foi um dos jovens mais bonitos que já vi. Alto, louro, poderia posar como Hermes ou Apolo para qualquer escultor. Apesar da beleza, havia algo levemente efeminado na sua voz delicada que não me agradou. Além disso, de modo curioso, ele me lembrava alguém. Alguém que eu havia conhecido recentemente. Mas quem era, não sei.

Perguntamos por lorde Edgware.

– Por aqui, senhores.

Conduziu-nos pelo saguão, escada acima, até uma porta no fundo do corredor.

Abriu-a e anunciou nossa presença com aquela mesma voz delicada da qual eu desconfiava instintivamente.

A sala em que entramos era uma espécie de biblioteca. As paredes estavam forradas de livros. Os móveis eram escuros e sombrios, mas bonitos. As poltronas, formais e não muito confortáveis.

Lorde Edgware, que se levantou para nos receber, era um homem alto, na faixa dos cinquenta anos. Tinha cabelo preto com mechas grisalhas, rosto fino e boca de expressão desdenhosa. Parecia mal-humorado e ressentido. Os olhos revelavam algo estranho, secreto. Havia alguma coisa esquisita naquele olhar.

Sua conduta foi rígida e formal.

– Monsieur Hercule Poirot? Capitão Hastings? Por favor, sentem-se.

Sentamos. Fazia frio na sala. Entrava um pouco de luz pela única janela que havia, e a penumbra contribuía para a atmosfera gélida.

Lorde Edgware pegou uma carta, na qual reconheci a caligrafia do meu amigo.

– Já o conheço de nome, monsieur Poirot. Quem não conhece? – Poirot curvou-se ante o cumprimento. – Mas não compreendo direito sua posição neste assunto. O senhor disse que queria falar comigo em nome – fez uma pausa – da minha mulher.

Pronunciou as duas últimas palavras de um modo bastante peculiar, como se tivesse que se esforçar para dizê-las.

– Exatamente – respondeu meu amigo.

– Pelo que entendi, o senhor investiga crimes, não?

– Problemas, lorde Edgware. Existem problemas que envolvem crimes, evidentemente. Mas existem outros problemas também.

– É verdade. E qual seria o problema neste caso?

A ironia de suas palavras era palpável agora. Poirot não deu importância.

– Tenho a honra de procurá-lo em nome de lady Edgware – disse. – Lady Edgware, como o senhor já deve saber, deseja... um divórcio.

– Sei perfeitamente disso – falou lorde Edgware secamente.

– Ela me sugeriu que nós dois discutíssemos o assunto.

– Não há nada a discutir.

– O senhor se recusa, então?

– Recusar-me? Claro que não.

Seja qual fosse a resposta que Poirot esperava, não era essa. Raramente via meu amigo ser pego de surpresa como nesse momento. Ficou com um aspecto risível. Boquiaberto, as mãos caídas, as sobrancelhas arqueadas. Parecia um desenho de revista em quadrinhos.

– *Comment?* – exclamou. – Como assim? O senhor não se recusa?

– Não compreendo o seu espanto, monsieur Poirot.

– *Ecoutez*, o senhor pretende se divorciar de sua mulher?

– Claro que pretendo. Ela sabe muito bem disso. Eu lhe escrevi, comunicando meu desejo.

– O senhor lhe escreveu, comunicando seu desejo?

– Sim. Há seis meses.

– Mas eu não entendo. Não entendo mais nada.

Lorde Edgware ficou calado.

– Eu achava que o senhor era contra o princípio de divórcio.

– Não creio que meus princípios sejam da sua conta, monsieur Poirot. É verdade que não me divorciei da minha primeira esposa. Minha consciência não permitiu. Meu segundo casamento, admito francamente, foi um erro. Quando minha mulher sugeriu o divórcio, recusei imediatamente. Seis meses atrás, ela me escreveu, insistindo no assunto. Acho que ela quer se casar novamente... com algum ator de cinema, algo assim. A essa altura, eu já pensava de outra maneira. Escrevi-lhe para Hollywood dizendo isso. Por que ela mandou o senhor aqui, não tenho a mínima ideia. Deve ser por uma questão de dinheiro.

Seus lábios se retorceram outra vez com ironia ao dizer essas últimas palavras.

– Extremamente curioso – murmurou Poirot. – Extremamente curioso. Há algo aqui que simplesmente não entendo.

– Em relação ao dinheiro – continuou lorde Edgware –, minha mulher me deixou por livre e espontânea vontade. Se ela quer se casar com outro homem, tem a minha permissão. Mas não há motivo para receber nem um centavo da minha parte, e não o receberá.

– Não se trata de acordo financeiro.

Lorde Edgware levantou as sobrancelhas.

– Jane deve estar se casando com um homem rico – murmurou, com cinismo.

– Há alguma coisa aqui que não entendo – repetiu Poirot, com o rosto perplexo e enrugado pelo esforço de raciocínio. – Lady Edgware deu a entender que o procurou várias vezes por intermédio de advogados.

– Procurou mesmo – confirmou lorde Edgware, friamente. – Advogados ingleses, advogados americanos, todo tipo de advogado, até os mais salafrários. No fim, como eu disse, ela mesma me escreveu.

– O senhor havia se recusado anteriormente?

– Sim.

– Mas, ao receber a carta dela, mudou de ideia. Por que o senhor mudou de ideia, lorde Edgware?

– Não teve nada a ver com o conteúdo da carta – respondeu ele, com veemência. – Só mudei de opinião.

– Uma mudança um tanto quanto repentina.

Lorde Edgware não respondeu.

– Que circunstâncias especiais o fizeram mudar de ideia, lorde Edgware?

– Isso, monsieur Poirot, é assunto meu. Não posso falar a respeito. Digamos que, aos poucos, fui percebendo as vantagens de romper com o que, desculpe a franqueza, eu considerava uma relação degradante. Meu segundo casamento foi um erro.

– Sua mulher diz o mesmo – disse Poirot em voz baixa.

– Diz?

Um brilho estranho transpassou rapidamente seus olhos.

Ele se levantou com ar resoluto e, enquanto nos despedíamos, suas maneiras se tornaram ainda mais rígidas.

– Perdão pela modificação do horário. Preciso ir para Paris amanhã.

– Não se preocupe.

– Um leilão de obras de arte. Estou de olho numa pequena estatueta... uma perfeição do gênero... um gênero um pouco *macabro*, talvez. Mas eu gosto de coisas *macabras*. Sempre gostei. Tenho um gosto peculiar.

De novo o sorriso esquisito. Eu estive olhando os livros nas prateleiras próximas. Vi as memórias de Casanova, além de um volume sobre o Marquês de Sade e outro sobre torturas medievais.

Lembrei-me do ligeiro calafrio de Jane Wilkinson ao falar do marido. Aquilo não havia sido representação. Havia sido bem real. Fiquei me perguntando que tipo de homem exatamente seria George Alfred St. Vincent Marsh, quarto barão Edgware.

Com muita delicadeza, despediu-se de nós, tocando a campainha. Saímos. O mordomo que parecia um deus grego nos esperava no saguão. Ao fechar a porta da biblioteca às minhas costas, virei-me para dar uma espiada na sala e quase me escapou uma exclamação de surpresa.

Aquele rosto sorridente e suave estava transformado. Os lábios arreganhados num esgar e os olhos cheios de fúria revelavam uma raiva quase enlouquecida.

Já não me admirava que as duas mulheres houvessem abandonado lorde Edgware. O que me surpreendia era o autocontrole do sujeito. Encarar aquela entrevista com tanta frieza, altivez e educação!

Quando nos aproximamos da saída, uma porta à direita se abriu. Uma moça apareceu no limiar, retrocedendo um pouco aos nos ver.

Era alta, esbelta, com cabelo preto e rosto branco. Os olhos, escuros e assustados, fitaram-me por um momento. Em seguida, como uma sombra, ela voltou para o quarto, fechando a porta.

Instantes depois, já estávamos na rua. Poirot chamou um táxi. Entramos, e ele mandou seguir para o Savoy.

– Bem, Hastings – disse piscando o olho –, essa entrevista não foi nada do que eu esperava.

– Não mesmo. Que sujeito extraordinário esse lorde Edgware.

Relatei o que eu tinha visto ao fechar a porta da sala de lorde Edgware. Poirot assentiu devagar com a cabeça, pensativo.

– Suponho que ele esteja à beira da loucura, Hastings. Desconfio de que tenha vícios estranhos e que, por trás da fachada fria, esconda um instinto arraigado de crueldade.

– Não é de se espantar que as duas esposas o tenham abandonado.

– Exatamente.

– Poirot, você reparou numa moça quando estávamos saindo? Uma menina morena, de rosto pálido.

– Sim, reparei, *mon ami*. Uma jovem assustada e infeliz.

Sua voz era grave.

– Quem você acha que era?

– Provavelmente a filha dele. Ele tem uma filha.

– Ela realmente parecia assustada – eu disse, devagar. – Aquela casa deve ser um lugar tenebroso para uma menina.

– Pois é. Ah! Chegamos, *mon ami*. Vamos logo dar as boas-novas para Sua Excelência.

Jane estava no hotel. Depois de avisá-la, o funcionário nos informou que podíamos subir. Outro funcionário nos acompanhou até a porta.

Fomos recebidos por uma mulher de meia-idade, bem-arrumada, de óculos e cabelo grisalho penteado com recato. Jane chamou-a do quarto, com sua voz rouca característica.

– É o monsieur Poirot, Ellis? Peça a ele para se sentar. Vou vestir algum trapo e já vou.

A ideia de "um trapo" para Jane Wilkinson era um négligé fino que mais revelava do que ocultava. Chegou ansiosa, perguntando logo:

– Tudo bem?

Poirot levantou-se e beijou-lhe a mão.

– A senhora usou a palavra exata, madame. Está tudo *bem*.

– Como assim?

– Lorde Edgware está totalmente disposto a lhe conceder o divórcio.

– Quê?

Se aquela expressão de surpresa em seu rosto não fosse autêntica, ela era uma excelente atriz.

– Monsieur Poirot! O senhor conseguiu! De primeira! O senhor é um gênio mesmo! Como é que o senhor fez?

– Madame, não posso aceitar elogios sem merecê-los. Seis meses atrás, seu marido lhe escreveu, comunicando que não se opunha mais.

– Como assim? *Escreveu?* Para onde?

– Quando a senhora estava em Hollywood, pelo que entendi.

– Eu nunca recebi essa carta. Deve ter se extraviado. E pensar que andei refletindo, planejando e me preocupando como doida todos esses meses.

– Lorde Edgware acha que a senhora quer se casar com um ator.

– Claro. Foi o que eu disse a ele. – Deu um sorriso infantil de satisfação, que logo se transformou numa expressão alarmada. – Oh! Não me diga que o senhor lhe contou sobre mim e o duque.

– Não, não. Fique tranquila. Sou discreto. Isso não resolveria nada, não é?

– A questão é que ele é meio esquisito. Mesquinho. Pensaria que estou me casando com Merton por interesse... e tentaria estragar meus planos. Mas um ator de cinema é diferente. De qualquer maneira, estou surpresa. Surpresa mesmo. Você não está, Ellis?

Eu havia reparado que a criada ia e vinha do quarto, arrumando e guardando roupas de passeio penduradas no encosto das cadeiras. A meu ver, havia escutado toda a conversa. Agora, pelo visto, tinha toda a confiança de Jane.

– Estou, sim, senhora. Sua Excelência deve ter mudado bastante desde que o conhecemos – disse a criada, com rancor.

– Deve mesmo.

– A senhora parece intrigada com a postura dele. É algo tão surpreendente assim? – perguntou Poirot.

– Oh, sim! Mas, seja como for, não precisamos nos preocupar com isso. Que diferença faz o motivo que o levou a mudar de ideia? O que importa é que ele mudou.

– Talvez não faça diferença para a senhora, mas para mim faz, madame.

Jane não lhe deu atenção.

– O importante é que estou livre. Até que enfim.

– Ainda não, madame.

Ela olhou para Poirot com impaciência.

– Bom, daqui a pouco estarei. Dá no mesmo.

Poirot fez cara de que não concordava.

– O duque está em Paris – disse Jane. – Preciso mandar um telegrama. A mãe dele vai ficar furiosa!

Poirot levantou-se.

– Fico feliz, madame, que tudo esteja correndo como a senhora deseja.

– Adeus, monsieur Poirot, e muitíssimo obrigada.

– Não fiz nada.

– De qualquer maneira, o senhor me trouxe a boa notícia. E lhe serei sempre grata. *De verdade.*

– Então é isso – disse-me Poirot quando saímos do apartamento. – A ideia fixa... em si! Ela não especula, não tem curiosidade alguma em saber por que a carta nunca chegou. Observe, Hastings, que ela é incrivelmente esperta em termos de negócios, embora não tenha nada de intelecto. Bom, Deus também não pode dar tudo.

– Exceto para Hercule Poirot – comentei secamente.

– Você está zombando de mim, meu caro – retrucou ele com serenidade. – Mas venha, vamos dar uma volta pelo aterro. Quero organizar minhas ideias.

Mantive um discreto silêncio até o momento em que o oráculo decidiu falar.

– Aquela carta – recomeçou Poirot, enquanto caminhávamos pela beira do rio – me intriga. Há quatro soluções para o problema, meu caro.

– Quatro?

– Sim. Primeira: foi extraviada no correio. Isso *acontece*, você sabe. Mas não muito. Não. Raramente. Se o endereço estivesse errado, teria voltado para lorde Edgware há muito tempo. Não. Estou inclinado a descartar essa hipótese, embora seja possível. Segunda: nossa bela madame está mentindo ao afirmar que nunca recebeu a carta. Isso, claro, é perfeitamente possível. Essa moça encantadora é capaz de contar qualquer mentira para proveito próprio com a maior candura do mundo. Só não entendo o que ela ganharia com isso. Se ela sabe que ele concorda com o divórcio, por que me manda falar com ele? Não faz sentido. Terceira: lorde Edgware está mentindo. E, se alguém está mentindo, é mais provável que seja ele, e não a mulher. Mas não vejo propósito algum numa mentira dessas. Por que inventar uma carta fictícia enviada há seis meses? Por que não simplesmente aceitar minha proposta? Não, estou inclinado a acreditar que ele *realmente* mandou essa carta, embora não atine com o motivo dessa mudança de atitude repentina. Chegamos então à quarta solução: alguém interceptou a carta. E aí, Hastings, entramos num terreno de especulação muito interessante, porque a carta pode ter sido interceptada tanto de um lado como do outro: nos Estados Unidos ou na Inglaterra. Seja quem for que a interceptou, é alguém que não quer que o casamento se desfaça. Hastings, eu daria tudo para saber o que se esconde por trás dessa história. *Alguma coisa* há. Sou capaz de jurar.

Poirot fez uma pausa e acrescentou, falando devagar:

– Alguma coisa que, por enquanto, mal consigo vislumbrar.

Capítulo 5

Assassinato

O dia seguinte era 30 de junho.

Já passava das nove e meia quando nos informaram que o inspetor Japp estava lá embaixo, ansioso para falar conosco.

Fazia alguns anos que não tínhamos notícia do inspetor da Scotland Yard.

– *Ah! Ce bon Japp* – disse Poirot. – O que será que ele quer?

– Ajuda – respondi. – Deve estar desnorteado com algum caso e veio procurá-lo.

Eu não tinha por Japp a mesma indulgência de Poirot. Não tanto por ele se aproveitar da inteligência do meu amigo. Afinal de contas, Poirot gostava do processo, que incluía certa lisonja. O que me incomodava era a hipocrisia de Japp. Eu gostava de pessoas diretas. Falei isso, e Poirot riu.

– Se você fosse um cachorro, seria um buldogue, não é, Hastings? Mas você deve lembrar que o coitado do Japp precisa manter as aparências. Por isso ele dissimula um pouco. É natural.

Continuei achando tolice e expressei minha opinião. Poirot não concordou.

– As aparências... são uma *bagatelle*... mas importam para as pessoas. Permitem-lhes preservar o *amour propre.*

A meu ver, um certo complexo de inferioridade não faria mal algum a Japp, mas não adiantava discutir. Além disso, eu estava ansioso para saber o que ele estava fazendo ali.

Ele nos cumprimentou efusivamente.

– Pelo visto, cheguei bem na hora do café da manhã. Ainda não arranjou galinhas que botem ovos quadrados, monsieur Poirot?

Era uma alusão a uma velha queixa de Poirot quanto aos diversos tamanhos de ovos, que ofendiam seu senso de simetria.

– Ainda não – respondeu Poirot, sorridente. – Mas o que o traz aqui tão cedo, meu bom e velho Japp?

– Não está cedo... pelo menos para mim. Já faz umas duas horas que estou trabalhando. Em relação à sua pergunta, o que me traz aqui... bem, é um assassinato.

– Um assassinato?

Japp respondeu que sim com a cabeça.

– Lorde Edgware foi morto em sua casa, em Regent Gate, ontem à noite. Foi esfaqueado na nuca pela esposa.

– Pela esposa? – exclamei.

Num relâmpago, lembrei-me das palavras de Bryan Martin na manhã anterior. Teria tido uma premonição profética do que ia acontecer? Lembrei-me, também, do comentário de Jane, falando em "dar cabo dele". Amoral, Bryan Martin a definira. Era desse tipo, sim. Insensível, egoísta e parva. Como acertara.

Tudo isso me passou pela cabeça enquanto Japp continuava:

– Sim. Uma atriz. Conhecida. Jane Wilkinson. Casou-se com ele há três anos. Não se davam bem. Ela o abandonou.

Poirot parecia intrigado e sério.

– O que o leva a acreditar que foi ela quem o matou?

– Não é uma questão de acreditar. Ela foi reconhecida. Não se deu ao trabalho de dissimular. Chegou de táxi...

– De táxi... – repeti involuntariamente, recordando suas palavras no Savoy aquela noite.

– ...tocou a campainha, perguntou por lorde Edgware. Eram dez da noite. O mordomo disse que ia ver. "Não precisa", ela disse, fria como gelo. "Sou lady Edgware. Imagino que ele esteja na biblioteca." Em seguida, ela foi até a biblioteca, abriu a porta, entrou e fechou-a de novo. O mordomo achou aquilo meio esquisito, mas não fez nada. Voltou a descer a escada. Cerca de dez minutos depois, ouviu a porta da frente bater. Ou seja, ela não demorou muito. O mordomo trancou a porta de casa por volta das onze. Foi à biblioteca, mas, como estava escuro lá dentro, ele achou que o patrão tivesse ido para a cama. Hoje de manhã, o corpo foi descoberto por uma criada. Foi esfaqueado na nuca, bem na raiz do cabelo.

– Não houve gritos? Ninguém ouviu nada?

– Dizem que não. Aquela biblioteca tem portas à prova de som. E havia o barulho do trânsito também. Esfaqueado desse jeito, o sujeito morre quase na hora. Direto na cavidade até a medula, disse o médico... ou algo parecido. Quando se acerta no lugar exato, mata instantaneamente.

– Isso pressupõe um conhecimento preciso, cirúrgico, eu diria.

– Sim, isso é verdade. Um ponto a favor dela. Mas é quase certo que foi por acaso. Ela teve sorte. Algumas pessoas têm uma sorte incrível.

– Nem tanta sorte assim se terminam sendo enforcadas, *mon ami* – observou Poirot.

– Não. Evidentemente, ela foi uma idiota, apresentando-se desse jeito, com nome e tudo.

– É verdade. Muito curioso.

– Talvez não pretendesse fazer mal. Eles brigaram, ela puxou um canivete e enfiou nele.

– Foi canivete?

– Algo parecido, disse o médico. Seja lá o que for, ela levou. Não estava no ferimento.

Poirot sacudiu a cabeça, insatisfeito.

– Não, não, meu caro, não foi assim. Eu conheço a mulher. Ela seria incapaz de uma ação tão impulsiva. Além disso, é muito improvável que ela andasse com um canivete. Poucas mulheres andam. Jane Wilkinson com certeza não.

– O senhor está me dizendo que a conhece.

– Conheço, sim.

Não disse mais nada. Japp ficou olhando para ele, com curiosidade.

– Tem alguma coisa escondida na manga, monsieur Poirot? – arriscou finalmente.

– Ah! – exclamou Poirot. – Lembrei. O que o trouxe aqui? Hã? Não foi só para passar o dia com um velho camarada. Claro que não. Você tem nas mãos um assassinato solucionado. Descobriu a assassina. Sabe o motivo. A propósito, qual é mesmo o motivo?

– Ela queria se casar com outro homem. Ouviram quando ela falou isso há uma semana. Disseram que também fez ameaças. Falou que pretendia pegar um táxi e dar cabo dele.

– Ah! – fez Poirot. – Vê-se que está muito bem informado... muito bem informado. Alguém foi muito prestativo.

Julguei ver uma pergunta em seus olhos, mas Japp não respondeu.

– Costumamos ouvir coisas, monsieur Poirot – disse ele, secamente.

Poirot assentiu. Estava com o jornal do dia nas mãos. O jornal havia sido aberto por Japp, sem dúvida enquanto esperava, e depois jogado impacientemente a um canto. Num gesto maquinal, Poirot dobrou-o novamente na página central, alisando-o. Embora estivesse com os olhos no jornal, sua cabeça estava longe, voltada para uma espécie de quebra-cabeça.

– Você não me respondeu – disse finalmente. – Já que tudo anda de vento em popa, por que veio me procurar?

– Porque ouvi dizer que o senhor esteve em Regent Gate ontem de manhã.

– Sei.

– Bom, assim que ouvi isso, pensei: "Aqui tem coisa". Sua Excelência mandou chamar monsieur Poirot. Por quê? Do que ele suspeitava? O que temia? Antes de tomar qualquer medida definitiva, achei melhor trocar uma palavrinha com o senhor.

– O que você quer dizer com "medida definitiva"? Prender a mulher?

– Exatamente.

– Ainda não falou com ela?

– Falei! A primeira coisa que fiz foi ir ao Savoy. Não ia me arriscar a deixá-la escapar assim.

– Ah! Então você...

Parou. Seus olhos, que até então fitavam pensativos, sem ler, o jornal à sua frente, agora adquiriram outra expressão. Poirot levantou a cabeça e perguntou, num tom de voz diferente:

– E o que ela disse? Hein, meu caro? O que ela disse?

– Fiz o que fazemos normalmente, claro. Pedi-lhe uma explicação e adverti-a verbalmente. Ninguém pode dizer que a polícia inglesa não é justa.

– A meu ver, de maneira tola. Mas continue. O que a madame falou?

– Ficou histérica. Saiu correndo de um lado para o outro, com os braços para cima, e caiu estatelada no chão. Oh! Ela atuou muito bem. Admito que foi uma bela representação.

– Ah! – disse Poirot com brandura. – Teve a impressão, portanto, de que a histeria não era verdadeira.

Japp piscou o olho de modo vulgar.

– O que o senhor acha? Não me deixo enganar por esses truques. Ela não desmaiou. Estava só fingindo. Sou capaz de jurar que se divertiu.

– Sim – disse Poirot, pensativo. – Diria que é bem possível. E aí?

– Ah, ela chegou a... fingiu, digo. Chorou *e* gemeu o tempo todo. E aquela empregada antipática a entorpecia com sais aromáticos. Até que, no fim, ela se recuperou o suficiente para mandar chamar o advogado. Disse que não diria nada sem a presença dele. Histeria num momento, advogado em outro, e eu lhe pergunto: isso é um comportamento natural?

– Nesse caso, eu diria que é perfeitamente natural – respondeu Poirot, calmamente.

– Quer dizer, porque ela é culpada e sabe disso.

– Não. Por causa de seu temperamento. Primeiro, ela apresenta sua concepção de como o papel de uma esposa que subitamente recebe a notícia da morte do marido deve ser interpretado. Depois, aplacado o instinto histriônico, sua astúcia inata pede para chamar um advogado. O fato de ela criar uma cena e se divertir com isso não a incrimina. Indica somente que ela é uma atriz nata.

– Bom, inocente ela não é. Isso é garantido.

– Você é muito otimista – disse Poirot. – Talvez tenha razão. Quer dizer que ela não fez nenhuma declaração? Nada?

Japp sorriu.

– Disse que não falaria nada sem o advogado. A empregada ligou para ele. Deixei dois agentes lá e vim para cá. Achei sensato tomar todas as precauções antes de dar prosseguimento ao caso.

– E mesmo assim você tem certeza.

– Claro que tenho. Mas gosto de reunir o maior número possível de fatos. Será um grande escândalo. Impossível esconder. Todos os jornais noticiarão o assunto. E o senhor sabe como é a imprensa.

– Falando em jornais – disse Poirot –, como você explica isso, meu caro amigo? Você não deve ter lido o jornal da manhã com muita atenção.

Inclinou-se sobre a mesa, com o dedo num parágrafo das notas sociais. Japp leu em voz alta.

– "Sir Montagu Corner deu um jantar muito concorrido ontem à noite em sua casa à beira do rio em Chiswick. Entre os presentes figuravam sir George e lady Du Fisse, sr. James Blunt, famoso crítico teatral, sir Oscar Hammerfeldt, dos Estúdios Cinematográficos Overton, srta. Jane Wilkinson (lady Edgware) e outros."

Por um momento, Japp pareceu aturdido. Em seguida se recompôs.

– O que isso tem a ver? Essa notícia foi enviada para a imprensa com antecedência. O senhor verá. Descobrirá que nossa madame não compareceu ou chegou tarde, lá pelas onze horas. Pelo amor de Deus, não dá para acreditar piamente em tudo o que lemos nos jornais. O senhor devia saber disso melhor do que ninguém.

– Oh! Eu sei, eu sei. Só achei curioso.

– Essas coincidências acontecem. Agora, monsieur Poirot, fiquei sabendo que o senhor é um túmulo em relação a segredos. Mas o senhor colaborará comigo, não? O senhor me contará por que lorde Edgware o procurou, não?

Poirot sacudiu a cabeça.

– Lorde Edgware não me procurou. Fui eu quem pediu para conversar com ele.

– É mesmo? E por quê?

Poirot hesitou.

– Responderei à sua pergunta – disse lentamente. – Mas gostaria de respondê-la do meu jeito.

Japp soltou um suspiro. Senti uma breve simpatia por ele. Poirot sabe ser extremamente irritante quando quer.

– Peço-lhe licença – disse Poirot – para ligar para uma determinada pessoa e pedir que venha para cá.

– Que pessoa?

– O sr. Bryan Martin.

– O ator? O que ele tem a ver com isso?

– Acho que o que ele tem a dizer lhe interessará... e talvez o ajude. Hastings, poderia me fazer esse favor?

Peguei a lista telefônica. O ator tinha um apartamento num grande bloco residencial perto do St. James' Park.

– Victoria 49499.

Após alguns instantes, ouvi a voz meio sonolenta de Bryan Martin ao telefone.

– Alô... quem fala?

– O que é que eu digo? – sussurrei, cobrindo o bocal com a mão.

Poirot respondeu:

– Diga-lhe que lorde Edgware foi assassinado e que eu me sentiria muito agradecido se ele pudesse vir aqui conversar comigo.

Passei o recado. Houve uma exclamação de espanto do outro lado da linha.

– Meu Deus! *Então ela cumpriu com a palavra!* Já vou para aí.

– O que ele disse? – quis saber Poirot. Contei.

– Ah! – fez Poirot, parecendo satisfeito. – *Então ela cumpriu com a palavra.* Foi isso o que ele disse? Como eu imaginava. Como eu imaginava.

Japp olhou-o com curiosidade.

– Não o compreendo, monsieur Poirot. Primeiro fala como se a mulher fosse incapaz de cometer o crime. E agora dá a entender que já sabia de tudo desde o início.

Poirot limitou-se a sorrir.

Capítulo 6

A viúva

Bryan Martin manteve a palavra. Chegou em menos de dez minutos. Enquanto o esperávamos, Poirot só falou sobre assuntos triviais, recusando-se a satisfazer a curiosidade de Japp.

Evidentemente, as notícias abalaram bastante o jovem ator. Seu rosto estava pálido e tenso.

– Meu Deus, monsieur Poirot! – disse ao cumprimentá-lo. – Que coisa terrível. Estou profundamente chocado... embora não possa dizer que esteja surpreso. Sempre suspeitei de que algo assim podia acontecer. O senhor deve se lembrar do que falei ontem.

– *Mais oui, mais oui* – disse Poirot. – Lembro-me perfeitamente. Quero lhe apresentar o inspetor Japp, que está encarregado do caso.

Bryan Martin lançou um olhar de recriminação a Poirot.

– Não tinha a mínima ideia – murmurou. – O senhor devia ter me avisado.

Cumprimentou friamente o inspetor com um aceno de cabeça e sentou-se, de lábios firmemente cerrados.

– Não entendo – objetou – por que o senhor me chamou. Não tenho nada a ver com isso.

– Acho que tem – disse Poirot, com delicadeza. – Num caso de assassinato, precisamos deixar de lado os melindres pessoais.

– Não, não. Atuei ao lado de Jane. Conheço-a bem. Ela é minha amiga, ora!

– E, mesmo assim, no momento em que recebe a notícia de que lorde Edgware foi assassinado, deduz logo que foi ela quem o matou – observou Poirot, secamente.

O ator levou um susto.

– O senhor está querendo dizer...? – Seus olhos pareciam querer saltar das órbitas. – O senhor está querendo dizer que estou enganado? Que ela não teve qualquer envolvimento?

Japp interveio.

– Não, não, sr. Martin. Não há dúvida de que foi ela.

O jovem ator recostou-se de volta na cadeira.

– Por um instante – murmurou –, achei que tivesse cometido um erro terrível.

– Numa questão dessas, não convém deixar-se influenciar pela amizade – disse Poirot, com convicção.

– Perfeito, mas...

– Meu caro, o senhor realmente pretende se colocar ao lado de uma mulher que praticou um crime? Um assassinato, o mais repugnante dos crimes humanos.

Bryan Martin suspirou.

– O senhor não entende. Jane não é uma assassina qualquer. Ela... ela não distingue entre o bem e o mal. Sinceramente, ela não é responsável.

– Isso será uma questão para o júri – comentou Japp.

– Ora, vamos – disse Poirot, com bastante tato. – O senhor não está acusando-a. Ela já foi acusada. Não pode recusar-se a nos contar o que sabe. Tem um dever perante a sociedade, meu jovem.

Bryan Martin suspirou novamente.

– Acho que o senhor tem razão – disse. – O que quer saber?

Poirot olhou para Japp.

– Já ouviu lady Edgware, ou talvez seja melhor chamá-la de srta. Wilkinson, fazer ameaças contra o marido? – perguntou Japp.

– Sim, várias vezes.

– E o que ela dizia?

– Dizia que, se ele não lhe desse a liberdade, ela teria que "dar cabo dele".

– E não falava de brincadeira.

– Não. Acho que falava sério. Uma vez ela disse que pegaria um táxi e o mataria... *o senhor* ouviu, monsieur Poirot.

Apelou pateticamente ao meu amigo.

Poirot assentiu.

Japp continuou com as perguntas.

– Agora, sr. Martin, nós fomos informados de que ela queria a liberdade para se casar com outro homem. O senhor sabe quem era esse homem?

Bryan respondeu que sim com a cabeça.

– Quem era?

– Era... o duque de Merton.

– O duque de Merton! Uau! – exclamou o detetive. – Ambiciosa, hein? Ele é considerado um dos homens mais ricos da Inglaterra.

Bryan assentiu, mais desalentado do que nunca.

Eu não conseguia entender a postura de Poirot. Reclinado na poltrona, com os dedos unidos, o movimento rítmico de sua cabeça sugeria a completa aprovação de um homem que colocou um disco escolhido na vitrola e está feliz com os resultados.

– O marido não queria lhe dar o divórcio?

– Não. Recusou-se terminantemente.

– Tem certeza disso?

– Sim.

– E agora – disse Poirot, voltando à cena – você verá onde entro nessa história, meu bom e velho Japp. Lady Edgware me pediu para ir falar com o marido e tentar convencê-lo a conceder o divórcio. Eu tinha hora marcada para hoje de manhã.

Bryan Martin balançou a cabeça.

– Não adiantaria – declarou convicto. – Edgware jamais concordaria.

– Acha que não? – perguntou Poirot, com um olhar amável.

– Tenho certeza. Jane, no fundo, sabia disso. Não acreditava que o senhor fosse conseguir. Já havia perdido a esperança. Nesse tema de divórcio, o homem era monomaníaco.

Poirot sorriu. Seus olhos, de repente, tornaram-se bastante verdes.

– Pois se engana, meu jovem – disse, gentilmente. – Estive com lorde Edgware ontem, *e ele concordou com o divórcio.*

Bryan Martin ficou visivelmente pasmo com essa notícia. Fitou Poirot com os olhos arregaladíssimos.

– O senhor... esteve com ele ontem? – balbuciou.

– Ao meio-dia e quinze – respondeu Poirot com seu jeito metódico.

– E ele concordou em conceder o divórcio?

– Concordou em conceder o divórcio.

– O senhor devia ter avisado Jane imediatamente – exclamou o rapaz, em tom de reprovação.

– Eu avisei, monsieur Martin.

– Avisou? – exclamaram Martin e Japp juntos.

Poirot sorriu.

– Enfraquece um pouco o motivo, não? – murmurou. – E agora, monsieur Martin, gostaria de lhe mostrar isto aqui.

Mostrou-lhe o parágrafo no jornal.

Bryan leu, sem muito interesse.

– Acredita que isto sirva de álibi? – perguntou. – Edgware foi baleado ontem à noite, não?

– Foi esfaqueado, não baleado – corrigiu Poirot.

Martin largou o jornal devagar.

– Não faz diferença – disse, com pesar. – Jane não foi a esse jantar.

– Como sabe?

– Esqueci. Alguém me contou.

– Que pena – disse Poirot, pensativo.

Japp olhou-o com curiosidade.

– Não o entendo, monsieur. Agora parece que o senhor não quer que a moça seja culpada.

– Não, não, meu bom e velho Japp. Não sou tão sectário quanto imagina. Mas, com toda a franqueza, esse caso, do jeito que se apresenta, é um insulto à inteligência.

– Como assim, "um insulto à inteligência"? A minha não se sente insultada.

Consegui ver as palavras na ponta da língua de Poirot. Ele se conteve.

– Temos aqui uma moça que deseja se livrar do marido. Quanto a isso, não há discussão. Ela mesma me disse. *Eh bien*, o que ela faz? Repete várias vezes, em alto e bom som, perante testemunhas, que está pensando em matá-lo. Aí, uma noite ela sai, vai até a casa dele, anuncia a própria identidade, esfaqueia o sujeito e vai embora. Como é que você chama isso, meu caro? Acha que tem cabimento?

– Foi um pouco imprudente, é verdade.

– Imprudente? Foi uma imbecilidade total!

– Bem – disse Japp, levantando-se. – Melhor para a polícia quando os criminosos perdem a cabeça. Preciso voltar ao Savoy.

– Posso acompanhá-lo?

Japp não objetou, e nos preparamos para sair. Bryan Martin relutava em se despedir. Parecia bastante tenso. Pediu para que o informássemos de qualquer novidade.

– Sujeitinho nervoso – foi o comentário de Japp.

Poirot concordou.

No Savoy, encontramos um homem de aspecto extremamente jurídico, que havia acabado de chegar, e fomos todos juntos até o apartamento de Jane. Japp perguntou, laconicamente, a um de seus agentes:

– Alguma novidade?

– Ela queria usar o telefone!

– Para quem ela ligou? – indagou Japp.

– Para a Jay's. Para encomendar o luto.

Japp praguejou baixinho. Entramos no apartamento.

A viúva lady Edgware estava experimentando chapéus em frente ao espelho. Vestia um robe transparente branco e preto. Cumprimentou-nos com um sorriso deslumbrante.

– Monsieur Poirot! Que bom que o senhor veio! Sr. Moxon (era o nome do advogado), fico feliz por ter vindo. Sente-se aqui do meu lado e diga-me a que perguntas devo responder. Esse homem, pelo visto, acha que eu saí hoje de manhã para matar George.

– Ontem à noite, madame – corrigiu Japp.

– O senhor disse hoje de manhã. Às dez horas.

– Dez horas da noite.

– Bom, para mim dá no mesmo.

– Dez horas da manhã é agora – acrescentou o inspetor, com severidade.

Jane arregalou os olhos.

– Nossa – murmurou. – Faz anos que não acordo tão cedo. Céus, o dia devia estar amanhecendo quando o senhor chegou.

– Um momento, inspetor – disse o sr. Moxon, em tom profissional maçante. – A que horas ocorreu esse... lamentável... chocante... incidente?

– Por volta das dez da noite de ontem.

– É isso mesmo – disse Jane bruscamente. – Eu estava numa festa... Oh! – exclamou de repente, tapando a boca. – Talvez eu não devesse ter dito isso.

Seus olhos procuraram os do advogado, num apelo tímido.

– Se às dez horas da noite de ontem a senhora estava... numa festa, lady Edgware, eu... não vejo por que não informar o inspetor sobre o fato... não faço nenhuma objeção.

– Exatamente – concordou Japp. – Só lhe pedi uma declaração sobre seus movimentos de ontem à noite.

– Não. O senhor disse às dez não sei o que lá. E, além disso, o senhor me deu um baita susto. Caí desmaiada no chão, sr. Moxon.

– E quanto à festa, lady Edgware?

– Foi na casa de sir Montagu Corner... em Chiswick.

– A que horas a senhora foi para lá?

– O jantar estava marcado para as oito e meia.

– A que horas a senhora saiu daqui?

– Às oito, mais ou menos. Dei uma passadinha no Piccadilly Palace para me despedir de uma amiga americana que estava indo para os Estados Unidos... a sra. Van Dusen. Cheguei em Chiswick às quinze para as nove.

– A que horas foi embora?

– Lá pelas onze e meia.

– Veio direto para cá?

– Sim.

– De táxi?

– Não. No meu carro. Aluguei-o do pessoal da Daimler.

– E durante o jantar a senhora não saiu da casa em momento algum?

– Bem... eu...

– Quer dizer que saiu?

Parecia um cão perseguindo um rato.

– Não sei o que o senhor quer dizer. Fui chamada para atender uma ligação durante o jantar.

– Quem era?

– Acho que foi trote. Uma voz perguntou: "É lady Edgware?". Eu respondi: "Ela mesma". A pessoa deu uma risada e desligou.

– A senhora saiu da casa para atender o telefonema?

Jane arregalou os olhos, de espanto.

– Claro que não.

– Quanto tempo a senhora ficou longe da mesa de jantar?

– Mais ou menos um minuto e meio.

Depois dessa, Japp entregou os pontos. Eu estava absolutamente convencido de que ele não acreditava numa só palavra do que ela dizia, mas, depois de ouvir sua história, nada mais lhe restava fazer até confirmá-la ou refutá-la.

Agradecendo friamente, ele se retirou.

Nós também já estávamos de saída quando Jane chamou Poirot.

– Monsieur Poirot. O senhor me faria um favor?

– Claro, madame.

– Poderia mandar um telegrama para o duque em Paris? Ele está no Crillon. Precisa saber o que está acontecendo. Não quero mandar o telegrama eu mesma. Preciso bancar a viúva inconsolável por uma ou duas semanas.

– Não é necessário mandar telegrama, madame – disse Poirot, com delicadeza. – Os jornais franceses publicarão a notícia.

– Que cabeça a minha! É claro. Melhor não mandar telegrama nenhum. Acho que devo manter minha postura agora que tudo deu certo. Quero agir como uma viúva. Com certa majestade, sabe? Pensei em mandar uma coroa de orquídeas. Não há nada mais caro. Acho que terei de ir ao enterro. O que o senhor me diz?

– A senhora terá primeiro de ir ao inquérito, madame.

– É verdade. – Ficou pensativa. – Não gosto nem um pouco do inspetor da Scotland Yard. Ele me assusta, sabia?

– É mesmo?

– Acho que tive sorte de ter mudado de ideia e ido àquela festa.

Poirot já se encaminhava para a porta, mas deu meia-volta ao ouvir essas palavras.

– O que foi que a senhora disse, madame? A senhora mudou de ideia?

– Sim. Eu não pretendia ir. Estava com muita dor de cabeça ontem à tarde.

Poirot engoliu em seco. Parecia ter dificuldade para falar.

– A senhora... contou isso para alguém? – perguntou, por fim.

– Claro. Estava tomando chá com um monte de gente, e eles queriam que eu fosse a um coquetel. Falei que não ia. Que minha cabeça estava explodindo e que ia direto para casa. Comentei que também perderia o jantar.

– E o que a fez mudar de ideia, madame?

– Ellis me chamou a atenção. Disse que eu não podia furar. O velho sir Montagu tem muita influência e é um sujeito extravagante, que se ofende com facilidade. Eu não estava nem aí. Assim que me casar com Merton, tudo isso não terá mais importância. Mas Ellis é sempre cautelosa. Disse que eu não podia me permitir qualquer deslize, essas coisas, e ela tem razão. Lá fui eu, então.

– A senhora deve se sentir eternamente grata a Ellis, madame – disse Poirot, sério.

– Sim, sim. Aquele inspetor pensou em tudo, não?

Jane riu. Poirot, não.

– De qualquer maneira – disse Poirot, em voz baixa –, isso nos dá muito em que pensar. Sim, muito em que pensar.

– Ellis – chamou Jane.

A criada veio do quarto contíguo.

– Monsieur Poirot disse que foi muita sorte você ter me convencido a ir àquela festa ontem à noite.

Ellis mal olhava para Poirot. Estava séria, com ar de censura.

– Não está certo faltar aos compromissos, madame. A senhora gosta muito de fazer isso. As pessoas nem sempre nos perdoam. Ficam chateadas.

Jane pegou o chapéu que experimentava quando chegamos. Vestiu-o de novo.

– Detesto preto – disse, desolada. – Nunca uso. Mas imagino que, como viúva decente, preciso usar. Todos estes chapéus são um horror. Ligue para aquela outra loja de chapéus, Ellis. Preciso me preparar para aparecer em público.

Poirot e eu saímos discretamente.

Capítulo 7

A secretária

Não ficamos livres de Japp. Ele voltou cerca de uma hora depois, jogou o chapéu em cima da mesa e declarou que estava eternamente amaldiçoado.

– Fez os inquéritos? – perguntou Poirot, compadecido.

Japp assentiu, desalentado.

– E a menos que quatorze pessoas estejam mentindo, não foi ela quem matou – resmungou.

Prosseguiu:

– Não me importo em confessar, monsieur Poirot, que eu esperava encontrar um conluio. Em face das circunstâncias, parecia improvável que alguém mais pudesse ter matado lorde Edgware. Ela é a única pessoa que tem algum motivo.

– Eu não diria isso. *Mais continuez.*

– Bom, como eu disse, já esperava encontrar um conluio. O senhor sabe como essa gente de teatro é. Todos se unem para proteger um amigo. Mas nesse caso é muito diferente. As pessoas presentes ontem à noite ao jantar eram todas importantes. Não havia nenhum amigo próximo dela, e alguns nem se conheciam. São testemunhos independentes e fidedignos. Eu esperava, então, descobrir que ela se afastou por meia hora, mais ou menos. Poderia facilmente ter feito isso, com o pretexto de ir empoar o nariz ou qualquer outra desculpa. Mas não. Saiu da mesa de jantar, como disse, para atender a uma ligação, e o mordomo estava com ela. A propósito, tudo aconteceu conforme relatado.

O mordomo ouviu quando ela respondeu: "Isso. É ela mesma". E depois desligaram do outro lado. Curioso. Não que tenha alguma coisa a ver com o caso.

– Talvez não. Mas é interessante. Era um homem ou uma mulher do outro lado da linha?

– Uma mulher, parece.

– Estranho – disse Poirot, pensativo.

– Não vem ao caso – disse Japp, impaciente. – Voltemos ao que importa. A noite toda transcorreu conforme descrito. Ela chegou lá às quinze para as nove, foi embora às onze e meia e chegou aqui de volta às quinze para a meia-noite. Conversei com o motorista que a trouxe. Ele trabalha para a Daimler. E o pessoal do Savoy, que a viu entrar, confirma o horário.

– *Eh bien*, parece bastante conclusivo.

– E o que me diz daqueles dois em Regent Gate? Não é só o mordomo. A secretária de lorde Edgware também a viu. Os dois juram por tudo quanto é mais sagrado que lady Edgware esteve lá às dez horas.

– Há quanto tempo o mordomo trabalha lá?

– Há seis meses. Sujeito bastante bonito, diga-se de passagem.

– É verdade. *Eh bien*, meu caro, se ele está lá há apenas seis meses, não pode ter reconhecido lady Edgware, uma vez que nunca a tinha visto antes.

– Bom, ele a conhecia dos jornais. E, de qualquer maneira, a secretária a conhecia pessoalmente. Estava com lorde Edgware há cinco ou seis anos e é a única que tem certeza absoluta.

– Ah! – exclamou Poirot. – Gostaria de conversar com essa secretária.

– Por que não vem comigo agora?

– Obrigado, *mon ami*, será um prazer. Imagino que o convite inclua Hastings.

Japp sorriu.

– O que é que o senhor acha? Onde o dono vai, o cachorro vai atrás – acrescentou, numa brincadeira que não me pareceu de bom gosto.

– Lembra-me o caso de Elizabeth Canning – disse Japp. – Lembra? Um monte de testemunhas de ambas as partes jurou ter visto a cigana, Mary Squires, em dois lugares diferentes da Inglaterra. Testemunhas bastante confiáveis. E a mulher tinha um rosto tão horrível que não podia haver outra igual. O mistério nunca foi esclarecido. O mesmo está acontecendo agora. Há dois grupos de pessoas capazes de jurar que lady Edgware estava em dois lugares diferentes ao mesmo tempo. Qual deles está falando a verdade?

– Isso não é difícil de descobrir.

– É o que o senhor acha. Só que essa mulher, srta. Carroll, realmente *conhecia* lady Edgware. Conviveu com ela na casa, dia após dia. Dificilmente se enganaria a esse respeito.

– Veremos em breve.

– Quem herda o título? – perguntei.

– Um sobrinho, capitão Ronald Marsh. Pelo que soube, é um tipo perdulário.

– O que o médico disse em relação à hora da morte? – perguntou Poirot.

– Precisamos esperar o resultado da autópsia para termos certeza. Ver aonde o jantar tinha chegado. – A maneira de se expressar de Japp, sinto dizer, não era nem um pouco refinada. – Mas às dez horas encaixa perfeitamente. Lorde Edgware foi visto com vida um pouco depois das nove, quando deixou a mesa de jantar, e o mordomo lhe levou uísque e soda à biblioteca. Às onze, quando o mordomo foi se deitar, a luz estava apagada.

Portanto, lorde Edgware já devia estar morto. Ele não ficaria sentado no escuro.

Poirot assentiu, pensativo. Um pouco depois, estacionamos em frente à casa, cujas venezianas estavam fechadas agora.

O belo mordomo veio abrir a porta.

Japp tomou a dianteira e entrou primeiro. Poirot e eu seguimos atrás. A porta abria para o lado esquerdo, de modo que o mordomo se afastou para a parede correspondente. Poirot estava à minha direita, e, como é mais baixo do que eu, só quando pisamos no hall de entrada é que o mordomo o viu. Estando próximo dele, percebi que prendera a respiração e fitava Poirot com uma espécie de medo estampado no rosto. Registrei o fato na memória. Poderia ser útil mais tarde.

Japp dirigiu-se à sala de jantar, que ficava à nossa direita, e chamou o mordomo.

– Então, Alton, quero recapitular tudo com muito cuidado. Eram dez horas quando a mulher chegou.

– Sua Excelência? Sim, senhor.

– Como você a reconheceu? – perguntou Poirot.

– Ela me disse seu nome, senhor. Além disso, eu já tinha visto fotos dela nos jornais. E já a vi atuar, também.

Poirot fez que entendia.

– Como ela estava vestida?

– De preto, senhor. Um vestido preto de passeio e um pequeno chapéu, preto também. Colar de pérolas e luvas cinza.

Poirot olhou para Japp com ar de interrogação.

– Um vestido de gala de tafetá branco e abrigo de arminho – disse o último, sucintamente.

O mordomo prosseguiu. Seu relato coincidia exatamente com o que Japp já havia nos contado.

– Alguém mais procurou seu patrão nessa noite? – perguntou Poirot.

– Não, senhor.

– Como a porta de entrada foi trancada?

– Ela tem fechadura Yale, senhor. Normalmente, passo o ferrolho quando vou dormir. Às onze. Mas ontem à noite a srta. Geraldine tinha ido à ópera, e por isso deixei sem tranca.

– Como estava a porta hoje de manhã?

– Trancada, senhor. A srta. Geraldine trancou-a quando entrou.

– Sabe a que horas ela chegou?

– Acho que eram quinze para a meia-noite, senhor.

– Ou seja, durante a noite, até quinze para a meia--noite, a porta não podia ser aberta pelo lado de fora sem chave. Por dentro, bastava puxar o trinco.

– Sim, senhor.

– Quantas chaves da entrada existem?

– Lorde Edgware tinha uma, e havia outra na gaveta do hall, que a srta. Geraldine levou ontem à noite. Não sei se havia outras.

– Ninguém mais da casa tem chave?

– Não, senhor. A srta. Carroll sempre toca a campainha.

Poirot anunciou que isso era tudo o que ele desejava saber, e fomos procurar a secretária.

Encontrava-se muito ocupada, escrevendo numa mesa grande.

A srta. Carroll era uma mulher simpática, aparentemente eficiente, de quarenta e cinco anos, mais ou menos. O cabelo louro começava a ficar grisalho, e ela usava pincenê, através da qual brilhava um par de astuciosos olhos azuis. Quando falou, reconheci a voz profissional e clara da ligação do outro dia.

– Ah, monsieur Poirot – exclamou depois das apresentações de Japp. – Sim. Foi com o senhor que marquei o encontro para ontem de manhã.

– Justamente, madame.

Poirot parecia favoravelmente impressionado com ela. Era a ordem e a precisão personificadas.

– Então, inspetor Japp? – disse a srta. Carroll. – O que mais posso fazer pelo senhor?

– Apenas me responda o seguinte: tem certeza absoluta de que foi lady Edgware quem veio aqui na noite passada?

– Já é a terceira vez que o senhor me pergunta isso. É claro que eu tenho certeza. Eu a vi.

– Onde, mademoiselle?

– No hall. Falou um instante com o mordomo e foi até a biblioteca.

– E onde a senhora estava?

– No andar de cima. Olhando para baixo.

– E tem certeza de que não se enganou?

– Absoluta. Vi bem o rosto dela.

– Não pode ter confundido com alguém parecido?

– Não. As feições de Jane Wilkinson são inconfundíveis. Era ela.

Japp lançou um olhar para Poirot, como quem dizia: "Está vendo?".

– Lorde Edgware tinha algum inimigo? – perguntou Poirot de repente.

– Que absurdo! – exclamou a srta. Carroll.

– Como assim, "absurdo", mademoiselle?

– Inimigo? As pessoas hoje em dia não têm *inimigos*. Não os ingleses!

– E, no entanto, lorde Edgware foi assassinado.

– Mas pela esposa – disse a srta. Carroll.

– Uma esposa não pode ser um inimigo?

– Não há dúvida de que o que aconteceu foi realmente extraordinário. Nunca ouvi falar de nada parecido. Pelo menos, não no nosso nível social.

Era evidente a ideia da srta. Carroll de que crimes só eram cometidos por pessoas bêbadas nas classes sociais mais baixas.

– Quantas chaves da porta da frente existem?

– Duas – respondeu a srta. Carroll, sem pestanejar. – Lorde Edgware sempre ficava com uma. A outra era guardada na gaveta do hall, para ficar à mão de quem fosse voltar tarde. Havia uma terceira, mas o capitão Marsh a perdeu. Muito descuido.

– O capitão Marsh vinha muito à casa?

– Ele morava aqui, até três anos atrás.

– Por que ele foi embora? – perguntou Japp.

– Não sei. Ele não se dava bem com o tio, acho.

– Acho que a senhora sabe um pouco mais do que isso, mademoiselle – disse Poirot, delicadamente.

Ela olhou bruscamente para ele.

– Não sou de fazer fofoca, monsieur Poirot.

– Mas pode nos contar a verdade sobre os boatos de uma séria desavença entre lorde Edgware e o sobrinho.

– Não foi tão séria assim. Lorde Edgware era um homem de temperamento difícil.

– A senhora também achava isso?

– Não falo por mim. Nunca tive nenhum problema com lorde Edgware. Ele sempre confiou plenamente em mim.

– Mas em relação ao capitão Marsh...

Poirot insistia nesse ponto, incitando-a, discretamente, a novas revelações.

A srta. Carroll encolheu os ombros.

– Ele era extravagante. Contraía dívidas. Havia outro problema, não sei exatamente qual. Eles brigaram. Lorde Edgware proibiu que ele pisasse em casa. E só.

Apertou a boca com firmeza. Evidentemente, não pretendia dizer mais nada.

A sala em que a tínhamos interrogado situava-se no andar superior. Quando saímos, Poirot me pegou pelo braço.

– Um momento. Espere aqui, por favor, Hastings. Vou descer com Japp. Observe até entrarmos na biblioteca. Depois, vá ao nosso encontro.

Há muito tempo que desisti de fazer perguntas que comecem com "por que" a Poirot. Como no caso da Brigada Ligeira, "não me compete discutir, apenas obedecer ou sucumbir", embora felizmente ainda não fosse a hora de sucumbir. Poirot devia estar desconfiado de que o mordomo o espionava e queria certificar-se.

Assumi meu posto de comando no corrimão da escada. Poirot e Japp foram primeiro até a porta da frente, desaparecendo do meu campo de visão. Em seguida, reapareceram caminhando lentamente pelo corredor. Observei-os até entrarem na biblioteca. Esperei um instante, para ver se o mordomo não aparecia, mas, não vendo sinal de ninguém, desci a escada correndo e fui ao encontro deles conforme combinado.

O corpo, evidentemente, havia sido removido. As cortinas estavam fechadas, e as luzes, acesas. Poirot e Japp encontravam-se no meio da sala, observando o ambiente.

– Não há nada aqui – declarou Japp.

E Poirot respondeu com um sorriso:

– Pena! Nem cinza de cigarro... uma pegada... a luva da madame... nem um perfume no ar! Nada que um detetive de ficção encontra com tanta facilidade.

– Nos romances policias, a polícia é sempre cega como morcego – disse Japp, com um sorriso.

– Encontrei uma pista uma vez – comentou Poirot. – Mas, como tinha mais de um metro de comprimento e não um palmo, ninguém acreditou.

Lembrei-me da ocasião e ri. Depois, voltei à minha missão.

– Tudo certo, Poirot – falei. – Fiquei observando e não vi ninguém espiando.

– Os olhos do meu amigo Hastings – disse Poirot, numa espécie de ironia delicada. – Diga-me, meu caro, você reparou na rosa que eu trazia nos lábios?

– A rosa que trazia nos lábios? – perguntei, atônito. Japp caiu na gargalhada.

– Assim o senhor me mata, monsieur Poirot – disse ele. – Ainda me mata. Uma rosa. Qual a próxima?

– Eu estava brincando de Carmen – disse Poirot, sem se alterar.

Já não sabia quem era o louco ali, eles ou eu.

– Não reparou, Hastings? – perguntou, em tom de reprovação.

– Não – respondi, encarando-o. – Mas não dava para ver seu rosto. Só as costas.

– Não importa – sacudiu a cabeça devagar.

Estariam se divertindo à minha custa?

– Bem – disse Japp. – Não há mais nada a fazer aqui, imagino. Gostaria de conversar com a filha de novo, se for possível. Ela estava abalada demais antes para eu conseguir alguma coisa dela.

Tocou a campainha para chamar o mordomo.

– Pergunte à srta. Marsh se eu posso falar um instante com ela.

O mordomo saiu. Poucos minutos depois, em vez dele, apareceu a srta. Carroll.

– Geraldine está dormindo – informou. – A coitadinha teve um choque terrível. Depois que vocês saíram, dei-lhe alguma coisa para dormir, e agora ela pegou no sono. Talvez daqui a uma ou duas horas...

Japp concordou.

– De qualquer maneira, não há nada que ela possa lhes dizer que eu não possa – afirmou a srta. Carroll.

– Qual a sua opinião a respeito do mordomo? – indagou Poirot.

– Não gosto muito dele, isso é fato – respondeu a srta. Carroll. – Mas não sei por quê.

Havíamos chegado à porta da frente.

– Foi ali em cima que a senhora estava parada ontem à noite, não foi, mademoiselle? – perguntou Poirot repentinamente, apontando para o topo da escada.

– Sim. Por quê?

– E a senhora viu lady Edgware atravessar o corredor até a biblioteca?

– Sim.

– E viu nitidamente seu rosto?

– Vi.

– *Mas é impossível que a senhora tenha visto, mademoiselle.* Dali, só dava para ver a nuca.

A srta. Carroll corou. Parecia surpresa.

– A nuca, a voz, o caminhar! Dá tudo no mesmo. Absolutamente inconfundível! Tenho certeza de que era Jane Wilkinson... a pior pessoa que já conheci na vida – disse.

E, virando-se, saiu correndo escada acima.

Capítulo 8

Possibilidades

Japp teve de ir. Poirot e eu entramos no Regent's Park e encontramos um banco sossegado.

– Agora entendo a história da rosa nos lábios – falei, rindo. – Na hora, achei que vocês estivessem doidos.

Poirot assentiu com a cabeça, sem sorrir.

– Observe, Hastings, que a secretária é uma testemunha perigosa. Perigosa porque é inexata. Percebeu como ela foi categórica ao afirmar que viu *o rosto* da visitante? Na hora, achei impossível. Vindo *da* biblioteca, sim, mas não indo *para* a biblioteca. Por isso fiz aquela pequena experiência, que resultou como *eu* imaginava, e aí preparei a armadilha para ela. Ela mudou imediatamente de atitude.

– Mas continuou afirmando o mesmo – contestei. – E, para falar a verdade, uma voz e um andar são realmente inconfundíveis.

– Não, não.

– Ora, Poirot, a meu ver, a voz e a maneira de andar da pessoa são suas duas principais características.

– Concordo. E, portanto, são as mais fáceis de imitar.

– Você acha que...

– Voltemos alguns dias. Lembra aquela noite em que estávamos na plateia de um teatro...

– Carlotta Adams? Ah! Ela é genial.

– Uma pessoa famosa não é tão difícil de imitar. Mas concordo que ela tem um dom fora de série. Creio que seria capaz de causar o mesmo efeito sem o auxílio da ribalta e da distância...

Um pensamento repentino me passou pela cabeça.

– Poirot, você não acha que talvez... não, seria muita coincidência.

– Depende do ponto de vista, Hastings. Considerando sob determinado ângulo, não seria coincidência alguma.

– Mas por que Carlotta Adams desejaria matar lorde Edgware? Ela nem o conhecia.

– Como você sabe que ela não o conhecia? Não comece a supor coisas, Hastings. Talvez houvesse alguma ligação entre eles que ignoramos. Não que essa seja a minha teoria.

– Então você tem uma teoria.

– Sim. A possibilidade de Carlotta Adams estar envolvida me ocorreu desde o princípio.

– Mas, Poirot...

– Espere, Hastings. Deixe-me expor alguns fatos. Lady Edgware, sem a mínima reticência, discute sua relação com o marido em público, chegando a falar em matá-lo. Não fomos só nós dois que ouvimos isso. Um garçom também ouviu, a criada provavelmente já ouviu milhares de vezes, Bryan Martin... e imagino que a própria Carlotta Adams. Isso além das pessoas para quem essa gente conta. Aí, naquela mesma noite, a imitação de Jane feita por Carlotta Adams é extremamente elogiada. Quem tinha motivo para matar lorde Edgware? Sua esposa. Agora, suponhamos que mais alguém quisesse se ver livre dele. Essa pessoa dispõe de um perfeito bode expiatório. No dia em que Jane Wilkinson avisa que está com dor de cabeça e pretende passar a noite em casa, tranquila... *o plano é posto em ação.* Lady Edgware precisa ser vista entrando na casa de Regent Gate. Bem, ela é vista. Chega a anunciar a própria identidade. *Ah! C'est un peu trop, ça!* Até uma ameba ficaria desconfiada. E outro detalhe... pequeno, reconheço. A mulher que esteve ontem à noite na casa estava de preto. *Jane Wilkinson jamais se veste de preto.* Ela mesma disse. Suponhamos, então, que a mulher que esteve na casa ontem à noite *não* fosse Jane Wilkinson... que fosse uma mulher imitando Jane Wilkinson. Será que essa mulher matou lorde Edgware? Uma terceira pessoa entrou na casa para matá-lo? Nesse caso, teria chegado antes ou depois da suposta visita de lady Edgware? Se depois, o que será que ela disse para lorde Edgware? Como explicou sua presença? Podia enganar o mordomo, que não a conhecia, e a secretária, que não a viu de perto. Mas não podia esperar enganar o marido. Ou havia apenas um cadáver na sala? Será que lorde Edgware foi assassinado *antes* de ela entrar na casa... em algum horário entre nove e dez horas?

– Pare, Poirot! – exclamei. – Você está me deixando zonzo.

– Não, não, meu caro. Estamos só analisando as possibilidades. É como experimentar roupa. Esta serve? Não, está enrugada no ombro. E esta? Sim, está melhor, mas um pouco apertada. Esta outra é pequena demais. E assim por diante, até conseguir o corte perfeito, a verdade.

– Quem você suspeita que tenha traçado um plano tão diabólico? – perguntei.

– Ah, é cedo demais para dizer. Precisamos primeiro saber quem tinha motivo para desejar a morte de lorde Edgware. Havia, claro, o sobrinho herdeiro. Um pouco óbvio demais, talvez. E depois, apesar da opinião dogmática da srta. Carroll, há a questão das inimizades. Tenho a impressão de que lorde Edgware fazia inimigos com facilidade.

– Sim – concordei. – Também acho.

– Seja quem for, deve se imaginar acima de qualquer suspeita. Lembre-se, Hastings, que, se não fosse pela mudança de ideia no último minuto, Jane Wilkinson não teria álibi algum. Poderia ter ficado em seu quarto no Savoy, o que seria difícil provar. Teria sido presa, condenada... provavelmente enforcada.

Estremeci.

– Mas uma coisa me intriga – continuou Poirot. – O desejo de incriminá-la é evidente... mas, então, para que o telefonema? Por que alguém ligou para Chiswick e, depois de se certificar de sua presença ali, desligou imediatamente? Parece que a pessoa queria ter certeza de que ela estava lá para dar prosseguimento... a quê? Isso foi às nove e meia, possivelmente antes do assassinato. A intenção, portanto, parece... *benéfica*. Não há outra palavra. *Não* pode ter sido o assassino que ligou. Pois o assassino tinha planejado tudo para incriminar Jane. Quem era, então? Tudo indica que temos aqui duas séries de circunstâncias totalmente diferentes.

Balancei a cabeça, completamente aturdido.

– Pode ter sido mera coincidência – sugeri.

– Não, não, não pode ter sido tudo coincidência. Seis meses atrás, uma carta foi interceptada. Por quê? Há muitos pontos inexplicáveis. Deve haver algum motivo ligando todos os pontos.

Poirot suspirou. Em seguida, continuou:

– Aquela história que Bryan Martin veio nos contar...

– Isso, com certeza, não tinha a ver com o caso, Poirot.

– Você é cego, Hastings, cego e deliberadamente obtuso. Você não vê que a coisa toda forma um padrão? Um padrão confuso no momento, mas que se tornará nítido aos poucos...

Achei que Poirot estava sendo otimista demais. Eu não via qualquer possibilidade de nitidez. Minha cabeça rodopiava.

– Não adianta – falei de repente. – Não consigo acreditar que tenha sido Carlotta Adams. Ela parecia tão... sei lá, uma moça direita.

Quando pronunciei essas palavras, lembrei-me das palavras de Poirot sobre o amor ao dinheiro. Amor ao dinheiro. Seria essa a explicação do ponto aparentemente incompreensível? Poirot devia estar inspirado naquela noite. Havia visto Jane em perigo... resultado de seu estranho temperamento egoísta. Havia visto Carlotta seduzida pela ganância.

– Não acho que ela tenha cometido o crime, Hastings. Ela é calma e equilibrada demais para isso. Talvez nem tenham lhe contado do assassinato. Ela pode ter sido usada inocentemente. Mas aí...

Interrompeu-se, franzindo a testa.

– Mesmo assim, agora ela é cúmplice. Digo, verá as notícias hoje e perceberá...

Poirot deixou escapar uma interjeição rouca.

– Depressa, Hastings. Depressa! Como eu sou cego! Que idiota! Um táxi. Rápido.

Fiquei olhando para ele.

Poirot agitou os braços.

– Um táxi. Rápido.

Vinha passando um. Poirot fez sinal, e entramos correndo.

– Você sabe o endereço dela?

– De Carlotta Adams?

– *Mais oui, mais oui.* Rápido, Hastings. Rápido. Cada minuto faz diferença. Sabe ou não sabe?

– Não – respondi.

Poirot praguejou baixinho.

– A lista telefônica? Não, o nome dela não deve estar na lista. O teatro.

No teatro, não queriam fornecer o endereço de Carlotta, mas Poirot conseguiu convencê-los. Era um apartamento num bloco residencial perto de Sloane Square. Dirigimo-nos para lá, Poirot impacientíssimo.

– Espero que não seja tarde demais, Hastings. Espero que não seja tarde demais.

– Para que toda essa pressa? Não entendo. O que significa isto?

– Significa que fui lerdo. Terrivelmente lerdo em enxergar o óbvio. Ah, *mon Dieu*, se pelo menos pudéssemos chegar a tempo...

CAPÍTULO 9

A segunda morte

Embora eu não soubesse o motivo da agitação de Poirot, eu o conhecia o suficiente para saber que era importante.

Chegamos a Rosedew Mansions, Poirot saltou do carro, pagou o motorista e entrou rapidamente no edifício. O apartamento da srta. Adams ficava no primeiro andar, conforme indicava um cartão de visita fixado num quadro.

Poirot subiu a escada correndo. Não queria esperar o elevador, que estava num dos pavimentos superiores.

Bateu à porta e tocou a campainha. Houve uma pequena demora. Pouco tempo depois, a porta foi aberta por uma mulher alinhada, de meia-idade, com o cabelo firmemente repuxado na nuca. Suas pálpebras estavam vermelhas de tanto chorar.

– Srta. Adams? – solicitou Poirot, ansioso.

A mulher olhou para ele.

– O senhor não soube?

– Soube? Soube de quê?

O rosto dele empalideceu totalmente, e percebi que aquilo, fosse o que fosse, era o que ele temia.

A mulher continuou a sacudir a cabeça lentamente.

– Ela está morta. Morreu durante o sono. Uma coisa terrível.

Poirot apoiou-se na ombreira da porta.

– Tarde demais – murmurou.

Sua agitação era tão evidente que a mulher olhou para ele com mais atenção.

– Desculpe-me, mas o senhor é amigo dela? Não me lembro de tê-lo visto aqui antes.

Poirot não respondeu à pergunta diretamente. Em vez disso, retrucou:

– Chamaram o médico? O que ele disse?

– Ela tomou uma dose excessiva de pílulas para dormir. Oh! Que tristeza! Uma moça tão boa. Essas drogas são um perigo... uma coisa horrível. Veronal, ele disse que era.

Poirot empertigou-se de repente, assumindo uma nova autoridade.

– Preciso entrar – disse.

A mulher ficou nitidamente desconfiada.

– Não acho que... – começou a dizer.

Mas Poirot estava decidido. Tomou a única atitude que provavelmente daria algum resultado.

– A senhora tem que me deixar entrar – disse. – Sou detetive e preciso investigar as circunstâncias da morte de sua patroa.

A mulher soltou um suspiro, afastando-se para um lado para que entrássemos.

A partir desse momento, Poirot assumiu o controle da situação.

– O que eu lhe disse – advertiu, autoritário – é estritamente sigiloso. Não pode sair daqui. Todo mundo deve continuar achando que a morte da srta. Adams foi acidental. Por favor, diga-me o nome e o endereço do médico que chamou.

– Dr. Heath, Carlisle Street 17.

– E o seu nome?

– Bennett. Alice Bennett.

– Pelo que pude perceber, gostava muito da srta. Adams, não, srta. Bennett?

– Ah, sim. Gostava muito. Era uma ótima moça. Trabalhei para ela no ano passado, quando ela estava aqui. Nem parecia atriz. Uma verdadeira dama. Requintada, e queria que tudo fosse assim também.

Poirot ouviu com atenção e interesse. Não demonstrava sinais de impaciência. Compreendi que agir com delicadeza era a melhor forma de obter as informações que ele queria.

– Deve ter sido um grande choque para a senhora – comentou.

– Oh, foi sim. Levei-lhe o chá... às nove e meia, como sempre, e ela estava lá deitada. Achei que estivesse dormindo. Larguei a bandeja e abri as cortinas. Uma das argolas ficou presa, e precisei puxar com força. Fez um barulho danado. Fiquei surpresa ao ver que ela não tinha acordado. Até que, de repente, algo me chamou a atenção. O jeito que ela estava deitada não era natural. Cheguei perto da cama e toquei nela. Estava gelada, senhor, e eu comecei a berrar.

Parou, com o rosto cheio de lágrimas.

– Sim, sim – disse Poirot, compreensivo. – Deve ter sido horrível para a senhora. A srta. Adams costumava tomar essas coisas para dormir?

– Tomava remédio para dor de cabeça de vez em quando. Uns comprimidos que vinham num vidrinho. Mas ontem à noite ela tomou outra coisa, disse o médico.

– Alguém veio visitá-la durante a noite?

– Não, senhor. Ela saiu ontem à noite, senhor.

– Ela disse para onde ia?

– Não, senhor. Saiu por volta das sete horas.

– Sei. E como ela estava vestida?

– Estava com um vestido preto, senhor. Vestido preto e chapéu preto.

Poirot me olhou.

– Usava alguma joia?

– Só o colar de pérolas que sempre usava, senhor.

– E luvas? Luvas cinza?

– Sim, senhor. Suas luvas eram cinza.

– Ah! Agora descreva, se puder, como ela estava. Estava alegre? Empolgada? Triste? Nervosa?

– Parecia feliz com alguma coisa, senhor. Vivia sorrindo, como se estivesse participando de alguma brincadeira.

– E a que horas ela voltou?

– Um pouco depois de meia-noite, senhor.

– E como ela estava nesse momento? Igual?

– Estava exausta, senhor.

– Mas não aborrecida? Ou aflita?

– Oh! Não, senhor. Acho que estava feliz com alguma coisa, mas cansada, se é que me entende. Ia ligar para alguém e depois disse que era melhor não, que ligaria no dia seguinte.

– Ah! – fez Poirot, com brilho nos olhos. Curvou-se para a frente e falou numa voz pretensamente indiferente.

– A senhora ouviu o nome da pessoa para quem ela ligou?

– Não, senhor. Apenas pediu o número, esperou, e então a telefonista deve ter dito: "Estou tentando a ligação", como sempre fazem, senhor, e ela respondeu: "Tudo bem". De repente, então, ela bocejou e disse: "Melhor não. Estou cansada demais". Colocou o telefone no gancho e começou a tirar a roupa.

– E que número ela pediu, a senhora se lembra? Pense. Talvez seja importante.

– Sinto muito, não sei, senhor. Só me lembro que era um número de Victoria. Não estava prestando muita atenção.

– Ela comeu ou bebeu alguma coisa antes de ir para a cama?

– Um copo de leite quente, como sempre.

– Quem preparou?

– Eu, senhor.

– E ninguém veio ao apartamento essa noite?

– Ninguém, senhor.

– E mais cedo, durante o dia?

– Não que eu lembre, senhor. A srta. Adams saiu para almoçar e tomar chá. Voltou às seis da tarde.

– E quando entregaram o leite? O leite que ela tomou ontem à noite?

– Ela tomou leite fresco, senhor. Entregue à tarde. O menino deixa do lado de fora da porta às quatro. Mas, senhor, tenho certeza de que não havia nada de errado com o leite. Eu mesma tomei leite hoje de manhã, junto com chá. E o médico disse que tinha certeza de que ela tinha tomado aquele negócio horrível.

– É possível que eu esteja enganado – disse Poirot. – Sim, é possível que eu esteja redondamente enganado. Conversarei com o médico. Mas a srta. Adams tinha inimigos. As coisas são muito diferentes nos Estados Unidos...

Poirot hesitou, mas a boa Alice mordeu a isca.

– Oh, eu sei, senhor. Já li sobre Chicago, e os pistoleiros, e tudo o mais. Deve ser um país difícil. E nem quero pensar no que a polícia faz. Não é como a nossa polícia.

Felizmente, Poirot deixou por isso mesmo, percebendo que as tendências nacionalistas de Alice Bennett lhe poupavam o incômodo de dar mais explicações.

Deteve o olhar numa pequena valise, que mais parecia uma pasta de documentos, em cima de uma poltrona.

– A srta. Adams levou aquilo ali com ela quando saiu ontem à noite?

– De manhã sim, senhor. Não estava com ela quando ela voltou na hora do chá, mas ela trouxe de volta quando chegou mais tarde.

– Ah! Permite que eu abra?

Alice Bennett permitiria qualquer coisa. Como a maioria das mulheres prudentes e desconfiadas, quando conquistavam sua confiança tornavam-se brinquedos fáceis de manipular. Teria concordado com tudo o que Poirot lhe propusesse.

A valise não estava trancada. Poirot abriu-a. Aproximei-me e espiei por cima do ombro dele.

– Está vendo, Hastings? – murmurou, animado.

O conteúdo era realmente sugestivo.

Havia uma caixa de maquiagem, dois objetos que reconheci como plataformas para colocar no sapato e aumentar cerca de três centímetros de altura, um par de luvas cinza e, enrolada num papel de seda, uma peruca muito bem feita, de cabelo dourado, exatamente a tonalidade do cabelo de Jane Wilkinson, penteada da mesma maneira, repartida no meio e com cachinhos na parte de trás.

– Você ainda tem alguma dúvida, Hastings? – perguntou Poirot.

Acho que até aquele momento eu tinha. Mas então era impossível não acreditar.

Poirot fechou a valise e voltou-se para a criada.

– Não sabe com quem a srta. Adams jantou ontem à noite?

– Não, senhor.

– Sabe com quem ela almoçou ou com quem tomou chá?

– Quanto ao chá, não sei de nada, senhor. Mas acho que ela almoçou com a srta. Driver.

– Srta. Driver?

– Sim, uma grande amiga. Ela tem uma loja de chapéus na Moffat Street, perto da Bond Street, chamada Genevieve.

Poirot anotou o endereço no bloco de notas logo abaixo do endereço do médico.

– Mais uma coisa, madame. A senhora consegue se lembrar de alguma coisa... *qualquer coisa*... que mademoiselle Adams tenha dito ou feito depois de chegar, às seis, que lhe pareça um pouco estranha ou significativa?

A criada refletiu por um momento.

– Acho que não, senhor – disse, por fim. – Perguntei se ela queria chá, e ela respondeu que já tinha tomado.

– Oh! Respondeu que já tinha tomado – interrompeu Poirot. – *Pardon*. Continue.

– Depois disso, ela ficou escrevendo cartas até a hora de sair.

– Cartas, é? Sabe para quem?

– Sei, sim, senhor. Era só uma carta. Para a irmã, em Washington. Ela sempre escrevia para a irmã, duas vezes por semana. Pegou a carta para levar ao correio, para ser enviada no mesmo dia, mas acabou esquecendo.

– Então a carta ainda está aqui?

– Não, senhor. Eu a enviei. Ela só lembrou ontem à noite, na hora de dormir. E eu disse que a tinha enviado. Com mais um selo e no último malote, que seguiria sem falta.

– Ah! E o correio fica longe?

– Não, senhor. O correio fica logo ali na esquina.

– A senhora fechou a porta do apartamento ao sair?

Bennett fitou-o.

– Não, senhor. Apenas a encostei, como sempre faço quando vou ao correio.

Poirot ia falar, mas se deteve.

– O senhor gostaria de ir vê-la? – perguntou a criada, em lágrimas. – Está tão bonita...

Fomos com ela até o quarto.

Carlotta Adams parecia estranhamente tranquila e muito mais nova do que naquela noite no Savoy. Tinha o aspecto de uma criança cansada, dormindo.

Havia uma expressão esquisita no rosto de Poirot ao olhar para ela. Vi quando ele fez o sinal da cruz.

– *J'ai fait un serment*, Hastings – disse, ao descermos a escada.

Não perguntei que juramento. Dava para imaginar.

Um pouco depois, ele disse:

– Pelo menos tirei um peso da consciência. Eu não tinha como salvá-la. Quando soube da morte de lorde Edgware, ela já estava morta. Isso me consola. Sim, isso me consola bastante.

Capítulo 10

Jenny Driver

Nossa próxima providência foi visitar o médico no endereço fornecido pela criada.

Encontramos um velho irrequieto, de maneiras um tanto quanto vagas. Sabia da fama de Poirot e expressou grande prazer em conhecê-lo pessoalmente.

– O que posso fazer pelo senhor, monsieur Poirot? – perguntou ele depois dos preâmbulos de praxe.

– O senhor foi chamado hoje de manhã, monsieur *le docteur*, à cabeceira de uma tal srta. Carlotta Adams.

– Ah, sim. Coitada. Boa atriz. Já fui duas vezes ao espetáculo dela. Uma lástima que tenha terminado desse jeito. Não sei por que essas meninas têm que tomar drogas.

– O senhor acha que ela era viciada, então?

– Bom, como profissional, jamais diria uma coisa dessas. Em todo caso, não se injetava. Não havia marcas de agulha. Pelas evidências, tomava sempre via oral. A criada disse que ela dormia bem, naturalmente, mas as criadas nunca sabem de nada. Não creio que tomasse Veronal todas as noites, mas é evidente que vinha tomando havia algum tempo.

– O que o faz pensar assim?

– Isto. Droga... onde é que eu coloquei?

Vasculhava uma maleta.

– Ah, está aqui.

Mostrou uma pequena bolsa de marroquim preto.

– Terá que haver um inquérito, claro. Eu trouxe isso comigo para a criada não se intrometer.

Abrindo a pochete, tirou uma caixinha dourada com as iniciais C.A. gravadas em rubis. Era um objeto de raro valor. O médico abriu a caixa. Estava quase cheia de um pó branco.

– Veronal – explicou, lacônico. – Agora vejam o que está escrito por dentro.

No lado de dentro da tampa havia a seguinte inscrição:

C.A. de D. Paris, 10 de novembro. Sonhe com os anjos.

– Dia 10 de novembro – disse Poirot, pensativo.

– Exato. E estamos em junho agora. Ou seja, ela vinha tomando esse negócio há pelo menos seis meses. Como não há indicação de ano, também podiam ser dezoito meses, dois anos e meio ou qualquer período de tempo.

– Paris. D – disse Poirot, de cenho franzido.

– Sim. Isso lhe diz alguma coisa? A propósito, não lhe perguntei qual o seu interesse no caso. Imagino que tenha bons motivos. Suponho que queira saber se foi suicídio. Bem, eu não saberia dizer. Ninguém saberia. De acordo com o relato da criada, ela estava bastante contente ontem. Parece acidente e, na minha opinião, foi acidente mesmo. O Veronal é muito instável. Uma pessoa pode tomar uma quantidade absurda e não acontecer nada e outra tomar um pouquinho e morrer. Por isso é que é uma droga perigosa. Não tenho dúvida de que o veredito do inquérito será morte acidental. Acho que não tenho mais nada a acrescentar.

– Posso examinar a bolsa da mademoiselle?

– Claro. Claro.

Poirot esvaziou o conteúdo da pochete. Havia um lenço fino com as inicias C.M.A. no canto, uma esponja de pó de arroz, um batom, uma nota de libra, algumas moedas e um pincenê.

Poirot examinou este último item com interesse. Tinha armação dourada e era bastante austero, do tipo professoral.

– Curioso – comentou. – Eu não sabia que a srta. Adams usava óculos. Mas talvez sejam de leitura.

O médico pegou o pincenê.

– Não, são óculos para distância – afirmou. – Bem fortes, por sinal. A pessoa que usava isso devia ser muito míope.

– O senhor não sabe se a srta. Adams...

– Nunca a havia atendido antes. Uma vez fui chamado para examinar um dedo inflamado da criada. Foi a única vez que estive lá no apartamento. Vi a srta. Adams rapidamente e tenho certeza de que ela não estava de óculos.

Poirot agradeceu ao médico, e fomos embora.

Poirot parecia intrigado.

– Posso estar enganado – admitiu.

– Sobre a imitação?

– Não, não. Isso me parece fora de questão. Refiro-me à morte dela. Evidentemente, ela tinha Veronal em casa. É possível que estivesse cansada e tensa ontem à noite e tenha decidido garantir uma boa noite de sono.

De repente, estacou – para grande surpresa dos transeuntes – e bateu enfaticamente com uma mão na outra.

– Não, não, não, não! – afirmou com veemência. – Por que aconteceria um acidente de modo tão conveniente? Não foi acidente. Não foi suicídio. Não, ela desempenhou seu papel e, dessa maneira, assinou sua sentença de morte. O Veronal deve ter sido escolhido simplesmente porque sabiam que ela tomava de vez em quando e tinha aquela caixa em casa. Mas, nesse caso, o assassino deve ter sido alguém que a conhecia muito bem. Quem é D., Hastings? Eu daria tudo para saber.

– Poirot – falei, enquanto ele permanecia imerso em divagações. – Não é melhor a gente ir? Todo mundo está nos olhando.

– Hein? É, acho que você tem razão. Se bem que não me importa que olhem para mim. Não interfere em nada na minha linha de raciocínio.

– As pessoas estão começando a rir – murmurei.

– Não importa.

Eu não concordava. Detesto fazer qualquer coisa que chame a atenção. A única coisa que afeta Poirot é a possibilidade de que a umidade ou o calor estraguem a beleza de seu famoso bigode.

– Vamos pegar um táxi – disse Poirot, acenando com a bengala.

Um carro parou perto de nós, e Poirot anunciou que iríamos para a Genevieve, na Moffat Street.

A Genevieve era um desses estabelecimentos em que um chapéu indefinível e um cachecol enfeitam uma vitrine do térreo, enquanto o centro de atividades se localiza no alto de um lance de escadas com cheiro de mofo.

Subimos os degraus e chegamos a uma porta onde se lia: "Genevieve. Por favor, entre sem bater". Obedecendo à ordem, entramos numa pequena sala cheia de chapéus. Uma loura imponente adiantou-se, com um olhar desconfiado para Poirot.

– Srta. Driver? – perguntou ele.

– Não sei se a madame pode atendê-lo. Qual o assunto?

– Por favor, diga à srta. Driver que um amigo da srta. Adams quer falar com ela.

A beldade loura não precisou dar o recado. Uma cortina preta de veludo agitou-se violentamente, e uma mulher baixinha, cheia de vitalidade e cabelo ruivo, apareceu.

– O que foi? – perguntou.

– É a srta. Driver?

– Sim. O que houve com Carlotta?

– Já soube da triste notícia?

– Que triste notícia?

– A srta. Adams morreu ontem à noite, enquanto dormia. Tomou uma dose excessiva de Veronal.

Os olhos da moça arregalaram-se.

– Que terrível! – exclamou. – Coitada da Carlotta. Não consigo acreditar. Ela estava tão bem ontem...

– Mas aconteceu, mademoiselle – disse Poirot. – Olhe, é uma hora da tarde. Queria que nos desse a honra de almoçar comigo e meu amigo. Preciso lhe fazer algumas perguntas.

A moça o examinou da cabeça aos pés. Era baixinha e forte. Lembrava-me, em certos aspectos, um fox terrier.

– Meu nome é Hercule Poirot. Este é o meu amigo, capitão Hastings.

Curvei-me.

Ela intercalava o olhar de um para o outro.

– Já ouvi falar do senhor – disse bruscamente. – Vou com vocês.

Chamou a loura:

– Dorothy!

– Sim, Jenny.

– A sra. Lester virá pegar aquele modelo Rose Descartes que estamos fazendo para ela. Experimente diversas plumas. Tchau. Não devo demorar.

Apanhou um pequeno chapéu preto, colocou-o de lado na cabeça, empoou freneticamente o nariz e olhou para Poirot.

– Pronto – anunciou.

Cinco minutos depois, estávamos sentados num pequeno restaurante da Dover Street. Poirot tinha feito o pedido ao garçom, e os coquetéis já estavam na nossa frente.

– Muito bem – disse Jenny Driver. – Gostaria de saber o que significa tudo isso. Em que confusão Carlotta andou se metendo?

– Quer dizer, então, que ela andava metida em confusões?

– Quem é que fará as perguntas, o senhor ou eu?

– Minha ideia era que eu as fizesse, mademoiselle – respondeu Poirot com um sorriso. – Pelo que entendi, a senhora e a srta. Adams eram grandes amigas.

– Sim.

– *Eh bien*, então eu lhe peço, mademoiselle, que acredite na minha palavra de que estou agindo no interesse de sua falecida amiga. Garanto que não tenho outra intenção.

Houve um momento de silêncio enquanto Jenny Driver considerava a questão. Finalmente, ela assentiu, com um ligeiro gesto de cabeça.

– Acredito. Continue. O que o senhor quer saber?

– Pelo que eu soube, mademoiselle, sua amiga almoçou com a senhora ontem.

– Almoçou.

– Ela lhe contou quais eram seus planos para a noite?

– Ela não se referiu especificamente à noite passada.

– Mas ela disse alguma coisa?

– Bem, ela mencionou algo que talvez seja o que o senhor está querendo saber. Veja bem: ela falou isso em tom confidencial.

– Compreendo.

– Bem, deixe-me ver. Acho melhor eu explicar com as minhas próprias palavras.

– Como quiser, mademoiselle.

– Bem. Carlotta estava empolgada. Não é comum ela ficar assim. Ela não é desse tipo. Não me contou muito, disse que havia prometido segredo, mas adiantou alguma coisa. Concluí que ela estava envolvida num trote tremendo.

– Um trote?

– Foi o que ela disse. Não disse como, quando ou onde. Só... – Fez uma pausa, franzindo a testa. – Bem... Carlotta não é do tipo de pessoa que gosta de pregar peças ou coisa parecida. É uma moça séria, sensata e trabalhadora. O que estou querendo dizer é que alguém, evidentemente, conseguiu convencê-la. E eu acho... veja bem, ela não me disse nada...

– Não, não, eu compreendo perfeitamente. O que foi que a senhora achou?

– Achei... tinha certeza... de que, de algum modo, havia dinheiro envolvido. Nada empolgava Carlotta, exceto dinheiro. Ela era assim. Tinha uma das melhores cabeças para negócios que já vi. Ela não estaria tão animada e contente se não houvesse dinheiro, muito dinheiro no meio. Tive a impressão de que ela havia aceitado algum tipo de aposta e sabia que ia ganhar. E, no entanto, isso não é verdade. Quer dizer, Carlotta não fazia apostas. Nunca a vi fazendo apostas. Mas, de qualquer maneira, havia dinheiro envolvido.

– Ela não disse isso?

– N... Não. Só disse que poderia fazer um monte de coisas em breve. Pretendia trazer a irmã dos Estados Unidos para se encontrar com ela em Paris. Ela era louca pela irmã caçula. Muito delicada, creio, e musical. Bom, isso é tudo o que eu sei. Era isso o que o senhor queria saber?

– Sim – respondeu Poirot, assentindo com a cabeça. – Só confirma minha teoria. Confesso que esperava mais. Já previa que a srta. Adams teria prometido guardar segredo. Mas esperava que, sendo mulher, não incluísse sua melhor amiga na promessa.

– Tentei fazer com que ela me contasse – disse Jenny. – Mas ela riu e disse que me contaria algum dia.

Poirot fez silêncio por um tempo. Depois perguntou:

– Já ouviu falar de lorde Edgware?

– O quê? O homem que foi assassinado? Vi num cartaz há meia hora.

– Sim. Sabe se a srta. Adams o conhecia?

– Acho que não. Tenho certeza de que não. Oh! Espere aí.

– Sim, mademoiselle? – retrucou Poirot, ansioso.

– Como foi mesmo? – disse a moça, de testa franzida, tentando se lembrar. – Sim, lembrei. Ela falou dele uma vez. Com muita raiva.

– Raiva?

– Sim. Ela disse... como foi?... que homens como ele não deviam ter o direito de estragar a vida dos outros com tanta crueldade e falta de compreensão. Ela disse... e não é que disse mesmo?... que ele era o tipo de sujeito cuja morte provavelmente beneficiaria a todos.

– Quando foi que ela disse isso, mademoiselle?

– Oh! Há cerca de um mês, acho.

– Como o assunto veio à tona?

Jenny Driver pensou por um tempo e balançou a cabeça.

– Não lembro – confessou. – O nome dele surgiu do nada. Talvez estivesse no jornal. De qualquer maneira, lembro que achei estranho a veemência repentina de Carlotta, se ela nem conhecia o sujeito.

– É realmente estranho – concordou Poirot, pensativo. Em seguida, perguntou: – A senhora sabe se a srta. Adams tinha o hábito de tomar Veronal?

– Que eu saiba, não. Nunca a vi tomar, e ela jamais comentou a respeito.

– Algum dia viu na bolsa dela uma caixinha dourada com as iniciais C.A. gravadas em rubis?

– Uma caixinha dourada... não. Tenho certeza de que não.

– A senhora sabe, por acaso, onde a srta. Adams estava em novembro do ano passado?

– Preciso pensar. Ela voltou aos Estados Unidos em novembro, acho... mais para o fim de novembro. Antes disso, estava em Paris.

– Sozinha?

– Claro que sozinha! Desculpe. O senhor não estava se referindo a isso, não é? Não sei por que qualquer menção a Paris sempre me faz pensar besteira. E é um lugar tão respeitável... Mas Carlotta não era dessas de passar o fim de semana, se é isso o que senhor quer dizer.

– Mademoiselle, quero lhe fazer uma pergunta muito importante. A srta. Adams estava interessada em algum homem em especial?

– A resposta a essa pergunta é "não" – disse Jenny, lentamente. – Carlotta, desde que a conheço, vive para o trabalho e para a irmã mais nova. Assumiu a postura "sou chefe de família, tudo depende de mim". Portanto, a resposta é NÃO... a rigor.

– Ah! E sem rigores?

– Não me espantaria se ela estivesse interessada em algum homem.

– Ah!

– Veja bem, é apenas suposição da minha parte. Julgo somente pelo seu jeito. Ela estava... diferente...

Não exatamente com a cabeça nas nuvens, mas distraída. E estava com outro aspecto, não sei explicar. É o tipo de coisa que outra mulher sente... e, é claro, pode estar redondamente enganada.

Poirot assentiu.

– Obrigado, mademoiselle. Só mais uma coisa: a srta. Adams tem algum amigo cujo nome comece com a letra D?

– D... – repetiu Jenny Driver, pensativa. – D? Não, sinto muito. Não me vem ninguém à cabeça.

Capítulo 11

A egoísta

Não acho que Poirot esperasse qualquer outra resposta. Mesmo assim, sacudiu a cabeça com tristeza. Permaneceu imerso em pensamentos. Jenny Driver inclinou-se para a frente, com os cotovelos sobre a mesa.

– E agora – disse –, vai me explicar alguma coisa?

– Mademoiselle – disse Poirot. – Antes de mais nada, devo cumprimentá-la. Suas respostas às minhas perguntas foram inteligentíssimas. Dá para notar que a senhora não é nenhuma boba, mademoiselle. A senhora quer saber se vou lhe explicar alguma coisa. Eu respondo: não muito. Vou lhe contar apenas alguns fatos esparsos.

Fez uma pausa e depois continuou, calmamente:

– Ontem à noite, lorde Edgware foi assassinado em sua biblioteca. Às dez horas da noite, uma mulher, que, na minha opinião, era a sua amiga Carlotta Adams, bateu à casa, pediu para falar com lorde Edgware e se apresentou como lady Edgware. Estava de peruca loura e maquiada para ficar parecida com a verdadeira lady Edgware, que, como provavelmente a senhora já sabe, é a srta. Jane Wilkinson, a atriz. A srta. Adams (se era ela) ficou pouco tempo. Saiu de lá às dez e cinco, mas não voltou para casa até depois da meia-noite. Foi para a cama e tomou uma overdose de Veronal. Agora, mademoiselle, a senhora deve entender por que lhe fiz algumas perguntas.

Jenny respirou fundo.

– Sim – disse. – Entendo. Acho que o senhor tem razão, monsieur Poirot. Em relação a Carlotta, digo.

Em primeiro lugar, ela comprou um chapéu novo lá na loja ontem.

– Um chapéu novo?

– Sim. Ela disse que queria um que escondesse o lado esquerdo do rosto.

Aqui devo inserir uma breve explicação, pois não sei quando estas palavras serão lidas. Já vi diversas modas de chapéu ao longo da vida: o cloche, que escondia o rosto tão completamente que a pessoa desistia logo de identificar as amigas, o chapéu inclinado na testa, o modelo preso levemente na nuca, a boina e vários outros estilos. No mês de junho em questão, o chapéu do momento era um que parecia um prato de sopa de cabeça para baixo e que se usava preso (como que por sucção) sobre uma orelha, deixando o outro lado do rosto e do cabelo descoberto.

– Esses chapéus geralmente são usados do lado direito da cabeça, não? – perguntou Poirot.

A pequena modista respondeu que sim.

– Mas temos alguns modelos que podem ser usados do lado oposto – explicou. – Porque algumas pessoas preferem seu perfil direito ou têm o hábito de dividir o cabelo só de um lado. Agora, existia algum motivo específico para Carlotta querer cobrir aquela parte do rosto?

Lembrei que a porta da casa em Regent Gate abria para a esquerda, de modo que quem entrava ficava totalmente exposto ao mordomo desse lado. Lembrei também que Jane Wilkinson (reparei nisso na outra noite) tinha uma pequena mancha no canto do olho esquerdo.

Comentei a respeito dessa observação, empolgado. Poirot concordou, assentindo vigorosamente com a cabeça.

– É isso mesmo. É isso mesmo. *Vous avez parfaitement raison*, Hastings. Sim, isso explica a compra do chapéu.

– Monsieur Poirot? – Jenny endireitou repentinamente o corpo. – O senhor não acha... nem por um segundo... que tenha sido a Cartlotta, acha? Que ela tenha assassinado o sujeito, digo. O senhor não pode achar isso só porque ela falou com raiva dele.

– Não acho. Mas é curioso de qualquer maneira. Que ela tenha falado com raiva, digo. Gostaria de saber o motivo. O que será que ele fez? O que ela sabia a seu respeito para falar daquele jeito?

– Não sei... mas ela não o matou. Ela é... Oh! Era... refinada demais.

Poirot concordou.

– Sim, sim. A senhora disse muito bem. É um ponto psicológico. Concordo. O crime pode ter sido científico... mas não refinado.

– Científico?

– O assassino sabia exatamente onde enfiar um objeto cortante para atingir o centro nervoso vital na base do crânio, que se liga à medula espinhal.

– Parece coisa de médico – disse Jenny, pensativa.

– A srta. Adams conhecia algum médico? Digo, tinha algum amigo médico?

Jenny negou com a cabeça.

– Nunca soube de nenhum. Pelo menos não aqui.

– Outra pergunta: a srta. Adams usava pincenê?

– Óculos? Nunca.

– Ah! – fez Poirot, franzindo o cenho.

Uma visão me veio à mente: um médico, fedendo a fenol, de olhos míopes ampliados por lentes "fundo de garrafa". Absurdo!

– A propósito, a srta. Adams conhecia o ator Bryan Martin, não?

– Mas claro. Conhecia-o desde pequena, ela me disse. Mesmo assim, não creio que se vissem muito.

Só de vez em quando. Ela me disse que ele tinha ficado arrogante.

Consultou o relógio e soltou uma exclamação.

– Meu Deus! Preciso voar. Ajudei em alguma coisa, monsieur Poirot?

– Ajudou. Voltarei a procurá-la se for necessário.

– Estou à disposição. Alguém encenou essa maldade. Precisamos descobrir quem foi.

Cumprimentou-nos com um rápido aperto de mão, mostrando os dentes brancos num sorriso repentino, e foi embora com a brusquidão de costume.

– Personalidade interessante – comentou Poirot, pagando a conta.

– Gosto dela – comentei eu.

– É sempre um prazer conhecer uma pessoa viva e inteligente.

– Um pouco dura, talvez – refleti. – O choque da morte da amiga não a abalou tanto quanto eu imaginava.

– Ela não é de chorar, realmente – concordou Poirot de maneira seca.

– Conseguiu o que esperava da entrevista?

Ele sacudiu a cabeça.

– Não. Eu esperava... esperava muito... ter uma pista sobre a personalidade de D., a pessoa que deu a caixinha dourada para ela. Nisso eu falhei. Infelizmente, Carlotta Adams era uma moça reservada. Não era de fazer alarde sobre seus amigos ou possíveis casos amorosos. Por outro lado, a pessoa que sugeriu o trote talvez nem fosse sua amiga. Pode ter sido um mero conhecido que lhe propôs a história... sem dúvida com pretexto de "brincadeira" e dinheiro envolvido. Essa pessoa talvez tenha visto a caixa dourada e aproveitou uma oportunidade para verificar o que continha.

– Mas como é que conseguiram que ela tomasse o negócio? E quando?

– Bom, houve um momento em que a porta do apartamento ficou aberta... quando a criada foi colocar a carta no correio. Não que essa hipótese me satisfaça. Deixa muita margem ao acaso. Mas vejamos. Ainda temos duas pistas possíveis.

– Que são...?

– A primeira é a ligação a um número de Victoria. Parece-me bastante provável que Carlotta Adams ligasse na volta para anunciar o sucesso da missão. Por outro lado, onde ela estava entre dez e cinco e meia-noite? Talvez tivesse marcado um encontro com o instigador do trote. Nesse caso, a ligação pode ter sido meramente para uma amiga.

– E qual a segunda pista?

– Ah! Em relação a essa, eu tenho esperança. A carta, Hastings. A carta para a irmã. É possível... digo apenas possível... que ela tenha contado tudo nessa carta. Certamente não considerou seu gesto como um rompimento da promessa, uma vez que a carta só seria lida uma semana depois e em outro país.

– Incrível se for isso!

– Não podemos contar muito com essa hipótese, Hastings. É só uma probabilidade, nada mais. Não. Precisamos analisar agora do outro ângulo.

– Que "outro ângulo"?

– Precisamos fazer um estudo minucioso daqueles que lucram, de alguma forma, com a morte de lorde Edgware.

Encolhi os ombros.

– Além do sobrinho e da esposa...

– E do homem com quem a esposa queria se casar – acrescentou Poirot.

– O duque? Ele está em Paris.

– Sim. Mas não dá para negar que ele é uma parte interessada. Depois, há as pessoas da casa: o mordomo, os empregados. Vai saber que rancores não teriam! Mas, pessoalmente, acho que nosso próximo passo deve ser marcar uma nova conversa com mademoiselle Jane Wilkinson. Ela é astuta. Talvez possa sugerir alguma coisa.

Mais uma vez, nos dirigimos ao Savoy. Encontramos lady Edgware cercada de caixas e papel de seda, enquanto delicados tecidos pretos espalhavam-se pelos encostos das cadeiras. Estava com uma expressão compenetrada e séria, experimentando outro pequeno chapéu em frente ao espelho.

– Monsieur Poirot, que surpresa! Sente-se. Quer dizer, se houver algum lugar para sentar. Ellis, tire esses negócios daqui, por favor.

– Madame, a senhora está muito elegante.

Jane continuava séria.

– Não quero bancar a hipócrita, monsieur Poirot, mas devemos manter as aparências, não acha? Digo, preciso ter cuidado. Oh, a propósito, recebi um telegrama lindo do duque.

– De Paris?

– Sim, de Paris. Discreto, claro, e supostamente de condolências, mas escrito de um jeito que consegui entender nas entrelinhas.

– Parabéns, madame.

– Monsieur Poirot – disse ela, entrelaçando as mãos. A voz rouca ficou grave. Parecia um anjo prestes a expressar pensamentos de delicada santidade. – Estive pensando. É tudo tão *miraculoso*! Não sei se o senhor me entende. Aqui estou eu... sem nenhum problema. Sem a chatice do divórcio, sem aborrecimentos... Com o caminho livre e desimpedido. Basta seguir em frente. Tenho uma sensação quase mística... se é que me entende.

Prendi a respiração. Poirot olhou para ela, com a cabeça um pouco inclinada para o lado. Ela falava com toda a seriedade.

– É assim que a senhora vê, madame?

– As coisas dão certo para mim – disse Jane, numa espécie de sussurro reverencioso. – Pensei muito ultimamente... e se Edgware morresse? E de repente... ele está morto! É quase como se minhas preces tivessem sido atendidas.

Poirot limpou a garganta, pigarreando.

– Não posso dizer que vejo da mesma forma, madame. Alguém assassinou seu marido.

Ela assentiu.

– Ora, claro.

– A senhora não parou para pensar em quem pode ter sido?

Ela ficou olhando para ele.

– E isso importa? Digo, o que isso tem a ver comigo? O duque e eu podemos nos casar em quatro ou cinco meses...

Poirot se controlou com dificuldade.

– Sim, madame, eu sei. Mas, além disso, não lhe ocorre indagar *quem foi que matou seu marido*?

– Não.

Parecia surpresa com a ideia. Dava para ler seu pensamento.

– E não lhe interessa saber? – perguntou Poirot.

– Não muito – admitiu. – A polícia descobrirá. Eles são muito preparados, não são?

– É o que dizem. Também estou investigando para descobrir.

– Está? Que engraçado.

– Por que engraçado?

– Não sei.

Voltou a prestar atenção nas roupas. Vestiu um casaco de cetim e analisou-se no espelho.

– A senhora não faz qualquer objeção, não é? – perguntou Poirot, com brilho nos olhos.

– Ora, claro que não, monsieur Poirot. Adoraria que o senhor descobrisse. Desejo-lhe todo o sucesso do mundo.

– Madame, quero mais do que bons votos. Quero sua opinião.

– Opinião? – perguntou Jane, distraída, virando a cabeça por cima do ombro. – Sobre?

– Quem a senhora acha que pode ter matado lorde Edgware?

Jane sacudiu a cabeça.

– Não faço a menor ideia!

Mexeu com os ombros para ver o efeito e ergueu o espelho de mão.

– Madame! – exclamou Poirot, quase berrando. – Quem *a senhora* ACHA QUE MATOU SEU MARIDO?

Dessa vez deu certo. Jane fez um olhar assustado.

– Geraldine, imagino – respondeu.

– Quem é Geraldine?

Mas a atenção de Jane já havia se dispersado novamente.

– Ellis, levante isto aqui um pouco no ombro direito. O que disse, monsieur Poirot? Geraldine é a filha. Não, Ellis, o ombro *direito*. Agora sim. Oh, o senhor já vai, monsieur Poirot? Estou muito grata por tudo. Digo, pelo divórcio, mesmo que não tenha sido necessário. Sempre acharei o senhor maravilhoso.

Só vi Jane Wilkinson mais duas vezes. Uma no palco, outra quando sentei-me à sua frente durante um almoço. Sempre a imagino como a vi naquele dia, absorvida de corpo e alma em suas roupas, os lábios articulando, sem cuidado, as palavras que influenciariam as futuras ações de Poirot, a mente concentrada em si mesma.

– *Épatant** – exclamou Poirot, com admiração, ao sairmos no Strand.

---

* Esplêndido. (N.T.)

CAPÍTULO 12

A filha

Havia uma carta, entregue por um portador, em cima da mesa quando voltamos para o quarto. Poirot abriu-a com o cuidado de sempre e começou a rir.

– Como é que se diz mesmo? "Falou no diabo...". Veja aqui, Hastings.

Peguei o papel da mão dele.

Na folha estava impresso "Regent Gate 17" e o texto estava escrito em caligrafia bastante vertical, que parecia fácil de ler, mas não era.

> *Prezado senhor* (dizia),
>
> *Soube que o senhor esteve hoje pela manhã aqui em casa com o inspetor. Lamento não ter tido a oportunidade de conversar com o senhor. Se lhe for conveniente, ficaria muito grata se pudesse dispor de alguns minutos para me ver hoje à tarde, à hora que quiser.*
>
> *Atenciosamente,*
> *Geraldine Marsh.*

– Curioso – comentei. – Por que será que ela quer vê-lo?

– Acha curioso que ela queira me ver? Você não está sendo cortês, meu caro.

Poirot tinha o costume irritante de brincar no momento errado.

– Vamos logo até lá, meu caro – disse ele e, escovando carinhosamente um fiapo de pó imaginário do chapéu, colocou-o na cabeça.

A sugestão leviana de Jane Wilkinson de que Geraldine poderia ter matado o pai me parecia especialmente absurda. Só uma pessoa sem juízo seria capaz de insinuar tal coisa. Comentei isso com Poirot.

– Juízo. Juízo. O que você quer dizer com esse termo? No seu idioma, vocês diriam que Jane Wilkinson tem o juízo de um coelho. Uma expressão depreciativa. Mas consideremos o coelho por um momento. Ele existe e se multiplica, não? Isso, na natureza, é um sinal de superioridade mental. A encantadora lady Edgware desconhece a História, a Geografia e os clássicos, *sans doute*. O nome de Lao Tsé lhe soaria como o de um cão pequinês, o nome de Molière lhe pareceria o de uma *Maison de couture*. Mas quando o assunto é escolher roupas, casar-se por interesse e conseguir o que quer, ela é um sucesso. A opinião de um filósofo sobre quem matou lorde Edgware não me serviria para nada. O motivo do crime, do ponto de vista filosófico, seria o bem maior de um maior número de pessoas, e, como isso é difícil de julgar, poucos filósofos são assassinos. Mas uma opinião descompromissada de lady Edgware *pode* ser útil para mim, porque seu ponto de vista é materialista e baseado no conhecimento do pior lado da natureza humana.

– Talvez você tenha razão – dei o braço a torcer.

– *Nous voici* – disse Poirot. – Estou curioso para saber por que a moça quer falar comigo com tanta urgência.

– É um desejo natural – falei, vingando-me. – Você disse isso há quinze minutos. O desejo natural de ver de perto algo fora do comum.

– Talvez tenha sido você, meu caro, quem cativou o coração da moça outro dia – retrucou Poirot, tocando a campainha.

Lembrei-me do rosto assustado dela parada à soleira da porta. Ainda conseguia visualizar aqueles olhos pretos flamejantes incrustados no rosto alvo. Essa visão de relance me causara forte impressão.

Fomos levados ao andar superior até uma grande sala de estar, e em pouco tempo Geraldine Marsh apareceu.

A impressão de intensidade que eu registrara antes estava mais forte agora. Essa moça alta, magra, de rosto pálido e grandes olhos negros assustados, tinha um aspecto impressionante.

Estava completamente calma, o que era ainda mais notável em virtude da pouca idade.

– Que bom que o senhor veio logo, monsieur Poirot – disse. – Desculpe-me não ter podido hoje pela manhã.

– A senhora estava deitada?

– Sim. A srta. Carroll, secretária do meu pai, insistiu. Ela tem sido muito boazinha.

Havia um estranho tom de rancor em sua voz que me intrigou.

– Como posso ajudá-la, mademoiselle? – perguntou Poirot.

Ela hesitou um pouco e disse:

– No dia anterior ao em que meu pai foi morto, o senhor veio visitá-lo, não?

– Sim, mademoiselle.

– Por quê? Ele mandou chamá-lo?

Poirot não respondeu logo. Parecia estar ponderando. Hoje, acredito que tenha sido uma manobra estrategicamente calculada de sua parte. Queria incitá-la a falar mais. Ela era do tipo impaciente. Queria tudo rápido.

– Ele estava com medo de alguma coisa? Conte-me. Conte-me! Preciso saber. De quem ele estava com medo? Por quê? O que ele lhe disse? Oh! Por que o senhor não fala?

Eu sabia que aquela calma toda não podia ser natural. Em pouco tempo se desfez. Agora, ela estava curvada para a frente, retorcendo as mãos no colo com nervosismo.

– O que se passou entre mim e lorde Edgware é confidencial – disse Poirot, falando devagar.

Não desviava o olhar do rosto dela.

– Então foi sobre... quer dizer, deve ter sido alguma coisa relacionada... à família. Oh! O senhor fica aí sentado, me torturando. Por que não me conta logo? Eu preciso saber. Preciso. De verdade.

De novo, sem pressa, Poirot sacudiu a cabeça, aparentemente tomado por profunda perplexidade.

– Monsieur Poirot – disse ela, empertigada. – Sou a filha dele. Tenho o direito de saber... o que meu pai temia no seu penúltimo dia de vida. Não é justo me deixar na ignorância. Não é justo com ele... o senhor não me dizer nada.

– Quer dizer que a senhora era muito afeiçoada a seu pai, mademoiselle? – perguntou Poirot, com delicadeza.

Ela recuou como se tivesse sido ferida.

– Afeiçoada? – sussurrou. – Afeiçoada. Eu... eu...

E, de repente, perdeu o controle. Caiu na gargalhada, recostando-se na cadeira de tanto rir.

– É tão engraçado – conseguiu dizer. – Tão engraçado... que o senhor me faça essa pergunta.

Aquela risada histérica não passou despercebida. A porta se abriu, e a srta. Carroll entrou, firme e eficiente.

– Geraldine, minha querida, assim não dá. Não mesmo. Chega. Por favor. Chega. Pare com isso. Agora. Vamos.

Seu jeito convicto surtiu efeito. Geraldine se controlou. Enxugou os olhos e se sentou direito na cadeira.

– Perdão – disse em voz baixa. – Nunca fiz isso antes.

A srta. Carroll ainda olhava para ela, apreensiva.

– Já estou bem, srta. Carroll. Foi idiotice.

Ela sorriu de repente, um sorriso amargo, estranho, que lhe retorceu os lábios. Sentou-se ereta na poltrona, sem olhar para ninguém.

– Ele me perguntou – disse, com frieza na voz – se eu gostava muito do meu pai.

A srta. Carroll soltou uma espécie de cacarejo indefinível. Denotava irresolução de sua parte. Geraldine continuou, com a voz estridente e irônica.

– Não sei se é melhor dizer a verdade ou mentir. Dizer a verdade, acho. Eu não gostava do meu pai. Eu odiava aquele homem!

– Geraldine, querida.

– Para que fingir? Você não o odiava porque ele não podia tocar em você! Você era uma das poucas pessoas do mundo que ele não podia atingir. Você o via como o patrão que lhe pagava tanto por ano. Seus acessos de raiva e excentricidades não lhe interessavam. Você ignorava tudo isso. Eu sei o que você vai dizer: "Cada um com o seu fardo". Você era alegre e indiferente. Uma mulher de ferro. Você nem era realmente humana. Mas podia ir embora na hora que quisesse. Eu, não. Eu tinha que ficar.

– Francamente, Geraldine, não acho que seja necessário entrar em detalhes. Pais e filhas muitas vezes não se dão bem, mas cheguei à conclusão de que, na vida, quanto menos se fala, melhor.

Geraldine virou-lhe as costas. Dirigiu-se a Poirot.

– Monsieur Poirot, eu *odiava* o meu pai! E estou feliz que ele esteja morto! Significa liberdade para mim... liberdade e independência. Não tenho o mínimo interesse em saber quem é o criminoso. A pessoa que o matou deve ter tido motivo... motivo de sobra... para justificar sua ação.

Poirot olhou para ela, pensativo.

– Eis um princípio perigoso de se adotar, mademoiselle.

– Enforcar alguém trará o meu pai de volta?

– Não – respondeu Poirot secamente. – Mas talvez salve a vida de outras pessoas inocentes.

– Não compreendo.

– Quem mata uma vez, mademoiselle, quase sempre volta a matar... em alguns casos, repetidamente.

– Não acredito. Uma pessoa normal não faria isso.

– Só um maníaco homicida? A senhora está enganada. Uma vida é liquidada, talvez depois de um grande embate na consciência do assassino. Aí... o perigo ameaça... o segundo crime é moralmente mais fácil. Ao menor risco de suspeita, segue-se um terceiro. E, pouco a pouco, surge uma espécie de orgulho artístico. Matar passa a ser um *métier*. No final, mata-se quase que por prazer.

A moça escondera o rosto nas mãos.

– Que horror! Que horror! Não é verdade.

– E se eu lhe dissesse que isso *já aconteceu*? Que, para se salvar, *o assassino matou uma segunda vez*?

– Como assim, monsieur Poirot? – interveio a srta. Carroll. – Outra morte? Onde? Quem?

Poirot balançou a cabeça lentamente.

– Foi apenas um exemplo. Perdão.

– Ah, bom. Por um momento, cheguei a pensar... Agora, Geraldine, se já terminou de falar besteira...

– Pelo que vejo, a senhora concorda comigo – disse Poirot com uma ligeira reverência.

– Não acredito em pena capital – disse a srta. Carroll, rapidamente. – Quanto ao resto, concordo, sim. A sociedade precisa ser protegida.

Geraldine levantou-se. Passou a mão no cabelo.

– Desculpe-me – disse. – Acho que fiz papel de boba. O senhor se recusa a me contar por que meu pai mandou chamá-lo?

– Mandou chamá-lo? – perguntou a srta. Carroll espantada.

– Entendeu mal, srta. Marsh. Não me recusei a lhe contar.

Poirot se viu obrigado a abrir o jogo.

– Estava somente ponderando até que ponto aquela conversa podia ser considerada confidencial. Seu pai não mandou me chamar. Eu marquei uma conversa com *ele* em nome de uma cliente. Lady Edgware.

– Ah! Entendo.

Uma expressão extraordinária apareceu no rosto da moça. Primeiro achei que fosse decepção. Depois, constatei que era alívio.

– Que idiota eu fui – disse ela devagar. – Achei que meu pai talvez se sentisse ameaçado por algum perigo. Que idiotice.

– Sabe, monsieur Poirot – disse a srta. Carroll –, o senhor me deu um susto agora há pouco, quando insinuou que aquela mulher tinha cometido um segundo assassinato.

Poirot não respondeu. Falou com a moça.

– A senhora acredita que lady Edgware tenha cometido um assassinato, mademoiselle?

– Não – respondeu Geraldine, sacudindo a cabeça. – Não a imagino fazendo uma coisa dessas. Ela é muito... artificial.

– Não vejo quem mais pode ter sido – disse a srta. Carroll. – E não creio que mulheres desse tipo tenham qualquer escrúpulo moral.

– Não precisa ter sido ela – contestou Geraldine. – Ela pode ter vindo aqui, conversado com meu pai e ido embora. O verdadeiro assassino talvez tenha sido um lunático que entrou depois.

– Todos os assassinos são dementes mentais, disso eu tenho certeza – comentou a srta. Carroll. – Secreção das glândulas internas.

Nesse momento, a porta se abriu e um homem entrou, parando meio sem jeito.

– Perdão – disse. – Não sabia que tinha gente aqui.

Geraldine fez a apresentação de modo mecânico.

– Meu primo, lorde Edgware, monsieur Poirot. Não tem problema, Ronald. Você não está interrompendo nada.

– Tem certeza, Dina? Como vai, monsieur Poirot? Sua massa cinzenta está voltada para o mistério particular da nossa família?

Tentei me lembrar de onde tinha visto aquele rosto redondo, simpático, vazio, os olhos sublinhados por pequenas bolsas, o bigodinho isolado como uma ilha na imensidão da face.

Mas claro! Era o acompanhante de Carlotta Adams na noite do jantar no apartamento de Jane Wilkinson.

Capitão Ronald Marsh. Agora, lorde Edgware.

Capítulo 13

O sobrinho

Os olhos do novo lorde Edgware eram rápidos. Notaram meu leve sobressalto.

– Ah, o senhor se lembrou – disse num tom amistoso. – O jantarzinho da tia Jane. Eu estava meio alto, não estava? Mas achei que não dava para perceber.

Poirot se despedia de Geraldine Marsh e da srta. Carroll.

– Vou acompanhá-los até lá embaixo – disse Ronald, com alegria.

Ele foi à frente na escada, falando:

– A vida é uma coisa estranha mesmo. Expulso num dia, dono da casa no outro. Meu falecido e não pranteado tio me expulsou daqui há três anos. Mas acho que o senhor já sabe disso, não, monsieur Poirot?

– Sim, já tinha ouvido falar – respondeu Poirot, calmamente.

– Claro. Uma coisa assim vem logo à tona. Um detetive cuidadoso não poderia deixar escapar uma informação dessas.

Sorriu.

Em seguida, abriu a porta da sala de jantar.

– Tomem alguma coisa antes de ir embora.

Poirot recusou. Eu também. Mas o rapaz preparou um drinque e continuou falando.

– Ao assassinato – brindou, jovial. – No espaço de uma curta noite, deixei de ser o desespero dos credores para me tornar a esperança dos negociantes. Ontem a ruína me encarava, hoje tudo é abundância. Deus abençoe a tia Jane.

Esvaziou o copo. Depois, mudando um pouco de tom, dirigiu-se a Poirot.

– Mas, falando sério, monsieur Poirot, o que o senhor está fazendo aqui? Quatro dias atrás, a tia Jane declamava, dramática: "Quem me livrará desse insolente tirano?". E não é que se livrou mesmo? Não por seu intermédio, espero. O crime perfeito, por Hercule Poirot, ex-detetive particular.

Poirot sorriu.

– Vim aqui hoje à tarde em resposta a um recado da srta. Geraldine Marsh.

– Uma visitinha descompromissada. Sei. Monsieur Poirot, o que o senhor está realmente fazendo aqui? Por algum motivo o senhor está interessado no assassinato do meu tio.

– Mas o senhor não os comete. É sensato demais. A propósito, o senhor deveria dar aulas de sensatez à tia Jane. Sensatez e dissimulação. Desculpe-me chamá-la de tia Jane. Acho engraçado. Viram a cara que ela fez quando eu a chamei de tia naquela noite? Ela não tinha a mínima ideia de quem eu fosse.

– *En verité?*

– Não. Fui expulso daqui três meses antes de ela chegar.

A expressão tola de bom caráter de seu rosto desapareceu por um momento. Depois, ele continuou, tranquilamente:

– Uma bela mulher. Mas sem sutileza. Métodos meio grosseiros, não?

Poirot encolheu os ombros.

– É possível.

Ronald fitou-o com curiosidade.

– Creio que o senhor acha que não foi ela. Ou seja, ela também o conquistou, não?

– Tenho grande admiração por sua beleza – respondeu Poirot. – Mas também pelas... provas.

Pronunciou a última palavra em voz baixa.

– Provas? – repetiu o outro em voz alta.

– Talvez o senhor não saiba, lorde Edgware, que lady Edgware estava numa festa em Chiswick ontem à noite, na hora em que dizem que a viram aqui.

Ronald praguejou.

– Então ela foi! Típico de mulher! Às seis da tarde ela estava fazendo o maior drama, dizendo que não ia por nada neste mundo. Deve ter mudado de ideia dez minutos depois. Quando for planejar um assassinato, nunca confie na palavra de uma mulher. É assim que os melhores planos de assassinato vão por água abaixo. Oh, sim, não pense que eu não sei o que o senhor está pensando. Quem é o suspeito natural? O famoso sobrinho vagabundo e malvado.

Recostou-se na cadeira, contendo o riso.

– Estou lhe poupando massa cinzenta, monsieur Poirot. Não precisa correr atrás de alguém que me viu enquanto a tia Jane jurava que jamais sairia naquela noite etc. Eu estava lá. Então o senhor se pergunta: será que o sobrinho malvado não veio para cá ontem à noite, disfarçado com uma peruca loura e um chapéu de Paris?

Aparentemente se divertindo com a situação, Ronald nos observava. Poirot, com a cabeça ligeiramente inclinada para um lado, olhava-o com atenção. Eu me senti um tanto quanto desconfortável.

– Eu tinha um motivo, é verdade. Admito. E vou lhe dar de presente uma informação muito valiosa e significativa. Vim encontrar meu tio ontem de manhã. Para quê? Para pedir dinheiro. Sim, pode refestelar-se com a notícia. Para PEDIR DINHEIRO. E saí de mãos vazias. E naquela mesma noite... na mesma noite... lorde Edgware morre. Um bom título esse, a propósito. "Lorde Edgware morre."* Ficaria bem numa livraria.

Fez uma pausa. Poirot ainda estava em silêncio.

– Sinto-me realmente lisonjeado por sua atenção, monsieur Poirot. O capitão Hastings está com cara de quem viu um fantasma... ou vai ver a qualquer momento. Não fique tão tenso, meu caro. Espere pelo anticlímax. Bem, onde estávamos? Ah, sim, o caso do sobrinho malvado. A culpa é lançada sobre a odiada tia postiça. O sobrinho, outrora aclamado por representar papéis femininos, realiza o supremo esforço histriônico. Com voz de mulher, apresenta-se como lady Edgware e esgueira-se por trás do mordomo com passos miúdos. Não levanta suspeita. "Jane", exclama meu querido tio. "George", esganiço-me. Abraço-o pelo pescoço e enfio-lhe o canivete na nuca. Os próximos detalhes são puramente médicos e podem ser omitidos. Sai de cena a dama espúria. E vai para a cama ao final de um bom dia de trabalho.

Ronald riu e, levantando-se, serviu-se de outro uísque com soda. Voltou lentamente para a cadeira.

– Faz sentido, não faz? Mas aqui vem o xis da questão. A decepção! A desagradável sensação de ter tomado o caminho errado. Porque agora, monsieur Poirot, chegamos ao álibi.

Esvaziou o copo.

– Sempre me deleito com os álibis – observou. – Toda vez que leio um romance policial, presto atenção quando aparece o álibi. Este é um álibi excelente. São três, na verdade. Para ser mais específico: o sr., a sra. e a srta. Dortheimer. Extremamente ricos e amantes da

* Nome deste livro no original, *Lord Edgware dies.* (N.T.)

música. Têm um camarote em Covent Garden. A esse camarote, convidam jovens promissores. Eu, monsieur Poirot, sou um jovem promissor... dos melhores, digamos, que eles esperam conseguir. Se gosto de ópera? Para ser sincero, não. Mas gosto do maravilhoso jantar na Grosvenor Square primeiro, e gosto da deliciosa ceia num restaurante qualquer depois, mesmo que precise dançar com Rachel Dortheimer e fique com o braço duro por dois dias seguidos. Como vê, monsieur Poirot, aí está. Enquanto escorre o sangue vital do meu tio, eu estou sussurrando alegres banalidades nas orelhas encrustadas de diamantes da loura (quer dizer, morena) Rachel, num camarote de Covent Garden. Ela estremece de emoção. E é por isso, monsieur Poirot, que posso me dar ao luxo de ser tão franco.

Recostou-se na cadeira.

– Espero não ter cansado o senhor. Alguma pergunta?

– Fique tranquilo, não me cansou – disse Poirot. – Já que está sendo tão gentil, há sim uma pergunta que eu gostaria de fazer.

– Fique à vontade.

– Há quanto tempo, lorde Edgware, o senhor conhece a srta. Carlotta Adams?

O rapaz não esperava esse tipo de pergunta. Endireitou-se na cadeira com uma expressão totalmente diferente no rosto.

– Por que o senhor quer saber isso? Não entendo. O que é que isso tem a ver com o que estávamos falando?

– Simples curiosidade. Quanto ao resto, o senhor explicou tudo tão bem que não há necessidade de fazer perguntas.

Ronald lançou-lhe um olhar rápido. Parecia até

que não fazia questão da amável aquiescência de Poirot. Acho que teria preferido que ele fosse mais desconfiado.

– Carlotta Adams? Deixe-me ver. Há cerca de um ano. Um pouco mais. Conheci-a no ano passado, no seu primeiro espetáculo.

– Conheceu-a bem?

– Sim. Ela não é do tipo de mulher que dá para conhecer muito. É bastante reservada.

– Mas o senhor gostou dela.

Ronald encarou-o.

– Gostaria de saber por que o senhor está tão interessado em Carlotta. É porque eu estava com ela naquela noite? Sim, gosto muito dela. É humana... ouve o que a pessoa diz e faz com que ela se sinta alguém.

Poirot assentiu.

– Compreendo. Então, o senhor ficará triste.

– Triste? Por quê?

– Ela está morta!

– O quê? – Ronald deu um salto de espanto. – Carlotta morreu?

Parecia completamente aturdido com a notícia.

– O senhor está brincando, monsieur Poirot. Carlotta estava perfeitamente bem na última vez em que a vi.

– Quando foi isso? – perguntou Poirot.

– Anteontem, acho. Não me lembro direito.

– *Tout de même*, ela está morta.

– Deve ter sido totalmente repentino. Como foi? Um acidente de trânsito?

Poirot olhou para o teto.

– Não. Ela tomou uma overdose de Veronal.

– Oh! Coitada. Que triste.

– *N'est ce pas?*

– Muito triste. E ela estava indo tão bem. Ia trazer

a irmã mais nova para cá e tinha feito muitos planos. Droga. Nem consigo expressar a dor que sinto.

– Sim – disse Poirot. – É triste morrer na juventude, quando não se quer morrer, quando se tem a vida inteira ainda pela frente.

Ronald olhou para ele com curiosidade.

– Acho que não estou entendendo muito bem, monsieur Poirot.

– Não?

Poirot levantou-se e estendeu-lhe a mão.

– Expresso meus pensamentos... talvez de um modo um pouco forte. Não gosto de ver a juventude privada de seu direito à vida, lorde Edgware. É algo realmente revoltante. Desejo-lhe um bom dia.

– Tudo bem. Então... tchau.

Parecia bastante surpreso.

Quando abri a porta, quase esbarrei na srta. Carroll.

– AH! Monsieur Poirot, disseram-me que o senhor ainda não tinha ido embora. Gostaria de trocar uma palavrinha com o senhor, se possível. O senhor se incomoda de subir até o meu quarto?

Subimos.

– É sobre aquela menina, Geraldine – disse ela, depois que entramos em seu aposento privado e fechou a porta.

– Sim, mademoiselle.

– Ela falou um monte de besteiras hoje à tarde. Não proteste. Besteiras mesmo! Não há outro nome para isso. Ela vive se remoendo.

– Percebi que ela estava sofrendo de excesso de tensão – comentou Poirot com bastante tato.

– Bem... para falar a verdade... ela não tem tido uma vida muito feliz. Não dá para fingir o contrário. Francamente, monsieur Poirot, lorde Edgware era um sujeito muito peculiar. Não tinha o menor jeito para educar filhos. Para ser bem sincera, ele aterrorizava Geraldine.

Poirot fez que entendia com a cabeça.

– Sim, imagino.

– Era um sujeito muito peculiar. Ele... não sei bem como dizer... mas ele gostava de meter medo nas pessoas. Tinha um prazer mórbido nisso.

– De fato.

– Era um homem extremamente culto e inteligente. Mas, em certos aspectos... bem, não conheci pessoalmente esse lado dele, mas sei que existia. Não me admira que a esposa o tenha abandonado. Essa esposa, digo. Veja bem, não simpatizo com ela, embora não a conheça direito. Mas se casando com lorde Edgware ela conseguiu muito mais do que merecia. Bem, ela o abandonou... e ninguém saiu perdendo, como se diz. Mas Geraldine não tinha como ir embora. Por um bom tempo ele se esqueceu completamente dela. E, de repente, se lembrou. Às vezes acho... se bem que talvez eu não deva dizer isto...

– Sim, sim, mademoiselle, diga.

– Bem, às vezes acho que ele se vingou da mãe dela, de sua primeira esposa, desse jeito. Ela era uma criatura afável, muito doce, creio eu. Sempre tive pena dela. Não teria falado tudo isso, monsieur Poirot, se não fosse aquele surto de Geraldine ainda há pouco. As coisas que ela disse... podem parecer estranhas para quem não sabe da história.

– Muito obrigado, mademoiselle. Imagino que lorde Edgware era um homem que teria feito muito melhor se não tivesse se casado.

– Muito melhor.

– Ele nunca pensou em se casar pela terceira vez?

– Como? A esposa ainda estava viva.

– Dando-lhe liberdade, ele também ficaria livre.

– Acho que ele já teve problema suficiente com duas esposas – opinou a srta. Carroll secamente.

– Então a senhora acha que ele nem cogitava um terceiro casamento. Não havia ninguém? Pense, mademoiselle. Ninguém?

O rosto da srta. Carroll enrubesceu.

– Não sei por que o senhor fica batendo nessa tecla. É claro que não havia ninguém.

Capítulo 14

Cinco perguntas

– Por que você perguntou para a srta. Carroll sobre a possibilidade de lorde Edgware querer se casar de novo? – indaguei com certa curiosidade enquanto nos dirigíamos para casa.

– É que me passou pela cabeça essa ideia, *mon ami*.

– Mas por quê?

– Ando pensando muito para entender a *volte face* de lorde Edgware em relação à questão do divórcio. Há alguma coisa esquisita nessa história, meu caro.

– Sim – concordei pensativo. – É esquisito mesmo.

– Lorde Edgware confirmou o que a madame já tinha nos contado. Ela contratou um monte de advogados, e ele não cedeu um palmo sequer. Não, ele não aceitaria o divórcio. E aí, de uma hora para a outra, ele volta atrás!

– Ou pelo menos é o que ele diz – lembrei.

– Tem razão, Hastings. Muito pertinente sua observação. *Pelo menos é o que ele diz.* Não temos nenhuma prova de que aquela carta foi escrita. *Eh bien*, digamos que *ce* monsieur estivesse mentindo. Por algum motivo, ele nos conta essa mentira. Por quê? Não sabemos. Mas no caso de que tenha *realmente* escrito a tal carta, devia haver uma *razão* para isso. Ora, a razão que imaginamos logo é que ele tenha encontrado alguém com quem quisesse se casar. Isso explicaria a mudança repentina de atitude. Estou investigando essa hipótese.

– A srta. Carroll negou a ideia de forma categórica.

– Sim. A srta. Carroll... – disse Poirot pensativo.

– Onde você quer chegar agora? – perguntei exasperado.

Poirot sabe insinuar dúvidas pelo tom da voz.

– Que motivo teria ela para mentir a esse respeito? – perguntei.

– *Aucune*... nenhum. Mas é difícil acreditar no que ela diz.

– Você acha que ela está mentindo? Mas por quê? Parece uma pessoa muito correta.

– Esse é o ponto. Às vezes, é muito difícil distinguir entre a falsidade deliberada e a inexatidão desinteressada.

– O que você está querendo dizer?

– Enganar deliberadamente é uma coisa. Mas ter certeza dos fatos, das ideias e de sua verdade intrínseca, sem se preocupar com detalhes, isso, meu caro, é uma característica das pessoas especialmente honestas. Ela já nos contou uma mentira. Disse que viu o rosto de Jane Wilkinson quando era impossível que o tivesse visto. Como isso aconteceu? Acompanhe meu raciocínio. Ela olha para baixo e vê Jane Wilkinson no hall. Não tem dúvida de que aquela mulher é Jane Wilkinson. Afirma ter visto seu rosto nitidamente porque, estando tão segura dos fatos, os detalhes exatos não interessam! Informam-lhe que é impossível que tenha visto o rosto de Jane Wilkinson. "É?" Ora, o que importa se ela viu ou não. *Era* Jane Wilkinson. O mesmo acontece com qualquer outra pergunta. Ela *sabe*. E por isso responde tudo à luz dessa certeza, não porque se lembre dos fatos. A testemunha categórica deve ser tratada sempre com reserva, meu caro. A testemunha hesitante, que não se lembra direito, não tem certeza, pensará um pouco... "Ah, sim! Foi isso mesmo"... essa merece uma confiança infinitamente maior!

– Ai, Poirot – exclamei. – Você subverteu todas as minhas ideias preconcebidas sobre testemunhas.

– Em resposta à minha pergunta sobre a intenção de lorde Edgware de se casar novamente, ela ri da ideia... simplesmente porque nunca lhe ocorreu. Não se dará ao trabalho de recordar se houve qualquer fato sinalizando essa possibilidade. Portanto, estamos exatamente onde estávamos antes.

– Ela não pareceu nem um pouco abalada quando você observou que ela não podia ter visto o rosto de Jane Wilkinson – comentei pensativo.

– Não. Foi por isso que deduzi que ela era uma dessas pessoas sinceramente inexatas, não uma mentirosa deliberada. Não vejo motivo para ela mentir deliberadamente. A menos que... sim, é uma ideia!

– O quê? – perguntei, ansioso.

Mas Poirot sacudiu a cabeça.

– Uma ideia me passou pela cabeça. Mas é absurda demais. Sim, impossível.

E não quis dizer mais nada.

– Pelo visto, ela gosta muito da menina – falei.

– Sim. Estava absolutamente decidida a ajudar na conversa. Qual foi sua impressão a respeito da honorável Geraldine Marsh, Hastings?

– Fiquei com pena dela... muita pena.

– Você tem o coração sensível, Hastings. Qualquer beleza aflita o abala.

– Você não sentiu o mesmo?

Poirot assentiu, gravemente.

– Sim. Ela não teve uma vida feliz. Dá para ver em seu rosto.

– De qualquer maneira – falei, mais leve –, vemos como foi absurda a insinuação de Jane Wilkinson... de que ela tivesse alguma coisa a ver com o assassinato.

– Sem dúvida, seu álibi é satisfatório, mas Japp ainda não me comunicou nada.

– Meu querido Poirot, você está dizendo que, mesmo depois de ter conversado com ela, ainda não está satisfeito e deseja um álibi?

– *Eh, bien*, meu caro, qual foi o resultado da conversa? Chegamos à conclusão de que ela teve uma vida muito infeliz, ela confessou que odiava o pai e que está alegre com sua morte, mostrando-se muito apreensiva com o que ele talvez tivesse dito na conversa conosco ontem de manhã. E você ainda me diz que não é necessário álibi algum!

– Sua mera franqueza prova sua inocência – contestei, convicto.

– A franqueza é uma característica da família. O novo lorde Edgware... viu como colocou as cartas na mesa?

– É verdade – concordei, sorrindo ao lembrar. – Um método deveras original.

Poirot assentiu.

– Ele... como é que vocês dizem?... nos deixou sem o chão.

– "Sem chão" – corrigi. – É verdade. Ele nos fez parecer idiotas.

– Que ideia curiosa! Talvez isso tenha acontecido com você. Eu não me senti nem um pouco idiota. Pelo contrário, meu caro, deixei-o bastante desconcertado.

– Deixou? – perguntei, em dúvida, não me lembrando de ter visto qualquer sinal de coisa parecida.

– *Si, si.* Escutei, escutei e, no fim, fiz uma pergunta sobre um assunto totalmente diferente, e isso, você deve ter notado, desconcertou bastante nosso bravo monsieur. Você não presta atenção às coisas, Hastings.

– Achei que sua perplexidade ao saber da morte de Carlotta Adams foi autêntica – comentei. – Aposto que você vai me dizer que ele estava atuando.

– Não dá para afirmar. Mas concordo que *parecia* uma reação autêntica.

– Por que você acha que ele nos expôs todos aqueles fatos de maneira tão cínica? Só por diversão?

– É sempre uma possibilidade. Vocês, ingleses, têm um senso de humor bastante peculiar. Mas pode ter sido uma estratégia. Fatos dissimulados adquirem uma importância suspeita. Fatos revelados tendem a ser vistos como menos importantes do que realmente são.

– A briga com o tio pela manhã, por exemplo?

– Exatamente. Ele sabe que o fato acabará sendo descoberto. *Eh bien*, ele o expõe antes.

– Não é tão bobo quanto parece.

– Não é nem um pouco bobo! Tem inteligência de sobra quando lhe convém. Sabe exatamente a situação em que está e, como eu disse, põe as cartas na mesa. Você que joga bridge, Hastings, diga-me: em que momento se faz isso?

– Você também joga bridge – retruquei, rindo. – Você sabe muito bem: quando todo o resto das vazas é nosso e queremos poupar tempo e passar para uma nova rodada.

– Sim, *mon ami*, é verdade. Mas às vezes há outro motivo. Já reparei nisso, uma ou duas vezes, jogando com *les dames*. Há, talvez, uma pequena dúvida. *Eh bien, la dame* baixa as cartas, diz "e todas as outras são minhas", recolhe o baralho e dá tudo de novo. Os outros jogadores costumam concordar... principalmente se forem um pouco inexperientes. Veja bem, a coisa não é óbvia. Exige muita atenção. Lá pelo meio da rodada seguinte, um dos jogadores pensa: "Sim, mas ela teria que pegar aquele quatro de ouros no morto, querendo ou não, e então seria obrigada a sair com uma carta pequena de paus, e meu nove ganharia".

– Você acha?

– Acho todo excesso de bravata muito interessante, Hastings. E também acho que está na hora de jantar. *Une petite omelete, n'est ce pas?* E depois, lá pelas nove, há mais uma visita que eu desejo fazer.

– A quem?

– Primeiro vamos jantar, Hastings. E até o momento do café não falaremos mais do assunto. Na hora de comer, o cérebro deve estar a serviço do estômago.

Poirot manteve a palavra. Fomos a um pequeno restaurante no Soho onde ele era conhecido, e lá comemos uma omelete deliciosa, linguado, frango e *Baba au Rhum*, uma das paixões de Poirot.

Depois, enquanto tomávamos o café, Poirot sorriu afetuosamente para mim, do outro lado da mesa.

– Meu bom amigo – disse –, dependo de você mais do que você imagina.

Fiquei confuso e lisonjeado com aquelas palavras inesperadas. Ele jamais me dissera algo parecido antes. Às vezes, secretamente, eu me sentia chateado. Poirot parecia ter prazer em desmerecer minhas faculdades mentais.

Embora eu não considerasse as suas em declínio, de repente me dei conta de que talvez dependesse de minha ajuda mais do que pensava.

– Sim – disse ele em tom sonhador. – Talvez você nem sempre perceba como, mas cada vez mais você me aponta o caminho.

Eu mal acreditava no que estava escutando.

– Puxa, Poirot – balbuciei –, fico muito feliz de saber. De qualquer maneira, aprendi muito com você...

Ele balançou a cabeça.

– *Mais non, ce n'est ce pas ça.* Você não aprendeu nada.

– Oh! – exclamei surpreso.

– É assim que deve ser. Nenhum ser humano deve aprender com outro. Cada indivíduo deve desenvolver suas próprias faculdades ao máximo, não tentar copiar as alheias. Não desejo que você seja um segundo Poirot, inferior ao primeiro. Quero que você seja o Hastings supremo. E você é. Em você, Hastings, eu encontro o exemplo quase perfeito de uma mente normal.

– Não sou anormal, espero – repliquei.

– Não, não. Você é uma pessoa perfeitamente equilibrada. A personificação da sanidade. Compreende o que isso significa para mim? Quando um criminoso se dispõe a cometer um crime, a primeira coisa em que ele pensa é enganar. Enganar a quem? A imagem que ele tem na cabeça é a de um homem normal. Talvez isso nem exista, na realidade. Estamos falando de uma abstração matemática. Mas você se aproxima mais do que ninguém dessa definição. Há momentos em que você tem lampejos de brilhantismo, quando vai além do senso comum, momentos (espero que me perdoe) em que você mergulha nas estranhas profundezas da obtusidade, mas, de um modo geral, você é incrivelmente normal. *Eh bien*, como isso me beneficia? É simples. Como num espelho, vejo refletido em sua mente o retrato fiel do que o criminoso quer que eu acredite. Isso é extremamente útil e sugestivo.

Não entendi direito. O que Poirot estava dizendo não me parecia mais nada lisonjeiro. Mas ele logo me tirou essa impressão.

– Eu me expressei mal – emendou ele. – Você tem uma percepção da mentalidade criminosa que a mim me falta. É um grande dom.

– Percepção – repeti pensativo. – Sim, talvez eu tenha percepção.

Olhei para ele, do outro lado da mesa. Fumava seus cigarrinhos, observando-me com muita simpatia.

– *Ce cher* Hastings – murmurou. – Sinto muita afeição por você.

Apesar de contente, fiquei constrangido e procurei mudar logo de assunto.

– Vamos discutir o caso – propus em tom profissional.

– *Eh bien.* – Poirot jogou a cabeça para trás, apertando os olhos. Soltou a fumaça lentamente.

– *Je me pose des questions* – disse.

– E? – perguntei ansioso.

– Você também, não?

– Claro – respondi. E também me recostando e apertando os olhos, arrisquei: – Quem matou lorde Edgware?

Poirot empertigou-se, sacudindo a cabeça com veemência.

– Não, não. De jeito nenhum. E isso lá é pergunta que se faça? Você parece aquelas pessoas que leem um romance policial e querem sair opinando sobre os personagens, sem nenhuma base. Uma vez, confesso, também tive que agir assim. Era um caso excepcional. Um dia eu lhe conto. Foi um motivo de orgulho para mim. Mas sobre o que estávamos falando?

– Sobre as perguntas que você estava se fazendo – repeti, secamente. Estava prestes a dizer que minha verdadeira serventia para Poirot era lhe fazer companhia para que ele pudesse se exibir, mas me controlei. Se ele queria dar aulas, que desse. – Quais são? Diga-me.

Era tudo o que sua vaidade pedia. Ele recostou-se novamente, retomando a atitude anterior.

– A primeira pergunta já discutimos. *Por que lorde Edgware mudou de ideia em relação ao divórcio?* Tenho uma ou duas hipóteses a respeito. Uma você já sabe. A segunda pergunta que me faço é: *o que aconteceu com aquela carta?* A quem interessava que lorde Edgware e a esposa continuassem juntos? Terceira pergunta: *qual o significado daquela expressão em seu rosto quando você o viu ontem de manhã ao virar-se, saindo da biblioteca?* Tem uma resposta para essa, Hastings?

Respondi que não.

– Não entendo.

– Tem certeza de que não imaginou? Às vezes, Hastings, você tem uma imaginação *un peu vif*.

– Não, não – sacudi a cabeça com convicção. – Tenho certeza de que não foi imaginação.

– *Bien.* Então é um fato a ser explicado. Minha quarta pergunta está relacionada ao pincenê. Se nem Jane Wilkinson nem Carlotta Adams usavam óculos, *o que aquele pincenê estava fazendo na bolsa de Carlotta Adams*? E a quinta pergunta: *por que alguém ligou para saber se Jane Wilkinson estava em Chiswick e quem teria sido*? Essas são as perguntas que têm me atormentado, meu caro. Se eu conseguisse respondê-las, ficaria feliz. Se pelo menos conseguisse elaborar uma teoria que as explicasse de modo satisfatório, meu *amour propre* não sofreria tanto.

– Existem várias outras perguntas – falei.

– Por exemplo?

– Quem incitou Carlotta Adams ao trote? Onde ela esteve naquela noite antes e depois das dez? Quem é o tal D. que lhe deu a caixa dourada?

– Essas perguntas são óbvias – disse Poirot. – Não têm sutileza. São simplesmente coisas que não sabemos. Perguntas relacionadas a *fatos*. Podemos encontrar as respostas a qualquer momento. Minhas perguntas, *mon ami*, são psicológicas. A massa cinzenta cerebral...

– Poirot – interrompi desesperado, sentindo que devia fazê-lo parar de qualquer maneira: eu não aguentaria ouvir tudo aquilo de novo –, você falou de uma visita que pretendia fazer hoje à noite.

Poirot consultou o relógio.

– É verdade – disse ele. – Vou ligar para ver se não há nenhum inconveniente.

Ele saiu e voltou poucos minutos depois.

– Vamos – disse. – Está tudo certo.

– Para onde estamos indo? – perguntei.

– Para a casa de sir Montagu Corner, em Chiswick. Eu gostaria de saber mais a respeito daquele telefonema.

Capítulo 15

Sir Montagu Corner

Eram cerca de dez horas quando chegamos à casa de sir Montagu Corner, à beira-rio, em Chiswick. Era uma casa grande, situada no fundo do terreno. Fomos recebidos num saguão de lindos painéis embutidos. À nossa direita, por uma porta aberta, via-se a sala de jantar, com uma enorme mesa envernizada iluminada por velas.

– Por aqui, por favor.

O mordomo nos conduziu por uma ampla escadaria até uma longa sala no andar superior, com vista para o rio.

– Monsieur Poirot – anunciou.

Era um ambiente de belas proporções, e tinha um ar de velho mundo com aquela iluminação discreta. Num canto, havia uma mesa de bridge, perto de uma janela aberta, à qual estavam sentadas quatro pessoas. Quando entramos, uma delas se levantou e veio na nossa direção.

– É um grande prazer conhecê-lo, monsieur Poirot.

Olhei para sir Montagu Corner com algum interesse. Tinha olhos pretos muito pequenos, inteligentes, e um topete postiço arrumado com todo cuidado. Era um homem baixo, com um metro e setenta e cinco de altura, no máximo. Seus gestos eram para lá de afetados.

– Deixe-me apresentá-lo. Sr. e sra. Widburn.

– Já nos conhecemos – disse a sra. Widburn, animada.

– E o sr. Ross.

Ross era um rapaz de uns vinte e dois anos, rosto simpático e cabelo louro.

– Estou atrapalhando o jogo. Mil desculpas – disse Poirot.

– Que nada. Ainda nem começamos. Estávamos só dando as cartas. O senhor aceita um café, monsieur Poirot?

Poirot recusou, mas aceitou um cálice de conhaque antigo, servido em taças imensas.

Enquanto bebíamos, sir Montagu falava.

Discursou sobre gravuras japonesas, laca chinesa, tapetes persas, os impressionistas franceses, música moderna e as teorias de Einstein.

Depois, recostou-se na cadeira e sorriu para nós. Havia, evidentemente, apreciado a própria performance. Naquela penumbra, parecia um espírito da época medieval. A sala estava repleta de belas e requintadas obras de arte.

– E agora, sir Montagu – disse Poirot –, sem querer abusar de sua boa vontade, mas gostaria de abordar o assunto que me traz aqui.

Sir Montagu fez um gesto com uma mão que curiosamente parecia uma garra.

– Não há pressa. O tempo é infinito.

– A gente sempre sente isso nesta casa – suspirou a sra. Widburn. – É tão bom...

– Eu jamais moraria em Londres, nem por um milhão de libras – disse sir Montagu. – Aqui, vive-se na atmosfera de paz do velho mundo, que, infelizmente, já esquecemos nesses dias atordoantes.

Uma ideia maliciosa de repente me passou pela cabeça. Que se alguém realmente oferecesse um milhão de libras a sir Montagu, a paz do velho mundo ia virar história! Mas sufoquei esses sentimentos heréticos.

– Afinal, o que é o dinheiro? – murmurou a sra. Widburn.

– Ah! – fez o sr. Widburn, pensativo, tilintando distraidamente as moedas no bolso da calça.

– Charles – exclamou a sra. Widburn, em tom de reproche.

– Desculpe – disse o sr. Widburn e parou.

– Falar sobre crimes num ambiente destes parece-me até uma impertinência – começou Poirot, em tom de escusa.

– De modo algum. – Sir Montagu fez um gesto delicado. – Um crime pode ser uma obra de arte. O detetive, um artista. Não me refiro, é claro, à polícia. Um inspetor veio aqui hoje. Sujeito estranho. Nunca tinha ouvido falar em Benvenuto Cellini, por exemplo.

– Veio por causa de Jane Wilkinson, suponho – disse a sra. Widburn, com uma curiosidade repentina.

– Foi uma sorte ela estar em sua casa ontem à noite – comentou Poirot.

– É o que parece – disse sir Montagu. – Convidei-a porque sabia que era bonita e talentosa, e esperava que pudesse ajudá-la de alguma forma. Ela estava pensando em entrar na área de produção. Mas, pelo visto, acabei ajudando-a de outra maneira.

– A Jane teve muita sorte – disse a sra. Widburn. – Dava tudo para se livrar de Edgware, e alguém lhe poupou o trabalho. Vai se casar com o jovem duque de Merton agora. É o que dizem. A mãe dele não quer nem ouvir falar dessa história.

– Fiquei muito impressionado com ela – disse sir Montagu. – Fez vários comentários muito pertinentes sobre a arte grega.

Sorri sozinho, imaginando Jane dizendo: "Sim", "Não", "Realmente, que maravilha", com aquela sua voz rouca e mágica. Sir Montagu era o tipo de homem cuja inteligência consistia em escutar as próprias opiniões com o máximo de atenção.

– Edgware era um sujeito estranho e excêntrico, em todos os sentidos – disse Widburn. – Não me espantaria que tivesse inimigos.

– É verdade, monsieur Poirot – perguntou a sra. Widburn –, que alguém lhe enfiou um canivete na nuca?

– Pura verdade, madame. Com muita eficiência... de modo científico, aliás.

– Percebo seu prazer estético, monsieur Poirot – observou sir Montagu.

– Bom – disse Poirot –, permitam-me que eu fale sobre o objetivo da minha visita. Lady Edgware foi chamada ao telefone durante o jantar. É a respeito desse telefonema que busco informações. O senhor se incomodaria se eu interrogasse os empregados da casa sobre o assunto?

– Claro que não. Ross, poderia apertar aquela campainha, por favor?

O mordomo apareceu. Era um homem alto, de meia-idade, de aspecto eclesiástico.

Sir Montagu explicou do que se tratava. O mordomo virou-se para Poirot com atenção respeitosa.

– Quem atendeu o telefone quando ele tocou? – começou Poirot.

– Eu mesmo atendi, senhor. O telefone fica num recesso, ao lado do saguão.

– A pessoa que ligou pediu para falar com lady Edgware ou com a srta. Jane Wilkinson?

– Com lady Edgware, senhor.

– O que a pessoa disse exatamente?

O mordomo pensou por um momento.

– Pelo que eu me lembro, eu disse: "Alô". Uma voz, então, perguntou se era Chiswick 43434. Respondi que sim. A pessoa então me pediu para aguardar. Outra pessoa veio ao telefone e perguntou se era Chiswick 43434. Respondi que sim, e então ela perguntou: "Lady Edgware está jantando aí?". Eu disse que ela estava jantando aqui, sim. A voz disse: "Eu gostaria de falar com ela, por favor". Eu fui lá e informei lady Edgware, na mesa de jantar. Ela se levantou, e eu lhe mostrei onde ficava o telefone.

– E aí?

– Ela pegou o fone e disse: "Alô... quem fala?". Depois, disse: "Sim... perfeitamente. É lady Edgware quem está falando". Eu já estava me afastando quando ela me chamou, dizendo que tinham desligado. Comentou que alguém tinha dado uma risada e desligado na sua cara. Perguntou-me se a pessoa não tinha dado o nome. Respondi que não. Foi isso, senhor.

Poirot franziu o cenho.

– O senhor realmente acha que esse telefonema tem alguma coisa a ver com o crime, monsieur Poirot? – perguntou a sra. Widburn.

– Impossível afirmar, madame. Mas é uma circunstância curiosa.

– As pessoas costumam passar trote. Já aconteceu comigo.

– *C'est toujours possible*, madame.

Voltou a falar com o mordomo.

– Era voz de homem ou de mulher que telefonou?

– De mulher, acho, senhor.

– Que tipo de voz, fina ou grossa?

– Grossa, senhor. Clara e articulada. – Fez uma pausa. – Pode ser impressão minha, senhor, mas parecia uma voz *estrangeira*. Os erres eram muito carregados.

– Nesse caso, podia ser uma pessoa escocesa, Donald – disse a sra. Widburn, sorrindo para Ross.

Ross riu.

– Eu não fui – disse. – Eu estava na mesa de jantar.

Poirot continuou a interrogar o mordomo.

– O senhor acha que seria capaz de reconhecer essa voz se a ouvisse de novo?

O mordomo hesitou.

– Não sei dizer, senhor. Talvez sim. É possível que eu reconheça.

– Obrigado, meu amigo.

– Obrigado, senhor.

O mordomo inclinou a cabeça e retirou-se, pontifical.

Sir Montagu continuou muito simpático, representando seu papel de sedutor do velho mundo. Queria nos convencer a ficar para uma partida de bridge. Escusei-me. As apostas eram maiores do que me convinham. O jovem Ross parecia aliviado também diante da perspectiva de alguém ocupar seu lugar. Nós dois ficamos observando o jogo, enquanto os outros quatro jogavam. A noite terminou com grande vantagem financeira para Poirot e sir Montagu.

Agradecemos ao anfitrião e nos despedimos. Ross nos acompanhou.

– Um sujeitinho estranho – disse Poirot quando saímos.

A noite estava linda, e decidimos caminhar até encontrar um táxi em vez de ligar para pedir um.

– Sim, um sujeitinho estranho – repetiu Poirot.

– Um sujeitinho muito rico – comentou Ross. – Tomara que dure. Um homem desses de amparo ajuda muito.

– O senhor é ator, sr. Ross?

Ross respondeu que era. Ficou triste ao constatar que não era imediatamente reconhecido pelo seu nome. Parece que recebera recentemente excelentes críticas pelo desempenho em alguma peça soturna, traduzida do russo.

Depois de consolarmos o rapaz, Poirot lhe perguntou, em tom casual:

– O senhor conhecia Carlotta Adams, não conhecia?

– Não. Li a notícia da morte dela no jornal de ontem. Overdose de alguma droga. Um absurdo como essas meninas se viciam.

– É realmente triste. Ela era muito inteligente.

– Imagino que sim.

Demonstrava uma falta de interesse característica por qualquer desempenho que não fosse o seu.

– O senhor assistiu ao espetáculo dela? – perguntei.

– Não. Esse tipo de montagem não é muito a minha linha. Agora está na moda, mas não acho que vá durar muito.

– Ah, um táxi! – exclamou Poirot.

Acenou com a bengala.

– Acho que vou a pé – disse Ross. – Pego o metrô direto para casa em Hammersmith.

De repente, deu uma risada nervosa.

– Estranho – disse. – Aquele jantar de ontem à noite.

– O quê?

– Éramos treze. Alguns faltaram no último momento. Só reparamos quando já estávamos quase no fim.

– E quem foi o primeiro a se levantar? – perguntei.

Ele soltou um riso nervoso.

– Fui eu – respondeu.

Capítulo 16

Só conversa

Quando chegamos em casa, encontramos Japp nos esperando.

– Pensei em dar uma passada aqui para conversar um pouco com o senhor antes de me recolher, monsieur Poirot – disse, com alegria.

– *Eh bien*, meu bom amigo, como vão as coisas?

– Não muito bem.

Parecia aflito.

– Conseguiu algo que me ajude, monsieur Poirot?

– Tenho uma ou duas ideias que gostaria de lhe apresentar – disse Poirot.

– O senhor e suas ideias! Sempre surpreendendo. Não que eu não queira ouvi-las. Eu quero. Sempre sai algo bom dessa sua cabeça de formato engraçado.

Poirot recebeu o cumprimento com certa frieza.

– Descobriu algo sobre o problema da sósia? É isso que eu quero saber. Hein, monsieur Poirot? O que me diz? Quem era ela?

– Isso é exatamente o que eu queria lhe contar.

Poirot perguntou a Japp se ele já tinha ouvido falar de Carlotta Adams.

– De nome. Só não me lembro onde.

Poirot explicou.

– Sei! Ela faz imitações, não faz? Mas por que o senhor se concentrou nela? Em que provas se baseia?

Poirot relatou os passos que déramos e a conclusão a que chegáramos.

– Meu Deus, pelo visto o senhor está certo. Roupas, chapéu, luvas etc., e a peruca loura. Sim, deve ter sido isso. O senhor é um gênio, monsieur Poirot. Ótimo trabalho! Não que eu acredite que exista qualquer evidência de que ela tenha sido assassinada. Parece-me um pouco de exagero. Nesse ponto, não concordo muito com o senhor. Sua teoria é um pouco fantástica demais para mim. Tenho mais experiência. Não acredito nessa história de "vilão nos bastidores". Foi Carlotta Adams, com certeza. Mas vejo duas possibilidades. Ela foi lá com intenções particulares... chantagem, talvez, já que insinuou que ganharia dinheiro. Eles discutiram, lorde Edgware foi grosseiro, ela ficou agressiva e acabou com ele. Quando chegou em casa, ficou arrasada. Ela não pretendia matar. Tomou uma overdose de propósito. Era a saída mais fácil.

– Acha que isso abrange todos os fatos?

– Bem, naturalmente, há muita coisa que ainda não sabemos. É uma boa hipótese como ponto de partida. A outra explicação é que o trote e o assassinato não têm nenhuma relação entre si. Trata-se apenas de uma coincidência bizarra.

Poirot não concordava, eu sabia. Mas limitou-se a dizer, de modo evasivo:

– *Mais oui, c'est possible.*

– Ou então alguém ouve falar do trote e acha que serve como uma luva para seus planos. Como ideia, não é má. – Fez uma pausa e prosseguiu: – Mas, pessoalmente, prefiro a primeira. A ligação que havia entre lorde Edgware e a moça, acabaremos descobrindo de alguma forma.

Poirot contou-lhe da carta aos Estados Unidos remetida pela criada, e Japp concordou que isso talvez ajudasse a esclarecer muita coisa.

– Vou cuidar disso imediatamente – disse, escrevendo em seu bloquinho de anotações. – Estou inclinado a acreditar que a mulher seja a assassina, porque não encontro nenhum outro suspeito – disse, guardando o bloco de papel. – O capitão Marsh, por exemplo, o atual lorde. Tinha motivo suficiente e maus antecedentes. Sempre duro e pouco escrupuloso em termos de dinheiro. Como se não bastasse, brigou com o tio ontem de manhã. Ele mesmo me contou... o que, de certo modo, tira a graça da história. Sim, seria um candidato possível. Mas ele tem um álibi para a noite passada. Estava na ópera com os Dortheimer. Pessoas ricas. Moram na Grosvenor Square. Já investiguei, e a informação procede. Jantou com eles, foram à ópera e cearam no Sobranis.

– E a mademoiselle?

– A filha, o senhor diz? Também estava fora de casa. Jantou com uma família chamada Carthew West. Levaram-na à ópera e deixaram-na em casa depois, às quinze para a meia-noite. A filha fica descartada. A secretária parece direita... muito eficaz e decente. Há também o mordomo. Não posso dizer que me agrade muito. Não me parece natural que um homem seja tão bonito assim. Vejo algo de suspeito nele, e acho um pouco estranha a maneira como começou a trabalhar para lorde Edgware. Sim, estou investigando o mordomo. Mas não encontro um motivo para o crime.

– Não descobriu nenhum fato novo?

– Sim, um ou dois. Difícil dizer se significam alguma coisa. Por um lado, a chave de lorde Edgware desapareceu.

– A chave da porta da frente?

– Sim.

– Interessante.

– Como eu disse, pode significar alguma coisa ou não. Depende. O que me parece mais significativo é o seguinte: lorde Edgware descontou um cheque ontem... nada especialmente vultoso... cem libras, para ser preciso. Recebeu o dinheiro em moeda francesa. Por isso descontou o cheque. Por causa de sua viagem hoje a Paris. Bem, esse dinheiro desapareceu.

– Quem lhe contou isso?

– A srta. Carroll. Ela descontou o cheque e recebeu o dinheiro. Ela me contou, e eu descobri depois que o dinheiro tinha sumido.

– E onde ficou o dinheiro ontem à noite?

– A srta. Carroll não sabe. Ela entregou tudo para lorde Edgware por volta das três e meia. O dinheiro estava num envelope de banco. Lorde Edgware estava na biblioteca no momento. Ele pegou o envelope e o deixou em cima da mesa.

– Dá margem para pensar. É um fator de complicação.

– Ou de simplificação. A propósito, falemos do ferimento.

– Sim.

– O médico disse que o corte não foi feito com canivete comum. Algo parecido, mas a lâmina tinha um formato diferente. E estava incrivelmente afiada.

– Uma navalha?

– Não, não. Muito menor.

Poirot franziu as sobrancelhas, pensativo.

– O novo lorde Edgware parece gostar muito da brincadeira – observou Japp. – Pelo visto, acha divertido ser suspeito de um crime. Fez de tudo para que desconfiássemos dele. Coisa esquisita.

– Talvez seja apenas inteligência.

– É mais provável que esteja com peso na consciência. A morte do tio veio a calhar para ele. A propósito, ele até já se mudou para a casa.

– Onde ele estava morando antes?

– Martin Street, St. George's Road. Não é um bairro muito chique.

– Seria bom tomar nota, Hastings.

Obedeci, embora sem entender direito para quê. Se Ronald havia se mudado para Regent Gate, seu endereço anterior me parecia pouco necessário.

– Na minha opinião, foi a srta. Adams – disse Japp, levantando-se. – Um magnífico trabalho de sua parte, monsieur Poirot, descobrir uma coisa dessas. Mas claro, o senhor passeia bastante, vai ao teatro e se diverte. Descobre coisas que eu não tenho como descobrir. Pena que não haja um motivo aparente. Mas, com um pouquinho de esforço, espero que em breve tudo seja resolvido.

– Há uma pessoa com motivo que você não mencionou – disse Poirot.

– Quem?

– O cavalheiro que, segundo consta, quer se casar com a esposa de lorde Edgware. O duque de Merton.

– Sim. Suponho que seja um motivo – riu Japp. – Mas um homem de sua posição dificilmente comete um assassinato. De qualquer maneira, ele está em Paris.

– Então não o considera como sério suspeito?

– O senhor considera, monsieur Poirot? – retrucou Japp.

E, rindo do absurdo da ideia, foi embora.

Capítulo 17

O mordomo

O dia seguinte foi de inércia para nós e atividade para Japp. Veio conversar conosco lá pela hora do chá.

Estava vermelho e colérico.

– Cometi um erro grosseiro.

– Impossível, meu amigo – disse Poirot, para consolá-lo.

– Cometi, sim. Deixei aquele (aqui ele blasfemou) do mordomo escapar.

– Ele desapareceu?

– Sim. Deu o fora. O que me dá vontade de bater com a cabeça na parede de tão idiota que fui de não desconfiar muito dele.

– Acalme-se. Fique calmo.

– Falar é fácil. *O senhor* não estaria calmo se o tivessem criticado na delegacia. Oh! Ele é um sujeito escorregadio. Não é a primeira vez que passa a perna em todo mundo. Já é veterano.

Japp enxugou a testa, na própria imagem da desgraça. Poirot produziu uns arrulhos de solidariedade, parecendo uma galinha colocando ovo. Como eu já conhecia melhor o caráter inglês, servi uma dose de uísque com soda e coloquei-a na frente do desolado inspetor. Ele se reanimou um pouco.

– Aceito – disse.

Em seguida, começou a falar com mais ânimo.

– Mesmo agora, não tenho certeza de que ele seja o assassino! Claro que fugir desse jeito não gera boa impressão, mas talvez ele tivesse outros motivos para isso. Eu já tinha até estabelecido contato. Parece que ele frequentava umas boates de reputação duvidosa. Não no sentido comum do termo. Algo muito mais sórdido. De fato, o rapaz é um baderneiro.

– *Tout de même*, isso não significa que ele seja um assassino.

– Exato! Podia estar envolvido em alguns negócios suspeitos, mas isso não faz dele um assassino. Não. Estou cada vez mais convencido de que foi a srta. Adams. Só não tenho provas, ainda. Mandei revistarem o apartamento dela hoje, mas não encontramos nada de mais. Ela era esperta. Não guardava correspondências, exceto algumas cartas comerciais sobre contratos financeiros. Tudo foi registrado e protocolado. Duas cartas da irmã, em Washington. Bem diretas e francas. Uma ou duas joias... nada novo ou caro. Ela não tinha um diário. O extrato bancário e o talão de cheques não revelaram nada de interessante. Droga! Até parece que a menina não tinha vida íntima!

– Ela tinha um caráter reservado – disse Poirot pensativo. – Do nosso ponto de vista, é uma pena.

– Conversei com a mulher que trabalhava para ela. Não consegui nada. Falei também com aquela moça que tem uma loja de chapéus e que, pelo jeito, era sua amiga.

– Ah! E o que achou da srta. Driver?

– Parecia esperta e atenta. Mas não tinha como me ajudar. Não que isso me surpreenda. A quantidade de moças desaparecidas que já tive de procurar, e a família e os amigos dizem sempre as mesmas coisas. "Ela era alegre e carinhosa, e nunca teve namorados". Nunca é verdade. Não é natural. As moças precisam ter namorados. Senão, há alguma coisa errada com elas. É a confusa lealdade de amigos e parentes que torna a vida de um detetive tão difícil.

Fez uma pausa para respirar, e enchi seu copo.

– Obrigado, capitão Hastings, aceito. Então é isso. Precisamos caçar o tempo todo. Existe cerca de uma dúzia de rapazes com quem ela saía para jantar e dançar, mas nada que indique que algum significasse mais do que os outros. Há o atual lorde Edgware, o sr. Bryan Martin, o ator, mais uns seis, sem nada de especial. Sua ideia de "vilão nos bastidores" está errada. Acho que o senhor descobrirá que ela agiu sozinha, monsieur Poirot. Estou buscando agora a relação entre ela e o homem assassinado. Deve haver uma. Acho que serei obrigado a ir a Paris. Havia Paris escrito naquela caixa dourada, e o falecido lorde Edgware esteve lá várias vezes no último outono, segundo a srta. Carroll, frequentando leilões e comprando objetos antigos. Sim, acho que precisarei ir a Paris. O inquérito é amanhã. Será adiado, com certeza. Depois, pego o barco da tarde.

– Você tem uma energia e tanto, Japp. Incrível.

– Sim. O senhor está ficando preguiçoso. Fica aí sentado, *pensando*! Usando a massa cinzenta, como o senhor diz. Não adianta. Precisamos sair atrás de pistas. Elas não cairão no nosso colo.

A pequena criada abriu a porta.

– O sr. Bryan Martin, senhor. Digo que o senhor está ocupado ou peço para entrar?

– Estou indo, monsieur Poirot – disse Japp, levantando-se. – Parece que todas as estrelas do mundo teatral decidiram consultá-lo.

Poirot encolheu os ombros num gesto de modéstia, e Japp riu.

– O senhor já deve estar milionário a esta altura. O que o senhor faz com o dinheiro, monsieur Poirot? Guarda?

– Certamente, valho-me da parcimônia. E por falar em uso de dinheiro, como lorde Edgware distribuiu a herança?

– Os bens que não eram de raiz ele deixou para a filha. Quinhentas libras para a srta. Carroll. Nada mais. Um testamento muito simples.

– E quando foi feito?

– Depois que a mulher o abandonou, há pouco mais de dois anos. A propósito, ela ficou expressamente excluída de qualquer participação.

– Um homem vingativo – murmurou Poirot.

Com um "até logo" animado, Japp foi embora.

Bryan Martin entrou. Estava impecavelmente vestido e muito bonito, mas me pareceu cansado e nada contente.

– Desculpe a demora em aparecer, monsieur Poirot – disse. – De qualquer maneira, creio que desperdicei seu tempo para nada.

– *En verité*?

– Sim. Falei com aquela mulher. Discuti, implorei, mas não adiantou. Ela não quis nem saber. Acho que precisaremos desistir do negócio. Sinto muito, muito mesmo, tê-lo incomodado...

– *Du tout... du tout* – disse Poirot, com simpatia. – Eu já esperava isso.

– Hã? – o rapaz parecia surpreso. – Já esperava? – perguntou perplexo.

– *Mais oui*. Quando o senhor falou em consultar sua amiga, vi logo que tudo acabaria assim.

– Então o senhor tem uma teoria?

– Um detetive, monsieur Martin, sempre tem uma teoria. É o que se espera dele. Pessoalmente, não chamo isso de teoria. Diria que é apenas uma ideia. É a primeira fase.

– E a segunda fase?

– Se a ideia se confirma, então eu *sei*! Bastante simples, como vê.

– Gostaria que me contasse qual é sua teoria... ou ideia.

Poirot sacudiu a cabeça, lentamente.

– Essa é outra regra. O detetive nunca conta nada.

– Não pode nem falar por alto?

– Não. Só posso dizer que formulei minha teoria assim que o senhor mencionou um dente de ouro.

Bryan Martin fitou-o.

– Estou totalmente confuso – declarou. – Não entendo aonde o senhor quer chegar. Se pelo menos me desse uma dica.

Poirot sorriu e fez que não com a cabeça.

– Vamos mudar de assunto.

– Sim, mas primeiro... seus honorários. Insisto.

Poirot fez um gesto imperioso com a mão.

– *Pas un sou*! Não fiz nada para ajudá-lo.

– Eu roubei seu tempo...

– Quando um caso me interessa, não toco em dinheiro. Seu caso me interessa bastante.

– Fico feliz – disse o ator, sem graça.

Parecia extremamente infeliz.

– Vamos falar de outra coisa – disse Poirot, delicadamente.

– Não foi o homem da Scotland Yard que encontrei na escada?

– Sim. O inspetor Japp.

– A luz estava tão fraca que não tive certeza. A propósito, ele veio me procurar e me fez algumas perguntas sobre aquela pobre moça, Carlotta Adams, que morreu de uma overdose de Veronal.

– O senhor conhecia bem a srta. Adams?

– Não muito. Conheci-a quando era criança, nos Estados Unidos. Aqui, encontrei-a uma ou duas vezes, mas nos víamos pouco. Fiquei muito abalado quando soube da sua morte.

– O senhor gostava dela?

– Sim. Era ótimo conversar com ela.

– Sim, muito humana. Eu também achava.

– Parece que foi suicídio, não? Eu não sabia nada que pudesse ajudar o inspetor. Carlotta era muito reservada.

– Não creio que tenha sido suicídio – disse Poirot.

– É mais provável que tenha sido um acidente. Concordo.

Houve uma pausa.

Depois, Poirot disse, com um sorriso:

– O caso da morte de lorde Edgware está ficando intrigante, não?

– Completamente. Sabe se eles têm alguma ideia de quem foi? Agora que Jane está definitivamente descartada.

– *Mais oui.* Eles têm uma forte suspeita.

Bryan Martin parecia empolgado.

– Sério? Quem?

– O mordomo desapareceu. Entende? A fuga equivale a uma confissão.

– O mordomo? O senhor realmente me surpreende.

– Um homem excepcionalmente belo. *Il vous ressemble un peu.* – Curvou-se à guisa de elogio.

Claro! Agora eu entendia por que o rosto do mordomo me parecera familiar quando o vi pela primeira vez.

– O senhor me lisonjeia – disse Bryan Martin, rindo.

– Não, não, não. As meninas, as empregadas, as melindrosas, as datilógrafas, as moças de sociedade, todas não adoram o monsieur Bryan Martin? Alguma consegue resistir?

– Muitas, creio eu – disse Martin. Levantou-se bruscamente.

– Bom, muito, muito obrigado, monsieur Poirot. Desculpe-me mais uma vez por tê-lo importunado.

Apertou nossa mão. De repente, reparei que ele parecia muito mais velho. A aflição tornara-se mais evidente.

Devorado pela curiosidade, assim que a porta se fechou, perguntei o que eu queria saber.

– Poirot, você realmente esperava que ele fosse voltar e desistir da ideia de investigar todas aquelas coisas estranhas que lhe aconteceram nos Estados Unidos?

– Você ouviu muito bem, Hastings.

– Mas então... – Cheguei à conclusão pela lógica. – Então você deve saber quem é a tal mulher misteriosa que ele teve que consultar.

Poirot sorriu.

– Tenho uma leve ideia, meu caro. Como eu lhe disse, tudo começou com a menção do dente de ouro. E se a minha ideia estiver correta, sei quem é a mulher. Sei por que ela não quer deixar que monsieur Martin me consulte. Sei a verdade sobre a história toda. E você também poderia saber. Bastaria usar o cérebro que Deus lhe deu. Às vezes, fico realmente inclinado a achar que, por descuido, Ele se esqueceu de você.

Capítulo 18

O outro homem

Não pretendo detalhar os inquéritos sobre lorde Edgware e Carlotta Adams. No caso de Carlotta, o veredito foi morte acidental. No caso de lorde Edgware, o inquérito foi adiado após apresentação de provas de identidade e autópsia. Em consequência da análise do estômago, o horário do óbito foi fixado dentro de um prazo não inferior a uma hora depois do jantar, com uma hora a mais de margem de erro. Ou seja, entre dez e onze horas, com maior probabilidade de ter ocorrido às dez.

Nenhum dos fatos referentes a Carlotta fazendo-se passar por Jane Wilkinson foi divulgado. Uma descrição do mordomo foi publicada na imprensa, causando a impressão geral de que ele era o homem procurado. Seu relato sobre a visita de Jane Wilkinson foi considerado como invenção descabida. Nada foi dito sobre o testemunho corroborante da secretária. Havia colunas a respeito do crime em todos os jornais, mas poucas informações de verdade.

Nesse meio-tempo, Japp trabalhava sem parar. Irritava-me um pouco a atitude de inércia adotada por Poirot. A suspeita de que a proximidade da velhice pudesse ter alguma coisa a ver com o fato me passou pela cabeça, e não foi a primeira vez. As desculpas que ele dava não me pareciam muito convincentes.

– Na minha idade, costumamos evitar problemas – explicou.

– Mas Poirot, meu querido amigo, você não deve se considerar velho – protestei.

Senti que ele precisava de estímulo. Tratamento por sugestão. Sei que esse é o método moderno.

– Você está com o mesmo vigor de sempre – falei, sendo sincero. – Atingiu a plenitude da vida, Poirot, o auge das próprias forças. Poderia sair e resolver esse caso de maneira magnífica, se quisesse.

Poirot respondeu que preferia resolver de casa.

– Mas isso não é possível, Poirot.

– Não totalmente, você tem razão.

– O que estou querendo dizer é que não estamos fazendo nada! Japp está no comando.

– Para mim é ótimo.

– Para mim, não. Quero que você comece a agir.

– Estou agindo.

– O que você está fazendo?

– Esperando.

– Esperando o quê?

– *Pour que mon chien de chasse me rapporte le gibier* – respondeu Poirot, piscando o olho.

– A *quem* você se refere?

– Ao nosso bom Japp. Para que ter um cão e começar a latir? Japp nos traz aqui o resultado da energia física que você tanto admira. Ele dispõe de vários meios dos quais eu não disponho. Tenho certeza de que aparecerá com novidades em breve.

Era verdade que Japp, à força de persistente investigação, ia gradativamente colhendo material. Em Paris não conseguira nada, mas dois dias depois apareceu, radiante.

– O negócio é lento – disse –, mas estamos chegando lá.

– Parabéns, meu caro. O que você tem a contar?

– Descobri que uma mulher loura guardou uma maleta de couro no depósito de bagagens em Euston às nove horas daquela noite. Mostramos a pasta da srta. Adams, e a identificação foi imediata. É de fabricação americana e, por isso, um pouco diferente.

– Ah! Euston. Sim, das estações grandes, a mais próxima de Regent Gate. Deve ter ido até lá, disfarçado-se no banheiro e depois deixado a maleta. Quando a maleta foi retirada?

– Às dez e meia. Pela mesma mulher, segundo depoimento do funcionário.

Poirot assentiu.

– E descobri outra coisa também. Tenho motivo para acreditar que Carlotta Adams estava na Lyons Corner House do Strand às onze horas.

– *Ah! C'est très bien ça!* Como descobriu isso?

– Bem, mais ou menos por acaso. Os jornais fizeram menção à caixinha dourada com iniciais em rubis. Algum repórter escreveu um artigo sobre o uso de entorpecentes entre atrizes jovens. Coisa romântica para suplemento de domingo. A caixinha dourada com seu conteúdo fatal... a patética figura de uma moça com o mundo inteiro pela frente! E, de passagem, uma conjetura sobre onde teria passado sua última noite, o que teria sentido etc. Bem, parece que uma garçonete da Corner House leu o artigo e lembrou ter servido uma jovem naquela noite com uma caixa semelhante na mão. Lembrava-se das iniciais C.A. gravadas. Ficou empolgada e começou a falar para todos os amigos... talvez saísse no jornal. Pouco tempo depois, um jovem jornalista ficou sabendo, e o *Evening Shriek* publicará hoje à noite um artigo bem sentimentaloide. As últimas horas da talentosa atriz, que esperava por um homem que nunca veio. Com destaque para a intuição da garçonete, que lhe dizia que algo não andava bem com a colega do mesmo sexo. O senhor conhece esse tipo de baboseira, não, monsieur Poirot?

– E como isso tudo chegou aos seus ouvidos tão rápido?

– Ah! Mantemos uma boa relação com o *Evening Shriek*. Fiquei sabendo quando o jornalista deles tentava me arrancar informações sobre outro assunto. Por isso fui correndo para a Corner House...

Sim, era desse modo que as coisas tinham que ser feitas. Senti muita pena de Poirot. Ali estava Japp, obtendo todas essas notícias em primeira mão (com certeza perdendo detalhes valiosos), enquanto Poirot contentava-se placidamente com informações antigas.

– Falei com a moça e acho que não resta muita dúvida. Ela não identificou a fotografia de Carlotta Adams, mas depois disse que não tinha reparado no rosto da mulher. Era jovem, morena e magra, e estava muito bem-vestida, segundo ela. Usava um desses chapéus modernos. Quem dera as mulheres reparassem um pouco mais em rostos e um pouco menos em chapéus!

– O rosto da srta. Adams não era fácil de guardar – disse Poirot. – Tinha mobilidade, era sensível, possuía uma qualidade fluida.

– Acho que o senhor tem razão. Não sou muito de observar essas coisas. Segundo a moça, a mulher estava vestida de preto e trazia uma maleta que lhe chamou atenção, porque lhe pareceu estranho que uma mulher tão bem-vestida andasse por aí com uma maleta daquelas. Pediu ovo mexido e um café, mas a garçonete teve a impressão de que ela estava fazendo hora, esperando alguém, pois ficava o tempo todo consultando o relógio de pulso. Foi na hora da conta que a garçonete reparou na caixinha. A mulher tinha tirado a caixa da bolsa e colocado em cima da mesa. Abriu e fechou a tampa. Sorria, com olhar sonhador. A garçonete reparou na caixa porque ela era realmente linda. "Eu também gostaria de ter uma caixinha de ouro com minhas iniciais gravadas em rubis", disse. Parece que a srta. Adams ainda ficou um tempo lá sentada depois de pagar a conta. Aí, finalmente, consultou de novo o relógio e, pelo visto desistindo de esperar mais, foi embora.

Poirot franzia o cenho.

– Era um *rendez-vous* – murmurou. – Um encontro marcado com alguém que não apareceu. Será que Carlotta Adams se encontrou com essa pessoa depois? Ou voltou para casa e tentou entrar em contato por telefone? Quem me dera saber! Ah, quem me dera!

– Essa é *a sua* teoria, monsieur Poirot. O misterioso vilão nos bastidores. É um mito. Não digo que não estivesse esperando alguém. É possível. Talvez tivesse combinado um encontro ali depois que ela tivesse resolvido a questão com lorde Edgware. Bem, nós sabemos o que aconteceu. Ela perdeu a cabeça e o esfaqueou. Mas não era de ficar desatinada por muito tempo. Muda de aspecto na estação, retira a maleta, vai ao lugar marcado e aí o que se chama de "reação" toma conta dela. Ela fica horrorizada com o que fez. Para piorar, o amigo não aparece. Podia ser alguém que soubesse que ela iria a Regent Gate naquela noite. Ela sente que o jogo terminou. Por isso, tira a caixa de entorpecente da bolsa. Uma overdose, e tudo estará acabado. Em todo caso, não será enforcada. Está na cara. Óbvio como o seu nariz.

Poirot apalpou hesitante o nariz, alisando depois o bigode, com expressão de orgulho.

– Não há nenhuma prova de um misterioso vilão nos bastidores – disse Japp, prosseguindo, obstinado, na vantagem tomada. – Ainda não consegui prova de uma conexão entre ela e lorde Edgware, mas conseguirei. É só uma questão de tempo. Devo confessar que fiquei decepcionado a respeito de Paris, mas nove meses é muito tempo. Ainda tenho alguém fazendo investigações lá para mim. Talvez consiga alguma coisa. Sei que o senhor não pensa dessa maneira. O senhor é um sujeito cabeçudo.

– Primeiro insulta meu nariz, e agora minha cabeça!

– Modo de dizer – disse Japp, em tom confortador. – Não pretendia ofendê-lo.

– A resposta para isso – intervim – é: "Não ofendeu".

Poirot olhou para nós, completamente atônito.

– Quais são as ordens? – perguntou Japp da porta, em tom de brincadeira. Poirot sorriu para ele, clemente.

– Nenhuma ordem. Sugestão, somente.

– Ótimo. Qual? Diga logo.

– Distribuir uma circular entre os motoristas de táxi. Descobrir quem pegou uma corrida, ou mais provavelmente duas... sim, duas corridas... das imediações de Covent Garden até Regent Gate, na noite do crime. Quanto ao horário, deviam ser mais ou menos vinte para as onze.

Japp piscou o olho. Parecia um cão farejador.

– Então essa é a ideia, não? – disse. – Bom, não custa nada tentar. E às vezes o senhor sabe o que está dizendo.

Assim que ele saiu, Poirot levantou-se e começou a escovar o chapéu com energia.

– Não me faça perguntas, meu caro. Vá pegar um pouco de benzina, por favor. Caiu um pedaço de omelete no meu colete hoje de manhã.

Obedeci.

– Para variar – comentei –, acho que não preciso fazer nenhuma pergunta. Parece bastante óbvio. Mas você acha mesmo que é isso?

– *Mon ami*, no momento estou preocupado somente com meu asseio pessoal. Se me permite dizer, não gosto desta sua gravata.

– É uma ótima gravata.

– Já *foi* ótima. Hoje está antiquada, como você diz que eu estou. Por favor, vá trocá-la, eu lhe imploro. Aproveite e escove a manga direita também.

– Estamos indo visitar o rei? – perguntei, em tom sarcástico.

– Não. Mas li no jornal hoje de manhã que o duque de Merton voltou para a Merton House. Pelo que sei, ele é um dos principais membros da aristocracia inglesa. Desejo tratá-lo com todas as honras.

Poirot não tem nada de socialista.

– Por que estamos indo visitar o duque de Merton?

– Quero vê-lo.

Isso foi tudo o que consegui arrancar dele. Quando minha indumentária finalmente estava satisfatória ao olho crítico de Poirot, partimos.

Na Merton House, um criado perguntou a Poirot se ele tinha um horário marcado. Poirot respondeu que não. O criado levou o cartão e voltou pouco tempo depois, dizendo que Sua Excelência lamentava muito, mas estava extremamente ocupado nessa manhã. Poirot sentou-se.

– *Très bien* – disse ele. – Eu espero. Espero várias horas, se for necessário.

Não foi necessário. Como era a maneira mais rápida de se livrar do visitante inoportuno, Poirot foi admitido à presença do cavalheiro que desejava ver.

O duque tinha cerca de vinte e sete anos. Não se pode dizer que tinha um aspecto simpático. Era magro e anêmico. Possuía cabelo ralo, com entradas, boca pequena e amarga, e olhos vagos, sonhadores. Havia diversos crucifixos na sala e várias obras de arte sacra. Uma larga prateleira de livros parecia conter somente volumes de teologia. Ele aparentava muito mais um jovem comerciante de miudezas do que um duque. Eu sabia que ele havia sido educado em casa e que fora uma criança extremamente delicada. Então esse era o homem que caíra tão facilmente nas garras de Jane Wilkinson! A ideia não podia ser mais ridícula. Suas maneiras eram pedantes, e seu modo de nos receber não foi dos mais corteses.

– O senhor já deve ter ouvido falar de mim – começou Poirot.

– Não ouvi, não.

– Eu estudo a psicologia do crime.

O duque ficou em silêncio. Estava sentado numa escrivaninha, diante de uma carta inacabada. Bateu impacientemente na mesa com a caneta.

– O que o senhor quer falar comigo? – perguntou, com frieza.

Poirot estava sentado na sua frente, de costas para a janela. O duque estava na posição oposta.

– No momento, estou empenhado em investigar as circunstâncias relacionadas à morte de lorde Edgware.

No rosto anêmico, mas obstinado, nenhum músculo se moveu.

– É mesmo? Eu não o conhecia.

– Mas o senhor conhece, creio, a esposa dele, a srta. Jane Wilkinson.

– Conheço, sim.

– Deve saber, então, que ela tinha um bom motivo para desejar a morte do marido.

– Não sei de nada a esse respeito.

– Vou lhe perguntar diretamente, Sua Excelência: o senhor pretende se casar em breve com a srta. Jane Wilkinson?

– Quando eu noivar com alguém, a notícia sairá nos jornais. Considero sua pergunta uma impertinência. – Levantou-se. – Passar bem.

Poirot também se levantou. Parecia sem jeito. Abaixou a cabeça.

– Eu não queria... Eu... *Je vous demande pardon...*

– Passar bem – repetiu o duque, um pouco mais alto.

Dessa vez, Poirot desistiu. Fez um gesto característico de derrota, e fomos embora, numa retirada humilhante.

Fiquei com pena de Poirot. Sua pompa costumeira não tinha dado certo. Para o duque de Merton, um grande detetive era, evidentemente, mais desprezível do que uma barata.

– Não tivemos sorte – falei, para consolá-lo. – Que sujeito mais pedante, esse duque! Por que você queria falar com ele?

– Queria saber se ele e Jane Wilkinson vão realmente se casar.

– Mas ela não disse que sim?

– Disse. Mas ela é dessas que dizem qualquer coisa que lhes convém. Talvez tenha decidido se casar com ele, e ele, coitado, ainda nem foi avisado.

– Bom, com certeza ele ficou com a pulga atrás da orelha agora.

– Ele me deu a resposta que daria a um jornalista – disse Poirot, rindo. – Mas eu sei. Sei exatamente qual é a situação.

– Sabe? Como? Pelo jeito dele?

– Não. Você reparou que ele estava escrevendo uma carta?

– Sim.

– *Eh bien*, quando comecei a trabalhar na polícia belga, aprendi que é muito útil saber ler de cabeça para baixo. Quer que eu lhe conte o que ele estava dizendo na carta? "*Minha querida e adorada Jane, meu anjo de beleza, como exprimir o que sinto por você? Você, que sofreu tanto! Sua alma tão pura...*"

– Poirot! – exclamei, interrompendo-o.

– Ele só chegou até aí: "*Sua alma tão pura... que só eu conheço*".

Fiquei bastante aborrecido. Poirot parecia ingenuamente embevecido com sua performance.

– Poirot! – exclamei de novo. – Você não pode fazer uma coisa dessas. Bisbilhotar uma carta privada.

– As bobagens que você diz, Hastings. Absurdo você dizer que "não posso fazer" uma coisa que já fiz!

– Você não está respeitando as regras do jogo.

– Eu não respeito regra alguma. Você sabe disso. E assassinato não é um jogo. É uma coisa séria. A propósito, você deveria parar de usar essa frase, "respeitar as regras do jogo". Não se fala mais assim. Eu descobri. Os jovens riem quando ouvem essa expressão caduca. *Mais oui*, as mocinhas bonitas rirão de você se você insistir em falar "respeitar as regras do jogo" e "jogo sujo".

Fiquei na minha. Não aguentava esse tipo de coisa que Poirot fizera de modo tão leviano.

– Não havia necessidade – retruquei. – Se você tivesse dito a ele que procurou lorde Edgware a pedido de Jane Wilkinson, ele teria nos tratado de outra maneira.

– Ah, mas eu não podia fazer isso. Jane Wilkinson era minha cliente. Não posso falar da vida dos meus clientes para outras pessoas. Meu trabalho pressupõe sigilo. Não seria muito digno da minha parte.

– Digno?

– Isso.

– Mas ela não vai se casar com ele?

– Isso não significa que ela não tenha segredos para ele. Suas ideias sobre casamento são muito antiquadas,

Hastings. Eu jamais poderia ter feito o que você está sugerindo. Tenho minha honra de detetive a zelar. A honra, Hastings. Uma coisa para lá de séria.

– Bom, suponho que sejam necessários todos os tipos de honra para construir um mundo.

Capítulo 19

Uma grande dama

A visita que recebemos na manhã seguinte foi, a meu ver, uma das coisas mais surpreendentes de toda a história.

Eu estava no meu quarto quando Poirot entrou, com brilho nos olhos.

– *Mon ami*, temos uma visita.

– Quem é?

– A duquesa de Merton.

– Que extraordinário! O que ela quer?

– Se você me acompanhar até lá embaixo, *mon ami*, saberá.

Apressei-me em obedecer. Entramos juntos na sala.

A duquesa era uma mulher baixa, de nariz adunco e olhar autocrático. Apesar da estatura, ninguém ousaria chamá-la de nanica. Embora se vestisse com um traje preto fora de moda, era uma *grande dame* da cabeça aos pés. Também dava a impressão de ter uma personalidade quase desumana. O que o filho tinha de negativo, ela tinha de positivo. Sua força de vontade era incomensurável. Não é de se espantar que essa mulher sempre tivesse dominado todos aqueles com quem entrara em contato!

Levantou um binóculo de teatro e nos analisou, primeiro a mim e depois a meu companheiro. Em seguida, falou com ele. Sua voz era clara e imperiosa, uma voz acostumada a dar ordens e a ser obedecida.

– O senhor é o monsieur Poirot?

Meu amigo curvou-se.

– Às suas ordens, *madame la duchesse.*

Ela olhou para mim.

– Este é o meu amigo, capitão Hastings. Ele me ajuda nos meus casos.

Ela pareceu desconfiada por um momento. Depois, curvou a cabeça, em aquiescência.

Aceitou a cadeira que Poirot ofereceu.

– Vim consultá-lo a respeito de um assunto bastante delicado, monsieur Poirot, e devo pedir-lhe para guardar em caráter estritamente confidencial tudo o que eu disser.

– Fique tranquila, madame.

– Foi lady Yardly quem me recomendou o senhor. Pela maneira como falou a seu respeito e pela gratidão que demonstrou, acho que o senhor é a única pessoa capaz de me ajudar.

– Sem dúvida, farei todo o possível, madame.

Ela ainda hesitava. Depois, finalmente, com um esforço, abordou a questão com uma simplicidade que lembrava, por incrível que pareça, Jane Wilkinson naquela noite inesquecível no Savoy.

– Monsieur Poirot, quero que o senhor intervenha para que meu filho não se case com essa atriz, Jane Wilkinson.

Se Poirot sentiu algum assombro, não deixou transparecer. Examinou-a, pensativo, e não teve pressa em responder.

– A senhora poderia ser um pouco mais específica, madame, em relação ao que deseja que eu faça?

– Não é fácil. Sinto que um casamento desses seria um grande desastre. Estragaria a vida do meu filho.

– A senhora acha mesmo, madame?

– Tenho certeza. Meu filho tem ideais muito elevados. Conhece muito pouco do mundo. Jamais se interessou por meninas de sua própria classe. Sempre as julgou frívolas. Mas em relação a essa mulher... bem, ela é muito bonita, admito. E tem o poder de escravizar os homens. Enfeitiçou o meu filho. Eu esperava que essa paixão se desvanecesse com o tempo. Felizmente, ela era comprometida. Mas agora que o marido morreu...

Interrompeu-se.

– Eles pretendem se casar em alguns meses. Toda a felicidade da vida do meu filho está em jogo. – Disse de modo mais peremptório: – Isso tem que ser impedido, monsieur Poirot.

Poirot encolheu os ombros.

– Não digo que a senhora não tenha razão, madame. Concordo que o casamento não seria lá muito conveniente. Mas o que podemos fazer?

– O senhor é quem decide.

Poirot sacudiu a cabeça lentamente.

– Sim, sim, o senhor precisa me ajudar.

– Não sei se posso ajudar em alguma coisa, madame. Seu filho, creio, se recusaria a escutar qualquer coisa contra essa moça! Além disso, não me parece haver muita coisa a ser dita contra ela! Duvido até que exista algum incidente desonroso que se pudesse verificar em seu passado. Ela tem sido... digamos... cuidadosa?

– Eu sei – disse a duquesa, fechando a cara.

– Ah! Então a senhora já investigou a vida dela.

Ela corou um pouco sob o olhar perscrutador de Poirot.

– Sou capaz de tudo, monsieur Poirot, para salvar meu filho desse casamento. – Reiterou enfaticamente: – De *tudo*!

Fez uma pausa e continuou:

– Dinheiro não é problema. Pode pedir o quanto quiser. Mas esse casamento precisa ser impedido. E o senhor é o homem indicado para impedi-lo.

Poirot balançou a cabeça.

– Não é uma questão de dinheiro. Eu não tenho como fazer nada... por um motivo que lhe explicarei em breve. Mas também devo lhe dizer que não vejo como impedir. Não tenho como ajudá-la, *madame la duchesse.* A senhora me julgará impertinente se eu lhe der um conselho?

– Que conselho?

– *Não contrarie seu filho!* Ele já está em idade de escolher o que quer da vida. Não é só porque a escolha dele não coincide com a sua que a senhora pode dizer que ele está errado. Se é um infortúnio, aceite o infortúnio. Esteja presente para ajudá-lo quando ele precisar de ajuda. Mas não o faça se rebelar contra a senhora.

– O senhor não entende.

Ela se levantou. Os lábios tremiam-lhe.

– Como não, *madame la duchesse.* Entendo perfeitamente. Compreendo o coração de uma mãe. Ninguém compreende melhor do que eu, Hercule Poirot. E falo com conhecimento de causa: seja paciente. Seja paciente e calma. Não exponha seus sentimentos. Ainda há uma chance de que o problema se resolva sozinho. A oposição, nesse caso, servirá somente para aumentar a obstinação do seu filho.

– Adeus, monsieur Poirot – disse ela, friamente. – Estou decepcionada.

– Sinto muito, madame, que eu não tenha como ajudá-la. Estou numa situação difícil. Lady Edgware já me deu a honra de me consultar pessoalmente.

– Entendi – disse com a voz cortante como uma lâmina. – O senhor está no campo adversário. Isso explica por que lady Edgware ainda não foi presa pelo assassinato do marido.

– *Comment, madame la duchesse?*

– O senhor ouviu o que eu disse. Por que ela não foi presa? Ela esteve lá aquela noite. Foi vista entrando na casa... no gabinete dele. Ninguém mais se aproximou dele, e ele foi encontrado morto. Mesmo assim, ela não foi presa! Nossa polícia deve ser irremediavelmente corrupta.

Com as mãos trêmulas, ajeitou o cachecol em volta do pescoço. Depois, com uma reverência quase imperceptível, foi embora.

– Uau! – exclamei. – Que desagradável. Mas eu a admiro. Você não?

– Porque ela quer que o universo gire ao seu redor?

– Ora, ela está pensando no bem do filho.

Poirot assentiu.

– É verdade. E, no entanto, Hastings, será realmente tão ruim assim que monsieur *le duc* se case com Jane Wilkinson?

– Ué, você não acha que ela realmente está apaixonada por ele?

– Provavelmente não. É quase certo que não. Mas está apaixonada pela posição dele. Desempenhará seu papel com todo o cuidado. Ela é uma mulher extremamente bela e muito ambiciosa. Não é uma catástrofe tão grande. O duque poderia facilmente ter se casado com uma menina de sua própria condição social, que o teria aceitado pelas mesmas razões... e ninguém teria feito um escarcéu por isso.

– Isso é verdade, mas...

– E suponhamos que ele se casasse com uma moça que o amasse de verdade, qual seria a vantagem disso? Já observei que muitas vezes é desditoso o homem cuja esposa o ama. Ela cria cenas de ciúme, expõe o marido ao ridículo, insiste em monopolizar seu tempo e atenção. Ah! *Non*, não é nenhum mar de rosas.

– Poirot – falei –, você é um velho cínico incurável.

– *Mais non, mais non,* só estou refletindo. No fundo, estou tomando partindo de uma boa mãe.

Não consegui conter o riso ao ouvir tal descrição da altiva duquesa.

Poirot não achou graça.

– Você não deveria rir. Tudo isso é muito importante. Eu preciso refletir. Refletir bastante.

– Não vejo o que você pode fazer nesse assunto – comentei.

Poirot não me deu atenção.

– Reparou, Hastings, como a duquesa estava bem informada? Uma mulher vingativa. Ela sabia de todas as provas existentes contra Jane Wilkinson.

– As de acusação, mas não as de defesa – falei, sorrindo.

– Como é que ela ficou sabendo?

– Jane contou ao duque. E o duque contou para ela – sugeri.

– Sim, é possível. Mas eu tenho...

O telefone tocou de repente. Atendi.

Meu papel se resumiu a dizer "sim" em intervalos variáveis. No fim, coloquei o fone no gancho e me virei empolgado para Poirot.

– Era o Japp. Primeiro, você é "o maior", como sempre. Segundo, ele recebeu um telegrama dos Estados Unidos. Terceiro, localizou o motorista de táxi. Quarto, você não quer ir até lá para ouvir o que o motorista de táxi tem a dizer? Quinto, você é "o maior" novamente, e ele estava o tempo todo convencido de que você acertou no alvo quando afirmou que havia alguém por trás de tudo isso! Não falei para ele que acabamos de receber uma visita que acusou nossa polícia de corrupção.

– Finalmente Japp se convenceu – murmurou Poirot. – Curioso que a teoria do vilão nos bastidores tenha sido aceita justamente no momento em que me sinto inclinado a acreditar em outra teoria possível.

– Qual teoria?

– A teoria de que o motivo do assassinato pode não ter nada a ver com lorde Edgware. Imagine que alguém odiasse Jane Wilkinson, odiasse a ponto de querer vê-la enforcada por homicídio. *C'est une idée, ça*!

Poirot suspirou e depois, levantando-se, disse:

– Vamos, Hastings. Vamos ouvir o que o Japp tem a dizer.

Capítulo 20

O motorista de táxi

Encontramos Japp interrogando um velho de bigode pontudo e óculos. Tinha voz rouca e lamuriante.

– Ah! Chegou – disse Japp. – Bom, as coisas vão de vento em popa, creio. Este homem... o nome dele é Jobson... pegou duas pessoas em Long Acre na noite de 29 de junho.

– Isso – confirmou Jobson, roucamente. – Uma bela noite. Com lua e tudo. A moça e o rapaz estavam em frente à estação de metrô e me fizeram sinal.

– Estavam vestidos a rigor?

– Sim, ele de colete branco e ela toda de branco, com pássaros bordados. Acho que estavam saindo da ópera.

– Que horas eram?

– Um pouco depois das onze.

– Bom, e aí?

– Eles me disseram para ir para Regent Gate... me diriam qual a casa quando chegássemos. E pediram para eu correr. As pessoas sempre dizem isso. Como se o motorista quisesse perder tempo. Quanto mais corridas a gente fizer, melhor. Por isso, é bom chegar rápido. Ninguém pensa nisso. O problema é que, se acontecer um acidente, quem vai levar a culpa é a gente, por correr demais!

– Deixe de conversa fiada – cortou Japp com impaciência. – Dessa vez não houve acidente, houve?

– Não... – concordou o homem, relutante em abandonar sua posição. – Na verdade, não. Bom, cheguei em Regent Gate.... não demorou nem sete minutos. Aí o rapaz bateu no vidro, e eu parei. Devia ser no número oito, mais ou menos. Bom, ele e a moça saíram do carro. O rapaz ficou parado onde estava e me disse para esperar. A moça atravessou a rua e começou a andar pela calçada do outro lado. O rapaz continuou perto do táxi... na calçada, de costas para mim, observando a moça. Estava com as mãos nos bolsos. Depois de uns cinco minutos, ele me disse alguma coisa... uma exclamação em voz baixa, e depois saiu atrás da moça. Eu fiquei ali olhando os dois, porque não queria levar calote. Já aconteceu comigo, por isso fiquei de olho no cara. Ele subiu a escada de uma das casas do outro lado e entrou.

– Empurrou a porta?

– Não, ele tinha a chave.

– Qual era o número da casa?

– Acho que era dezessete. Ou dezenove. Bom, eu achei estranho essa história de me pedir para esperar onde eu estava. Por isso fiquei espiando. Uns cinco minutos depois, o rapaz e a moça voltaram juntos. Entraram no carro e me pediram para voltar para o Covent Garden Opera House. Antes de chegar, eles me pediram para parar e me pagaram. Pagaram muito bem, aliás. Se bem que acho que me meti numa enrascada.

– Fique tranquilo. Não vai acontecer nada – disse Japp. – Gostaria que desse uma olhada nisto aqui e me dissesse se a moça é uma destas.

Havia meia dúzia de fotos, todas muito semelhantes. Olhei com interesse por sobre o ombro dele.

– Era esta – afirmou Jobson, apontando, convicto, para um retrato de Geraldine Marsh em traje de gala.

– Tem certeza?

– Absoluta. Pálida e morena.

– Agora o rapaz.

Outra série de fotografias lhe foi apresentada.

O taxista olhou para todas as fotos e sacudiu a cabeça.

– Bom, não sei dizer. Não tenho certeza. Podia ser qualquer um destes dois aqui.

As fotos incluíam uma de Ronald Marsh, mas Jobson não a escolheu. Indicou dois outros homens que se pareciam com ele.

Depois que Jobson saiu, Japp jogou as fotos em cima da mesa.

– Até que foi bom. Gostaria de ter obtido uma identificação mais precisa de Sua Excelência. Claro, é um retrato antigo, tirado há sete ou oito anos. O único que eu consegui. Sim, eu gostaria de uma identificação mais precisa, embora o caso já esteja bastante claro. Lá se vão dois álibis. O senhor foi inteligente em pensar nisso, monsieur Poirot.

Poirot fez cara de modesto.

– Quando descobri que ela e o primo tinham ido à ópera, me pareceu possível que tivessem se encontrado durante um dos intervalos. Naturalmente, as pessoas com quem eles estavam jamais pensariam que eles sairiam do teatro. Mas meia hora de intervalo dá tempo de sobra para ir até Regent Gate e voltar. Quando o novo lorde Edgware falou de seu álibi, fiquei desconfiado, porque ele falou com muita ênfase.

– O senhor já é um tipo meio desconfiado, não é? – perguntou Japp, carinhosamente. – Pois está certo. Num mundo como o nosso, não dá para não desconfiar. Sua Excelência é o homem, com certeza. Dê uma olhada nisso.

Mostrou um papel.

– Um telegrama de Nova York. Eles entraram em contato com a srta. Lucie Adams. A carta estava na correspondência que lhe entregaram hoje de manhã. Ela não queria ceder o original, a menos que fosse absolutamente necessário, mas permitiu que o funcionário tirasse uma cópia e nos telegrafasse. Aqui está. Uma carta comprometedora. Como era de se esperar.

Poirot pegou o telegrama com grande interesse. Li por cima de seu ombro.

> *Segue texto da carta a Lucie Adams, datada de 29 de junho, 8 Rosedew Mansions, Londres, S.W.3. Diz: Querida irmãzinha, desculpe-me pelo bilhete fragmentado que escrevi na semana passada, mas eu estava bastante ocupada, com um monte de coisas para resolver. Pois é, querida, tem sido um sucesso! As críticas estão ótimas, boa bilheteria, e todo mundo muito receptivo. Fiz alguns bons amigos aqui, e no ano que vem pretendo alugar um teatro por dois meses. A esquete da bailarina russa saiu perfeita, e a da americana em Paris também, mas as cenas no hotel estrangeiro continuam sendo as favoritas, acho. Estou tão empolgada que nem sei direito o que estou escrevendo, e você entenderá por que em breve, mas primeiro preciso lhe contar o que as pessoas disseram. O sr. Hergsheimer foi extremamente gentil e me convidou para um almoço com sir Montagu Corner, que pode me ajudar bastante. Uma noite dessas conheci Jane Wilkinson, e ela disse que adorou o espetáculo e a imitação que eu faço dela, o que me leva ao que eu quero contar. Na verdade, não gosto muito dela, porque tenho ouvido um monte de coisas a seu respeito de uma pessoa que conheço e fiquei sabendo que ela agiu de modo bastante cruel e desleal. Mas isso não vem ao caso agora. Você sabia que ela é a lady Edgware? Pois é. Ouvi falar muitas coisas do marido, que tampouco é flor que se cheire. Tratou o sobrinho, o capitão Marsh, de quem lhe falei, de uma maneira*

vergonhosa. Literalmente, expulsou o rapaz de casa e parou de lhe dar dinheiro. Ele me contou tudo, e senti muita pena. Ele gostou muito do espetáculo e disse: "Acho que enganaria o próprio lorde Edgware. Quer fazer uma aposta?". Eu ri e perguntei: "Quanto?". Lucie, querida, a resposta quase me deixou sem voz: "Dez mil dólares". Dez mil dólares! Imagine. Só para ajudar alguém a ganhar uma aposta idiota. Respondi: "Olhe, eu passaria um trote no rei no Palácio de Buckingham, com o risco de lése majesté, para ganhar isso". Em seguida, combinamos os detalhes.

Na semana que vem eu conto tudo. Se fui descoberta ou não. De qualquer maneira, Lucie querida, conseguindo ou não, vou receber os dez mil dólares. Oh! Lucie, minha irmãzinha, o que isso não vai significar para nós! Agora não tenho mais tempo. Estou saindo para o "trote". Muitos, muitos, muitos beijos, minha irmãzinha querida.

Da sua,
Carlotta.

Poirot largou a carta. Deu para ver que estava comovido. Japp reagiu de outra forma.

– Pegamos o sujeito – disse exultante.

– Sim – falou Poirot com a voz estranhamente inexpressiva.

Japp olhou para ele com curiosidade.

– O que houve, Poirot?

– Nada. É que, de alguma forma, não era o que eu pensava. Só isso.

Parecia extremamente infeliz.

– Mas deve ser isso mesmo – disse como se falasse sozinho. – Deve ser isso mesmo.

– Claro que é isso mesmo. Foi o que o senhor sempre disse!

– Não, não. Você me entendeu mal.

– O senhor não disse que havia alguém por trás de tudo que convenceu a moça a entrar inocentemente na história?

– Sim, sim.

– Muito bem. O que mais o senhor quer?

Poirot suspirou e não disse nada.

– O senhor é um sujeito esquisito. Nunca está satisfeito com nada. Eu diria que foi uma sorte a moça ter escrito essa carta.

Poirot concordou com mais vigor do que demonstrara até então.

– *Mais oui*, era isso que o assassino não esperava. Quando a srta. Adams aceitou aqueles dez mil dólares, assinou sua sentença de morte. O assassino achou que tinha tomado todas as precauções... e ela, por pura inocência, lhe passa a perna. Os mortos falam. Sim, às vezes os mortos falam.

– Nunca pensei que ela tivesse feito isso sozinha – disse Japp no maior descaramento.

– Não, não – concordou Poirot, distraído.

– Bom, preciso resolver as coisas.

– Vai prender o capitão Marsh? Quer dizer, lorde Edgware.

– Como não? O caso contra ele parece inteiramente provado.

– É verdade.

– O senhor parece bem desanimado com esse resultado, monsieur Poirot. A verdade é que o senhor gosta que as coisas sejam difíceis. Sua própria teoria foi comprovada, e mesmo assim o senhor não está satisfeito. O senhor consegue ver alguma falha nas provas que conseguimos?

Poirot balançou a cabeça, em resposta negativa.

– Se a srta. Marsh foi cúmplice ou não, eu não sei – disse Japp. – Mas tudo indica que ela sabia de tudo, pois saiu do teatro e foi até lá com ele. Caso contrário, por que ele a levaria? Bom, vamos ver o que os dois têm a dizer.

– Posso estar presente?

Poirot falava quase que com humildade.

– Claro que pode. Devo-lhe a ideia!

Pegou o telegrama na mesa.

Puxei Poirot para um canto.

– O que foi, Poirot?

– Estou muito triste, Hastings. Parece que tudo está indo de vento em popa, sem nenhum problema. Mas *há algo errado*, Hastings. Alguma coisa que não estamos vendo. Tudo se encaixa, é como eu imaginava e, no entanto, meu caro, há algo errado.

Olhou penalizado para mim.

Eu não soube o que dizer.

Capítulo 21

A história de Ronald

Achei difícil entender a atitude de Poirot. Não era isso que ele previra?

No caminho para Regent Gate, ele ficou o tempo todo de cara fechada, sem prestar atenção às autocongratulações de Japp.

Saiu de seu devaneio com um suspiro.

– Em todo caso – murmurou –, vejamos o que ele tem a dizer.

– Quase nada, se ele for esperto – disse Japp. – Muitas pessoas foram enforcadas por falar demais na hora de prestar depoimento. Bem, ninguém pode dizer que nós não avisamos! Tudo é feito de maneira justa. E, quanto mais culpados são, mais elevam a voz, ansiosos para contar as mentiras que forjaram para encobrir o caso. Não sabem que devem sempre consultar um advogado primeiro para poder mentir.

Suspirou e disse:

– Os advogados e os investigadores de homicídios são os maiores inimigos da polícia. Quantas vezes um caso perfeitamente simples nosso não foi atrapalhado por um investigador que bobeou e deixou o culpado escapar impune? Com os advogados, acho que não podemos objetar tanto. Eles são pagos para serem espertos e distorcerem as coisas como querem.

Quando chegamos a Regent Gate, descobrimos que nossa presa estava em casa. A família ainda se encontrava à mesa do almoço. Japp pediu para falar com lorde Edgware em particular. Fomos conduzidos à biblioteca.

Depois de um ou dois minutos, o rapaz chegou, com um sorriso natural no rosto que se desfez ao nos ver ali. Apertou os lábios.

– Olá, inspetor – disse. – O que houve?

Japp resumiu em poucas palavras a fórmula de praxe.

– Então é isso – falou Ronald.

Puxou uma cadeira e se sentou. Tirou uma cigarreira do bolso.

– Gostaria de prestar um depoimento, inspetor.

– Pois não.

– Mesmo sendo idiotice da minha parte. Não importa. "Não tenho motivo para temer a verdade", como dizem os heróis nos livros.

Japp ficou calado, com o rosto impassível.

– Ali tem cadeira e mesa – mostrou o rapaz. – O oficial pode se sentar e anotar tudo se quiser, valendo-se da taquigrafia.

Não acho que Japp estivesse acostumado com tanta solicitude. A sugestão de lorde Edgware foi aceita.

– Para começar – disse o rapaz –, como tenho o mínimo de inteligência, suponho que meu belo álibi tenha ido pelos ares. Desfez-se em fumaça. Saem de cena os prestativos Dortheimer. Foi o motorista de táxi?

– Sabemos de todos os seus movimentos naquela noite – declarou Japp, secamente.

– Tenho muita admiração pela Scotland Yard. De qualquer maneira, se eu estivesse realmente planejando um ato de violência, não teria contratado um táxi e ido direto para o local, deixando o cara esperando. Já pensaram nisso? Ah! Vejo que o monsieur Poirot, sim.

– Já me ocorreu, sim – confirmou Poirot.

– Não é desse modo que se comete um crime premeditado – disse Ronald. – O sujeito coloca um bigode ruivo, óculos fundo de garrafa, vai de carro até a esquina e liquida o camarada. Não. Ele pega o metrô... bom, não vou entrar em todos os detalhes. Meu advogado, em troca de uma boa grana pelos honorários, fará isso muito melhor do que eu. Claro que conheço a defesa. O crime foi motivado por um impulso repentino. Lá estava eu, esperando no táxi etc. etc. Até que me vem o seguinte pensamento: "Está na hora, rapaz". Bom, vou contar a verdade. Eu estava duro. Isso não é novidade, creio eu. Era um negócio meio desesperado. Tinha que conseguir dinheiro até o dia seguinte ou desistir de tudo. Tentei com o meu tio. Ele não gostava de mim, mas pensei que fosse se preocupar com a reputação do seu nome. Os homens de meia-idade dão importância para essas coisas. Meu tio revelou um lado lamentavelmente moderno com sua cínica indiferença. Bom, parecia que ia realmente ter que me virar sozinho. Pensei em pedir emprestado para Dortheimer, mas sabia que não havia esperança. E não podia me casar com a filha. Ela é uma moça sensata demais para se casar comigo. Então, por acaso, encontrei minha prima na ópera. Não nos encontramos muito, mas ela sempre foi muito legal comigo quando eu morava na sua casa. Contei tudo para ela. Ela já sabia de alguma coisa, porque o pai tinha dito. Nesse momento, ela demonstrou seu valor. Sugeriu que eu ficasse com as suas pérolas. Haviam pertencido à mãe.

Ronald fez uma pausa. Distingui uma emoção verdadeira em sua voz. Ou pelo menos ele me fez acreditar nisso.

– Bem. Eu aceitei a oferta da bendita menina. Com as pérolas, poderia conseguir a quantia de que precisava, e jurei que faria de tudo para resgatá-las, mesmo que precisasse trabalhar. Mas as pérolas estavam em casa, em Regent Gate. Decidimos que o melhor a fazer era ir logo apanhá-las. Pegamos um táxi e fomos. Pedimos para o motorista parar do outro lado da rua para que ninguém ouvisse o táxi se aproximar. Geraldine desceu e atravessou a rua. Ela tinha a chave da entrada. O plano era entrar sem fazer barulho, pegar as pérolas e sair. Ela não esperava encontrar ninguém, exceto algum empregado. A srta. Carroll, a secretária do meu tio, geralmente ia para a cama às nove e meia. Meu tio provavelmente estaria na biblioteca. Então, Dina foi. Fiquei na calçada, fumando. De vez em quando olhava para a casa, para ver se ela já tinha saído. E agora vem a parte da história que vocês podem acreditar ou não. Como quiserem. Um homem passou por mim na calçada. Eu me virei para observá-lo. Para minha surpresa, ele subiu a escada e entrou no número dezessete. Pelo menos, parecia esse número, de onde eu estava. Fiquei surpreso por dois motivos. Primeiro porque o homem entrou com uma chave, e segundo porque ele se parecia muito com um ator famoso. Fiquei tão perplexo que resolvi investigar. Eu estava com a minha própria chave do número dezessete no bolso. Eu tinha perdido essa chave, ou pensava que a tinha perdido há três anos. Uns dois dias atrás, encontrei-a inesperadamente e pretendia devolvê-la ao meu tio naquela manhã. Só que, no calor da discussão, acabei esquecendo. Quando troquei de roupa, transferi a chave com tudo o que tinha no bolso. Pedi para o motorista esperar e saí correndo pela calçada. Atravessei a rua, subi a escada do número dezessete e abri a porta com a minha chave. O saguão estava vazio. Não havia qualquer sinal de visita recente. Fiquei ali um instante, olhando em volta. Depois, fui até a biblioteca. Talvez o sujeito estivesse lá dentro com o meu tio. Nesse caso, eu ouviria o murmúrio de vozes. Fiquei do lado de fora, na porta, mas não ouvi nada. De repente, cheguei à conclusão de que eu tinha me enganado. O homem devia ter entrado em alguma outra casa, a vizinha, provavelmente. Regent Gate é muito mal iluminada à noite. Senti-me um grandessíssimo idiota. Não sei o que me fez seguir o sujeito. Agora eu estava ali. Imagine se meu tio saísse da biblioteca e me encontrasse no meio da sala. O que eu ia dizer? Geraldine ficaria em maus lençóis por minha culpa, e daria o maior rolo. Só porque alguma coisa no jeito do homem me levou a crer que ele estava fazendo algo que não queria que os outros soubessem. Felizmente, ninguém me viu. Eu precisava sair dali o quanto antes. Voltei na ponta dos pés à porta de entrada, e, nesse mesmo momento, Geraldine desceu a escada com as pérolas na mão. Ficou assustada de me ver, claro. Puxei-a para fora de casa e expliquei o que tinha acontecido.

Ronald fez outra pausa.

– Voltamos correndo para a ópera. Chegamos lá bem na hora em que a cortina subia. Ninguém desconfiou de nada. Fazia calor, e muita gente saiu para pegar um pouco de ar.

Pausa.

– Já sei o que vocês vão dizer: por que não lhes contei isso logo? E então eu lhes pergunto: se vocês tivessem um motivo evidente para cometer o crime, seriam capazes de confessar, tranquilamente, que estiveram no local do crime na noite em que o crime foi cometido? Francamente! Fiquei com medo. Mesmo que acreditassem em nós, seria uma dor de cabeça para mim e para Geraldine. Não tínhamos nada a ver com o assassinato, não vimos nada, não ouvimos nada. Obviamente, achei que tivesse sido a tia Jane. Mas para que me meter? Contei-lhes sobre a briga e a minha falta de dinheiro porque sabia que vocês acabariam descobrindo e, se eu tentasse esconder, vocês ficariam muito mais desconfiados e investigariam mais a fundo aquele álibi. Achei que, se eu fizesse bastante barulho em torno, conseguiria hipnotizá-los para vocês pensarem que estava tudo bem. Sei que os Dortheimer estavam plenamente convencidos de que eu não saí de Covent Garden em momento algum. O fato de eu ter passado um intervalo com a minha prima não lhes pareceria nem um pouco suspeito. E ela podia sempre dizer que tinha estado comigo lá, e que não tínhamos deixado o local.

– A srta. Marsh concordou com essa... dissimulação?

– Concordou. Assim que recebi a notícia, fui procurá-la e implorei-lhe para que não contasse nada sobre a nossa vinda até aqui na noite anterior. Tínhamos ficado juntos durante o último intervalo em Covent Garden. Conversamos um pouco na rua e só. Ela entendeu e concordou.

Pausa.

– Sei que não causa uma boa impressão contar essa história depois de todo o ocorrido, mas estou sendo totalmente verdadeiro. Posso dar o nome e o endereço do homem que me pagou à vista hoje de manhã pelas pérolas de Geraldine. E, se vocês perguntarem para ela, ela confirmará cada palavra que estou dizendo.

Recostou-se na cadeira e olhou para Japp.

Japp continuava impassível.

– O senhor disse que achava que Jane Wilkinson tivesse cometido o assassinato, lorde Edgware? – perguntou ele.

– Vocês não teriam pensado o mesmo? Depois da história do mordomo?

– E quanto à aposta que fez com a srta. Adams?

– Aposta com a srta. Adams? Com Carlotta Adams, você está dizendo? O que ela tem a ver com isso?

– O senhor nega que lhe ofereceu a soma de dez mil dólares para imitar a srta. Jane Wilkinson na casa aquela noite?

Ronald fitou-o, assombrado.

– Ofereci dez mil dólares? Que história absurda é essa? Alguém está se divertindo à custa de vocês. Nem tenho dez mil dólares para oferecer. Vocês foram vítimas de um logro. Foi *ela* quem disse isso? Oh! Que chato, esqueci. Ela está morta, não?

– Sim – respondeu Poirot –, ela está morta.

Ronald ficou nos olhando. Estava pálido. O desembaraço desaparecera e cedera lugar à preocupação.

– Não entendo – disse. – Tudo o que eu contei é verdade. Imagino que vocês não acreditam. Nenhum de vocês.

Nesse momento, para meu espanto, Poirot deu um passo à frente.

– Eu acredito – disse ele.

Capítulo 22

O estranho comportamento de Hercule Poirot

Estávamos em casa.

– O que é que está... – comecei.

Poirot me fez parar com um gesto mais extravagante do que qualquer outro gesto que já o vi fazendo. Os dois braços girando no ar.

– Pelo amor de Deus, Hastings! Agora não. Agora não.

Em seguida, pegou o chapéu, enfiou-o na cabeça como se jamais tivesse ouvido falar em ordem e método e saiu correndo da sala. Não tinha voltado ainda quando, cerca de uma hora mais tarde, Japp apareceu.

– O homenzinho saiu? – perguntou ele.

Respondi que sim com a cabeça.

Japp sentou-se. Limpava a testa com um lenço. O dia estava quente.

– O que foi que ele tomou? Olhe, capitão Hastings, quase caí duro quando ele se aproximou do rapaz e disse que acreditava nele. Juro, parecia que eu estava assistindo a um melodrama romântico. Não entendo.

Eu também não entendia e comentei a respeito.

– E aí ele sai de casa – continuou Japp. – O que ele disse que ia fazer?

– Não disse nada – respondi.

– Absolutamente nada?

– Absolutamente nada. Quando comecei a falar com ele, ele me cortou. Achei melhor deixá-lo em paz.

Chegamos aqui, eu ia interrogá-lo, mas ele sacudiu os braços, pegou o chapéu e saiu de novo.

Olhamos um para o outro. Japp deu um tapinha na testa, como se atinasse com a resposta.

– Só pode ser – disse ele.

Pela primeira vez, eu estava inclinado a concordar. Japp já insinuara diversas vezes que Poirot não estava "regulando bem", como ele dizia. Nessas ocasiões, ele simplesmente não havia entendido aonde Poirot queria chegar. Mas agora, devo confessar, eu também não entendia a atitude de Poirot. Mesmo que estivesse "regulando bem", ele estava muito diferente. Sua própria teoria havia se comprovado de maneira magistral, e ele a repudiava.

Bastava para desanimar e inquietar seus partidários mais convictos. Balancei a cabeça, desalentado.

– Ele sempre foi o que chamo de um homem peculiar – disse Japp. – Tem seu jeito pessoal de enxergar as coisas... um jeito bastante estranho, diga-se de passagem. É uma espécie de gênio, reconheço. Mas dizem que os gênios beiram a loucura, e muitos acabam enlouquecendo de fato. Poirot sempre gostou de dificultar as coisas. Um caso simples não o sacia. Não. Precisa ser tortuoso. Ele se isolou da vida real. Está num mundo próprio. É como uma velha jogando paciência. Quando não dá certo, trapaceia. Bem, no caso dele, acontece o contrário. Se a coisa está muito fácil, ele trapaceia para dificultar! Bom, é assim que eu vejo.

Achei difícil falar alguma coisa. Eu também não compreendia o comportamento de Poirot. Além disso, como me sentia muito ligado ao meu amigo, por mais excêntrico que ele fosse, aquela mudança me afetava mais do que eu pretendia revelar.

Em meio àquele silêncio lúgubre, Poirot entrou na sala.

Fiquei feliz de ver que ele estava mais calmo agora.

Com muito cuidado, tirou o chapéu, colocou-o junto com a bengala em cima da mesa e sentou-se na poltrona de sempre.

– Que alegria vê-lo aqui, meu bom e velho Japp. Pretendia mesmo procurá-lo na primeira oportunidade.

Japp olhou para ele sem responder. Sabia que aquilo era só o início. Esperou que Poirot explicasse.

E foi o que meu amigo fez, falando lenta e cuidadosamente.

– *Ecoutez*, Japp. Estamos enganados. Completamente enganados. Sei que é difícil admitir, mas cometemos um erro.

– Isso não tem importância – disse Japp confiante.

– É claro que tem. É deplorável. Chega a doer na alma.

– Não precisa ficar com pena daquele rapaz. Ele merece.

– Não é dele que estou com pena. É de você.

– De mim? Não precisa se preocupar comigo.

– Mas eu me preocupo. Quem o orientou nessa direção? Hercule Poirot. *Mais oui*, coloquei-o na pista. Chamei sua atenção para Carlotta Adams, comentei a respeito da carta para os Estados Unidos. Cada passo do caminho fui eu que indiquei!

– Eu chegaria lá de qualquer maneira – disse Japp, friamente. – O senhor só estava um pouco adiantado.

– *Cela ce peut.* Mas não me consola. Se você viesse a se prejudicar, a perder prestígio por ter dado ouvidos às minhas ideias, eu me culparia amargamente.

Japp não parecia muito abalado. Devia atribuir a Poirot motivos não muito puros, imaginando que meu amigo invejava o fato de ter sido ele quem elucidou o caso.

– Tudo bem – disse. – Não me esquecerei de mencionar que lhe devo algo nesse negócio.

Piscou o olho para mim.

– Oh! Não é nada disso. – Poirot estalou a língua com impaciência. – Não quero crédito nenhum. Aliás, não haverá crédito. Essa história toda é um fiasco que você está preparando para si mesmo, e eu, Hercule Poirot, sou o responsável.

De repente, diante da expressão de extrema melancolia de Poirot, Japp deu uma gargalhada. Poirot sentiu-se afrontado.

– Desculpe-me, monsieur Poirot – disse Japp enxugando os olhos. – Mas não tive como não rir com a cara de desespero que o senhor fez. Olhe só, vamos esquecer esse assunto. Estou disposto a arcar com o crédito ou a culpa deste caso. Será um grande escândalo. O senhor tem razão quanto a isso. Vou procurar conseguir uma condenação. Pode ser que um advogado experiente libere Sua Excelência. Com um júri, nunca se sabe. Mas, mesmo assim, não perco nada com isso. Todos saberão que pegamos o homem certo, mesmo que eu não consiga a condenação. E se por acaso uma criada ficar histérica, afirmando que foi ela... bem, aceito o castigo merecido, sem me queixar de que foi o senhor que me fez tomar esse rumo. É justo.

Poirot olhou para ele com brandura e tristeza.

– Você tem muita confiança. Nunca parou para se perguntar: "Será que é isso mesmo?"? Jamais duvida ou desconfia de que as coisas não podem ser tão fáceis assim?

– Pode apostar que não. E é justamente nesse ponto, desculpe a franqueza, que o senhor se atrapalha. Por que as coisas não podem ser simples? Qual o problema da simplicidade?

Poirot olhou para ele, suspirou, fez que ia levantar os braços e sacudiu a cabeça.

– *C'est fini!* Não direi mais nada.

– Maravilha – disse Japp calorosamente. – Agora vamos ao que importa. Gostaria de saber o que estive fazendo?

– Com certeza.

– Bem, conversei com Geraldine, e a versão dela bate perfeitamente com a história de Sua Excelência. Talvez os dois tenham combinado, mas acho que não. Na minha opinião, ele a enganou. De qualquer maneira, ela se sente atraída pelo primo. Ficou muito abalada quando soube que ele tinha sido preso.

– Ficou? E a secretária... a srta. Carroll?

– Imagino que não. Mas é apenas uma suposição minha.

– E a história das pérolas? – perguntei. – É verdadeira?

– Totalmente. Ele as empenhou no dia seguinte de manhã. Mas não acho que isso tenha a ver com o argumento principal. A meu ver, o plano lhe ocorreu ao encontrar a prima na ópera. A ideia veio num lampejo. Ele estava desesperado... e aquela era uma saída. Imagino que ele já estivesse pensando em alguma coisa assim. Por isso estava com a chave. Não acredito na história de encontrá-la de repente. Bem, enquanto ele conversa com a prima, chega à conclusão de que, envolvendo-a, adquire mais segurança pessoal. Brinca com os sentimentos dela, sugere as pérolas. Ela topa, e os dois vão lá. Assim que ela entra na casa, ele vai atrás e se dirige à biblioteca. Talvez Sua Excelência esteja cochilando na poltrona. De qualquer maneira, em dois segundos ele faz o seu serviço e sai. Não creio que quisesse que a moça o surpreendesse dentro de casa. Esperava ser encontrado perto do táxi, andando de um lado para o outro. E não acho que ele esperava que o motorista fosse vê-lo entrando na casa. A impressão que queria dar é a de quem está impaciente, esperando. Lembre-se de que o táxi estava virado na outra direção. Na manhã seguinte, claro, ele precisa empenhar as pérolas. Precisa simular que necessita do dinheiro. Depois, quando o crime é descoberto, aterroriza a moça para que não fale nada a respeito da visita que fizeram à casa. Dirão que estiveram juntos no intervalo da ópera.

– Então, por que eles não disseram isso? – perguntou Poirot.

Japp encolheu os ombros.

– Mudaram de ideia. Ou julgaram que ela não conseguiria sustentar aquela mentira. Ela é meio nervosa.

– Sim – disse Poirot, pensativo. – Ela é meio nervosa.

Depois de um instante, continuou:

– Você não acha que seria mais fácil e simples para o capitão Marsh sair sozinho da ópera durante o intervalo, entrar silenciosamente na casa com sua chave, matar o tio e voltar para o teatro... em vez de ter um táxi do lado de fora esperando e uma menina que pode descer a escada a qualquer momento, perder a cabeça e estragar todo o plano?

Japp deu um sorriso forçado.

– Isso é o que o senhor e eu teríamos feito. Só que somos um pouco mais inteligentes do que o capitão Ronald Marsh.

– Não tenho tanta certeza assim. Ele parece inteligente.

– Mas não tão inteligente quanto Hercule Poirot! Tenho certeza! – disse Japp, rindo.

Poirot fitou-o, com frieza.

– Se ele não é o culpado, por que convenceu a srta. Adams a aceitar o trote? – prosseguiu Japp. – Só há um motivo para aquele trote: proteger o verdadeiro criminoso.

– Nesse ponto, concordo plenamente.

– Fico feliz por concordarmos em alguma coisa.

– Talvez tenha sido ele quem de fato falou com a srta. Adams – refletiu Poirot –, enquanto, na realidade... não, isso é uma idiotice.

Depois, olhando de repente para Japp, fez uma pergunta abrupta:

– Qual é a sua teoria em relação à morte dela?

Japp limpou a garganta, pigarreando.

– Estou inclinado a acreditar que foi acidente. Um acidente conveniente, reconheço. Não vejo como ele possa ter alguma coisa a ver com isso. Seu álibi é praticamente perfeito. Após o teatro, ele ficou no Sobranis com os Dortheimer até depois de uma da manhã. Muito antes disso ela já estava na cama, dormindo. Não, acho que foi um desses casos de sorte absurda que os criminosos têm às vezes. De qualquer maneira, se esse acidente não tivesse acontecido, acho que ele tinha planos para se livrar dela. Primeiro lhe infundiria medo, dizendo que ela seria presa por assassinato se confessasse a verdade. E depois a subornaria com mais dinheiro.

– Você acha – disse Poirot, encarando-o de frente – que a srta. Adams deixaria outra mulher ser enforcada se possuísse provas que a absolviam?

– Jane Wilkinson não seria enforcada. A prova da festa de Montagu Corner era irrefutável.

– *Mas o assassino não sabia disso.* Teria que contar com o enforcamento de Jane Wilkinson e o silêncio de Carlotta Adams.

– O senhor adora falar, não é, monsieur Poirot? E agora está plenamente convencido de que Ronald Marsh é um santo, incapaz de fazer alguma coisa errada. O senhor acredita naquela história que ele contou, de ter visto um homem entrar furtivamente na casa?

Poirot encolheu os ombros.

– Sabe quem ele disse que achava que era?

– Imagino.

– Ele disse que achou que fosse o ator Bryan Martin. O que o senhor me diz? Um sujeito que nem conhecia lorde Edgware.

– Nesse caso, seria realmente curioso que ele entrasse na casa com uma chave.

– Ahá – fez Japp, com ar de desprezo. – E suponho que o senhor ficará surpreso em saber que o sr. Bryan Martin não estava em Londres nessa noite. Levou uma moça para jantar em Molesey. Não voltaram a Londres antes da meia-noite.

– Ah! – exclamou Poirot, suavemente. – Não, não fiquei surpreso. A moça era sua colega de profissão?

– Não. É dona de uma loja de chapéus. A propósito, era amiga da srta. Adams. Srta. Driver. O senhor há de concordar que o depoimento dela está acima de qualquer suspeita.

– Não estou negando, meu caro.

– O fato é que o enganaram, e o senhor sabe disso – disse Japp, rindo. – Uma história da carochinha inventada na hora. Ninguém entrou no número dezessete... e ninguém entrou em nenhuma das casas vizinhas. O que isso mostra? Que Sua Excelência é um mentiroso.

Poirot sacudiu a cabeça tristemente.

Japp levantou-se revigorado.

– O senhor sabe que temos razão.

– Quem era D. Paris, novembro?

Japp encolheu os ombros.

– Imagino que uma história antiga. Uma moça não pode guardar uma lembrança de seis meses atrás que não tenha nada a ver com o crime? Precisamos manter um senso de proporção.

– Seis meses atrás – murmurou Poirot com um brilho repentino nos olhos. – *Dieu, que je suis bête!*

– O que ele disse? – Japp me perguntou.

– Ouça. – Poirot levantou-se e deu um tapinha no peito de Japp. – Por que a criada da srta. Adams não reconheceu aquela caixa? Por que a srta. Driver também não reconheceu?

– Como assim?

– Porque a caixa era *nova*! Ela tinha acabado de receber. Paris, novembro... ótimo... sem dúvida é a data de que a caixa devia ser uma lembrança. Mas ela lhe foi dada *agora*, não *na época*. Tinha acabado de ser comprada! Acabado! Investigue isso, eu lhe imploro, meu bom e velho Japp. É uma possibilidade, com certeza. Não foi comprada aqui, mas no exterior. Provavelmente, em Paris. Se tivesse sido comprada aqui, algum joalheiro teria se manifestado. A caixa foi fotografada e descrita nos jornais. Sim, sim, Paris. Talvez outra cidade estrangeira, mas acho que foi Paris. Descubra, eu lhe suplico. Faça as investigações. Quero muito saber quem é esse misterioso D.

– Não custa tentar – disse Japp, simpático. – Não que eu esteja empolgado com a ideia. Mas farei o que posso. Quanto mais soubermos, melhor.

E, cumprimentando-nos alegremente, foi embora.

Capítulo 23

A carta

– E agora – disse Poirot –, vamos sair para almoçar.

Enfiou a mão no meu braço. Estava todo sorridente.

– Tenho esperanças – explicou.

Fiquei feliz de vê-lo bem novamente, embora continuasse convencido da culpa do jovem Ronald. Imaginei que Poirot talvez tivesse chegado à mesma conclusão, depois de ouvir os argumentos de Japp. A busca pelo comprador da caixa era, possivelmente, um último recurso para salvar sua dignidade.

Almoçamos juntos num clima muito agradável de amigos.

Avistei, numa mesa do outro lado do salão, Bryan Martin e Jenny Driver fazendo o mesmo. Lembrando o que Japp tinha dito, desconfiei de um possível romance.

Eles nos viram, e Jenny acenou para nós.

Quando estávamos no café, Jenny deixou o acompanhante e veio até nossa mesa. Estava mais animada do que nunca.

– Posso me sentar e conversar com o senhor um minuto, monsieur Poirot?

– Claro, mademoiselle. Estou encantado em vê-la. O sr. Martin não nos fará companhia?

– Pedi a ele que não viesse. Gostaria de falar sobre a Carlotta.

– Pois não, mademoiselle.

– O senhor buscava informações sobre um amigo dela, não?

– Sim, sim.

– Bem, andei pensando bastante. Às vezes não lembramos logo das coisas. Para esclarecê-las, precisamos refletir... recordar um monte de palavrinhas e frases que talvez não tenhamos observado na ocasião. Bom, foi isso o que eu fiz. Fiquei pensando, procurando me lembrar do que ela disse. E cheguei a uma determinada conclusão.

– Qual, mademoiselle?

– Eu acho que o homem em quem ela estava interessada, ou começava a se interessar, era Ronald Marsh. O senhor sabe, o que acaba de herdar o título.

– O que a faz pensar que era ele, mademoiselle?

– Bem. Cartlotta falava de um modo vago sobre um homem com falta de sorte e como isso podia afetar o caráter de uma pessoa. Que um homem podia ser decente e, mesmo assim, fracassar. Mais vítima do que culpado, sabe como é. A primeira coisa a que uma mulher se apega quando começa a se interessar por um homem. Já ouvi tantas vezes essa história! Carlotta tinha bastante juízo, mas veio com essa ladainha, como uma ignorante que não soubesse nada da vida. "Espere um pouco", falei comigo mesma. "Aqui tem coisa". Ela não citou nomes. Era tudo vago. Mas quase imediatamente depois disso ela começou a falar de Ronald Marsh, que achava que ele havia sido tratado muito mal. Foi bem impessoal e espontânea sobre o assunto. Na hora, não liguei uma coisa à outra. Mas, agora, não sei. Acho que ela se referia a Ronald. O que o senhor acha, monsieur Poirot?

Jenny Driver parecia bastante envolvida na história.

– Acho, mademoiselle, que talvez tenha me dado uma informação muito valiosa.

– Que bom – exclamou ela, batendo palma.

Poirot olhou-a com ternura.

– Talvez ainda não saiba, mas o cavalheiro de quem falou, Ronald Marsh... lorde Edgware... acaba de ser preso.

– Oh! – fez Jenny Driver, abrindo a boca de espanto. – Então minha pequena divagação chega um pouco tarde.

– Nunca é tarde demais – disse Poirot. – Não para mim. Obrigado, mademoiselle.

Ela se despediu e voltou para a sua mesa.

– Pronto, Poirot – falei. – Isso com certeza abalou sua convicção.

– Não, Hastings. Muito pelo contrário, a fortaleceu.

Apesar da afirmação, julguei que Poirot, no fundo, se sentia vencido.

Nos dias seguintes, ele não mencionou mais o caso Edgware. Quando eu tocava no assunto, ele respondia de modo monossilábico, sem interesse. Em outras palavras, havia lavado as mãos. Seja qual fosse a ideia que tivesse ocupado seu cérebro fantástico, via-se agora obrigado a admitir que não se concretizara, que sua primeira concepção do caso tinha sido a verdadeira e que Ronald Marsh preenchia todos os requisitos para ser acusado do crime. Só que, como Poirot jamais reconheceria abertamente essa verdade, fingia ter perdido o interesse.

Essa, devo dizer, foi a minha interpretação de sua atitude. Parecia comprovada pelos fatos. Poirot não demonstrou a mínima curiosidade pelos procedimentos legais na polícia, que, de qualquer maneira, eram puramente formais. Ocupou-se com outros casos e, como eu já disse, não deixava transparecer qualquer interesse quando o assunto vinha à tona.

Quase duas semanas depois dos acontecimentos citados no último capítulo, cheguei à conclusão de que minha interpretação estava completamente errada.

Hora do café da manhã. Ao lado do prato de Poirot, a enorme pilha habitual de cartas. Poirot remexeu na pilha, com dedos ágeis. Soltou uma súbita exclamação de prazer e separou uma carta com selo americano.

Abriu-a com sua pequena espátula de correspondência. Eu assistia à cena com interesse, pois ele parecia totalmente encantado com aquilo. Havia uma carta e um papel anexo, relativamente grosso.

Poirot leu a carta duas vezes e depois ergueu o rosto.

– Gostaria de ler, Hastings?

Peguei a carta de suas mãos. Dizia o seguinte:

Prezado monsieur Poirot, fiquei bastante comovida com sua amável, amabilíssima carta. Tenho andado tão perplexa com tudo. Além da minha enorme dor, considero uma afronta o que andam insinuando sobre Carlotta, a irmã mais querida e carinhosa que alguém poderia ter. Não, monsieur Poirot, ela não consumia drogas. Tenho certeza. Ela tinha horror a esse tipo de coisa. Já a ouvi comentar várias vezes a respeito. Se desempenhou algum papel na morte daquele pobre homem, foi por pura inocência. A carta que ela me escreveu é uma prova nesse sentido. Envio-lhe a carta original, conforme o senhor me pediu. Não gosto da ideia de me separar da última carta que ela escreveu em vida, mas sei que o senhor cuidará bem dela e irá devolvê-la. Se essa carta lhe ajudar a solucionar um pouco do mistério que cerca sua morte, como o senhor diz, certamente estou fazendo bem em remetê-la.

O senhor pergunta se Carlotta mencionou algum amigo em especial na correspondência. Ela falava de um monte de gente, claro, mas ninguém que se destaque muito. Bryan Martin, que conhecemos anos atrás, uma moça chamada Jenny Driver e um tal de capitão Ronald Marsh eram os que ela via com mais frequência.

Quem dera eu pudesse me lembrar de alguma coisa que o ajudasse. O senhor escreve de modo tão delicado e compreensivo que até parece entender o que Carlotta e eu significávamos uma para a outra.

Agradeço-lhe, de coração,
Lucie Adams

P.S.: Um policial esteve aqui há pouco tempo querendo saber da carta. Eu disse que já a enviara para o senhor. Não era verdade, claro, mas por algum motivo julguei que fosse importante o senhor ler a carta primeiro. Acho que a Scotland Yard precisa dela como prova contra o criminoso. O senhor pode entregá-la para eles. Mas certifique-se de que me devolverão algum dia, por favor. Foram as últimas palavras de Carlotta para mim.

– Quer dizer que escreveu para ela – comentei, largando a carta. – Por que fez isso, Poirot? E por que você pediu o original da carta de Carlotta Adams?

Ele estava curvado sobre o anexo da carta que eu mencionei.

– Na verdade, Hastings, não sei o que dizer. Talvez tivesse a esperança de que o original da carta explicasse o inexplicável.

– Não vejo como se afastar do texto. A própria Carlotta entregou a carta para a criada levar ao correio. Não houve nenhum truque. E não há dúvida de que contém todos os elementos de uma epístola comum.

Poirot soltou um suspiro.

– Eu sei. Eu sei. E é isso que dificulta tudo. Porque, na atual conjuntura, Hastings, esta carta é *impossível*.

– Besteira.

– *Si, si.* Veja bem. Segundo meu raciocínio, algumas coisas *têm* que ser. Seguem-se, umas às outras, com método e ordem, numa sequência compreensível. Mas aí surge essa carta. Não combina. Nesse caso, quem está errado, Hercule Poirot ou a carta?

– Você não acha possível que seja Hercule Poirot? – sugeri, da maneira mais delicada que consegui.

Poirot me lançou um olhar de reprovação.

– Já houve vezes em que me enganei... mas esta não é uma delas. Esta carta, portanto, é impossível. Há algum fato sobre a carta que nos escapa. Preciso descobrir o que é.

Em seguida, voltou a examinar a carta em questão, com um pequeno microscópio de bolso.

Ao terminar cada página, entregava-a para mim. Eu, evidentemente, não encontrava nada de errado. A carta estava escrita numa caligrafia firme, bem legível e era, palavra por palavra, idêntica ao telegrama.

Poirot deu um suspiro profundo.

– Não há qualquer tipo de falsificação aqui. Não. Foi tudo escrito pela mesma mão. E, no entanto, como é impossível...

Interrompeu-se. Com um gesto de impaciência, pediu-me que lhe devolvesse as folhas. Obedeci, e ele voltou a examiná-las, sem pressa.

De repente, soltou um grito.

Eu deixara a mesa do café e estava parado na janela, olhando para fora. Ao ouvir a exclamação, virei-me abruptamente.

Poirot vibrava, literalmente, de emoção. Seus olhos estavam verdes como os de um gato. Apontou o dedo, trêmulo.

– Está vendo, Hastings? Olhe aqui. Rápido. Venha ver.

Corri para o seu lado. Aberta diante dele, uma das folhas centrais da carta. Não vi nada de especial.

> disse: "Acho que enganaria o próprio Lorde Edgware. Quer fazer uma aposta?".
>
> Eu ri e perguntei: "Quanto?".
>
> Lucie, querida, a resposta quase me deixou sem voz: "Dez mil dólares".
>
> Dez mil dólares!

– Não está vendo? Todas as outras folhas têm a margem reta. São folhas simples. Mas esta... está vendo? Esta folha foi rasgada. Agora entende o que eu quero dizer? *Era uma folha dupla*, de modo que *está faltando uma página da carta.*

Fiquei olhando com cara de idiota.

– Mas como? Faz sentido.

– Sim, sim, faz sentido. Por isso é que a ideia foi inteligente. Leia que você entenderá.

Acho que não consigo fazer melhor do que captar um fac-símile da página em questão.

– Está vendo agora? – perguntou Poirot. – A carta é interrompida no ponto em que ela está falando do capitão Marsh. Ela sente pena dele e diz: "Ele gostou muito do espetáculo e...". Na página seguinte, continua: "disse...". Mas, *mon ami, está faltando uma página.* A pessoa da nova página pode não ser a mesma da anterior. E na verdade, *não é.* Foi um homem completamente diferente quem propôs o trote. Observe que depois disso não há mais nenhuma referência ao nome. Ah! *C'est épatant!* De alguma forma, nosso criminoso se apossou desta carta, que o entrega. Sem dúvida, ele pensa em suprimi-la, e aí, lendo até o final, vê outra maneira de usá-la. Retira uma página, e a carta se transforma numa terrível acusação de outro homem, que também tem um motivo para querer matar lorde Edgware. Ah, foi uma dádiva! Caída do céu, como vocês dizem! Ele rasga a folha e coloca a carta de volta no lugar.

Fiquei olhando admirado para Poirot. Eu não estava totalmente convencido de sua teoria. Achava extremamente possível que Carlotta tivesse usado uma folha avulsa que já estivesse rasgada. Mas Poirot estava tão transfigurado de alegria que simplesmente não tive coragem de sugerir essa prosaica probabilidade. Afinal de contas, vai que ele estivesse certo.

Arrisquei-me, contudo, a apontar uma ou duas dificuldades que atrapalhavam sua teoria.

– Mas como o homem, seja lá quem fosse, conseguiu pegar essa carta? A srta. Adams tirou-a da bolsa e entregou-a diretamente para a criada, que a levou ao correio. Foi o que a criada disse.

– Das duas, uma: ou ela mentiu, ou Carlotta Adams encontrou-se com o criminoso naquela noite.

Assenti.

– Essa segunda opção me parece mais provável. Ainda não sabemos onde Carlotta Adams esteve desde a hora em que saiu de seu apartamento até as nove, quando deixou a maleta na estação de Euston. Durante esse tempo, deve ter se encontrado com o criminoso em algum lugar marcado. Provavelmente combinaram de comer juntos. Ele lhe deu as últimas instruções. O que aconteceu exatamente em relação à carta, não sabemos. Podemos supor. Talvez ela a trouxesse na mão, com a intenção de colocá-la no correio, e tenha acabado largando-a em cima da mesa do restaurante. O criminoso vê o endereço e pressente perigo. Com habilidade, pega a carta, inventa alguma desculpa para se afastar da mesa, abre o envelope, lê o texto, rasga uma folha e depois a coloca de volta na mesa. Ou talvez lhe entregue a carta no final, dizendo que ela devia ter deixado cair sem perceber. Como foi, exatamente, não importa. Mas duas coisas parecem claras: que Carlotta Adams se encontrou com o criminoso naquela noite, antes ou depois do assassinato de lorde Edgware (havia tempo para uma rápida conversa depois que ela saiu da Corner House). Tenho a impressão, embora possa estar equivocado, de que foi o assassino quem lhe deu a caixa dourada. Era provavelmente uma lembrança sentimental do primeiro encontro dos dois. *Nesse caso, o assassino é D.*

– Não entendo a questão da caixa dourada.

– Ouça, Hastings. Carlotta Adams não era viciada em Veronal. É o que Lucie Adams diz, e eu acredito que seja verdade. Ela era uma moça saudável, sensata, sem nenhuma inclinação para esse tipo de coisa. Nenhum dos amigos nem a criada identificaram a caixa. Por que, então, a caixa foi encontrada com ela depois de sua morte? Para dar a impressão de que ela *tomava* Veronal, e há um bom tempo... no mínimo seis meses. Digamos que ela tenha se encontrado com o assassino depois do crime, mesmo que só por alguns minutos. Eles tomam um drinque, Hastings, para comemorar o sucesso do plano. E o assassino coloca Veronal na bebida de Carlotta, o suficiente para ela não acordar mais na manhã seguinte.

– Que horror! – exclamei, com um calafrio na espinha.

– Sim, não é uma cena agradável – disse Poirot, friamente.

– Você vai contar tudo isso para Japp? – perguntei depois de um tempo.

– Não agora. O que eu tenho para lhe contar? O bom e velho Japp diria: "Mais um logro! A moça escreveu numa folha de papel rasgada!". *C'est tout.*

Baixei a cabeça.

– O que eu poderia responder? Nada. É uma coisa que poderia ter acontecido. Eu só sei que não aconteceu porque *é necessário que não tenha acontecido.*

Fez uma pausa. Uma expressão visionária lhe passou pelo rosto.

– Imagine, Hastings. Se o homem tivesse tido um pouquinho de ordem e método ele teria cortado a folha, não a rasgado. E nós não teríamos percebido nada. Nada mesmo!

– Deduzimos, então, que ele é um sujeito meio desleixado – comentei, sorrindo.

– Não, não. Talvez ele estivesse com pressa. Dá para ver que a folha foi rasgada sem cuidado algum. Oh! Com certeza ele não tinha muito tempo.

Poirot fez outra pausa e continuou:

– Uma coisa é certa. Esse homem, esse tal D., devia ter um ótimo álibi para aquela noite.

– Não vejo como ele poderia ter um álibi se passou o tempo primeiro em Regent Gate, cometendo um assassinato, e depois com Carlotta Adams.

– Precisamente – disse Poirot. – Foi isso o que eu quis dizer. Ele precisava urgentemente de um álibi, e por isso forjou um. Outra questão: será que o nome dele começa mesmo com D? Ou D é a inicial de algum apelido pelo qual ela o conhecia?

Silêncio.

– Um homem cuja inicial do nome ou do apelido é D. Precisamos encontrá-lo, Hastings. Sim, precisamos encontrá-lo.

Capítulo 24

Notícias de Paris

No dia seguinte, tivemos uma visita inesperada.

Geraldine Marsh.

Senti pena dela quando Poirot a cumprimentou e puxou uma cadeira para ela. Seus grandes olhos negros pareciam maiores e mais escuros do que nunca, marcados por olheiras, como se ela não tivesse dormido. Tinha o rosto extremamente magro e cansado para alguém de sua idade. Era quase uma criança.

– Vim vê-lo, monsieur Poirot, porque não sei o que fazer. Estou muito preocupada.

– Pois não, mademoiselle – disse Poirot, solidário.

– Ronald me contou o que o senhor disse a ele naquele dia. O dia fatídico em que foi preso. – Estremeceu. – Contou que o senhor deu um passo à frente, bem no momento em que ele disse que ninguém acreditaria nele, e falou: "Eu acredito". É verdade, monsieur Poirot?

– Sim, mademoiselle. Foi isso mesmo que eu disse.

– Eu sei, mas não perguntei se o senhor disse essas palavras. Queria saber se o senhor realmente acreditou na história dele.

Ela parecia terrivelmente aflita, curvada para a frente, retorcendo as mãos.

– Minhas palavras foram sinceras, mademoiselle – respondeu Poirot calmamente. – Não creio que seu primo tenha matado lorde Edgware.

– Oh! – exclamou ela, de olhos arregalados e já menos pálida. – Então deve pensar que foi outra pessoa!

– *Evidemment*, mademoiselle – disse Poirot sorrindo.

– Sou uma idiota. Me expresso mal. O que eu quero dizer é: o senhor acha que sabe quem é essa outra pessoa?

Inclinou-se para a frente, ansiosa.

– Tenho minhas ideias, naturalmente. Suspeitas, digamos.

– O senhor não vai me dizer? Por favor... por favor.

Poirot abanou a cabeça.

– Seria... injusto.

– Então o senhor realmente suspeita de alguém específico?

Poirot limitou-se a sacudir a cabeça, sem se comprometer.

– Se eu soubesse um pouco mais – comentou a moça –, seria muito mais fácil para mim. E talvez eu pudesse ajudá-lo. Sim, talvez pudesse realmente ajudá-lo.

Era difícil resistir àquela maneira de pedir, mas Poirot continuou sacudindo a cabeça.

– A duquesa de Merton ainda está convencida de que foi minha madrasta – disse a jovem, pensativa.

Lançou um rápido olhar inquisitivo a Poirot.

Ele não demonstrou qualquer reação.

– Mas acho difícil que seja.

– Qual é a sua opinião a respeito dela? De sua madrasta.

– Bom. Eu mal a conheço. Estava na escola, em Paris, quando meu pai se casou com ela. Quando voltei para casa, ela me tratava bem. Quer dizer, nem reparava que eu existia. Achei-a bastante frívola e... mercenária.

Poirot fez que entendia com a cabeça.

– Falou da duquesa de Merton. A senhora a vê com frequência?

– Sim. Ela tem sido muito carinhosa comigo. Estivemos bastante tempo juntas nestas duas últimas semanas. Está sendo horrível, com todo o falatório, os jornalistas, Ronald preso, essas coisas. – Estremeceu. – Sinto que não tenho amigos de verdade. Mas a duquesa tem sido maravilhosa, e ele também tem sido muito legal. O filho, digo.

– Gosta dele?

– Ele é tímido, acho. Meio sério e de temperamento difícil. Mas a mãe fala bastante dele. Por isso, sinto que o conheço mais do que na realidade.

– Sei. Diga-me uma coisa, mademoiselle: a senhorita gosta do seu primo?

– De Ronald? Claro que gosto. Ele... Não temos nos visto muito nos últimos dois anos... mas antes ele morava lá casa. Eu... eu sempre o achei incrível. Vivia brincando e inventando loucuras. Oh! Naquela nossa casa triste, isso fazia toda a diferença.

Poirot assentiu, compreensivo, mas continuou com um comentário que me chocou pela crueza:

– Então não quer vê-lo... enforcado?

– Não, não – respondeu a moça, perplexa. – Isso não. Oh! Se ao menos fosse ela... minha madrasta. Deve ser. A duquesa diz que tem certeza.

– Ah! – exclamou Poirot. – Se ao menos o capitão Marsh tivesse ficado no táxi, hein?

– Sim... aliás, o que o senhor quer dizer? – perguntou franzindo a testa. – Não entendo.

– Se ele não tivesse seguido aquele homem que entrou na casa. A propósito, não ouviu ninguém entrar?

– Não. Não ouvi nada.

– O que a senhora fez quando entrou em casa?

– Fui correndo lá para cima... para pegar as pérolas.

– Claro. E levou um tempo para encontrá-las.

– Sim. Não encontrava a chave da minha caixa de joias.

– Normal. Quanto maior a pressa, menor a agilidade. Passou-se um tempo antes que descesse e aí... viu seu primo na sala.

– Sim, vindo da biblioteca – confirmou ela, engolindo em seco.

– Sei. Deve ter levado um susto.

– Levei, sim. – Geraldine parecia grata pelo tom compreensivo de Poirot. – O maior susto.

– Claro.

– Ronnie perguntou: "E aí, Dina, conseguiu?", atrás de mim, e eu dei um salto.

– Imagino – disse Poirot. – Como eu disse antes, é uma pena que ele não tivesse ficado do lado de fora. O motorista de táxi teria jurado que ele nunca havia entrado na casa.

Geraldine assentiu com a cabeça. Começou a chorar. As lágrimas caíam-lhe no regaço. Levantou-se. Poirot tomou sua mão.

– Quer que eu o salve, não?

– Sim, sim. Oh! Por favor. O senhor não sabe...

Ficou ali parada, lutando para se controlar, com as mãos cerradas.

– A vida não tem sido fácil para a senhorita, mademoiselle – disse Poirot, com brandura. – Sei disso. Não tem sido fácil. Hastings, poderia chamar um táxi para a mademoiselle?

Desci com a moça e acompanhei-a até o carro. Já estava mais calma e me agradeceu graciosamente.

Encontrei Poirot andando de um lado para o outro da sala, com as sobrancelhas franzidas. Parecia descontente.

Fiquei feliz quando o telefone tocou, tirando-o daquele estado.

– Alô, quem fala? Oh, é Japp. *Bonjour, mon ami.*

– Alguma notícia? – perguntei, aproximando-me do telefone.

Finalmente, depois de várias interjeições, Poirot falou.

– Sim, e quem foi pegar, eles sabem?

Não sei qual foi a resposta, mas não era a que ele esperava. Seu rosto se fechou.

– Tem certeza?

– ...

– Não, só que complica um pouco.

– ...

– Sim, preciso reorganizar minhas ideias.

– ...

– *Comment*?

– ...

– De qualquer maneira, eu tinha razão. Sim, um detalhe, como você diz.

– ...

– Não, mantenho a minha opinião. Gostaria que você continuasse com as investigações em outros restaurantes nos arredores de Regent Gate e Euston, Tottenham Court Road e talvez Oxford Street.

– ...

– Sim, uma mulher e um homem. E também perto da Strand, um pouco antes da meia-noite. *Comment*?

– ...

– Mas eu sei que o capitão Marsh estava com os Dortheimer. No entanto, há outras pessoas no mundo além do capitão Marsh.

– ...

– Dizer que eu sou cabeçudo não é legal. *Tout de même*, me faça esse favor, eu lhe peço.

– ...

Colocou o fone no gancho.

– E? Tudo bem? – perguntei, impaciente.

– Tudo bem? Não sei. Hastings, aquela caixa dourada *foi* comprada em Paris. Encomendaram por carta. É vendida numa loja famosa de Paris, especializada nesse tipo de coisa. A carta, supostamente, foi escrita por uma tal de lady Ackerley. Constance Ackerley, dizia a assinatura. Naturalmente, essa pessoa não existe. A carta chegou dois dias antes do assassinato. Pedia que gravassem em rubis as iniciais do presumível remetente, com a inscrição no interior. Era um pedido urgente, para ser entregue no dia seguinte. Ou seja, na véspera do crime.

– E foram pegar?

– Sim. E pagaram em dinheiro.

– Quem foi pegar? – perguntei empolgado. Senti que estávamos perto da verdade.

– Uma mulher, Hastings.

– Uma mulher? – repeti surpreso.

– *Mais oui*. Uma mulher. Baixa, de meia-idade e usando pincenê.

Olhamos um para o outro, completamente aturdidos.

Capítulo 25

Um almoço

Acho que foi no dia seguinte que fomos ao almoço dos Widburn no Claridge.

Nem Poirot nem eu estávamos especialmente ansiosos para ir. Na verdade, era o sexto convite que recebíamos. A sra. Widburn era uma mulher insistente e gostava de celebridades. Sem se deixar intimidar por recusas, ela ofereceu tantas opções de data que não havia como declinar. Nessas circunstâncias, quanto mais cedo fôssemos e terminássemos com aquilo, melhor.

Poirot estava muito pouco comunicativo desde as notícias de Paris.

Minhas observações sobre o assunto obtinham sempre a mesma resposta:

– Há algo aqui que não compreendo.

E de vez em quando ele murmurava consigo mesmo:

– Pincenê. Pincenê em Paris. Pincenê na bolsa de Carlotta Adams.

Realmente fiquei feliz com o almoço, que seria uma distração para ele.

O jovem Donald Ross também estava presente e me cumprimentou com efusão. Havia mais homens do que mulheres na mesa, e ele ficou do meu lado.

Jane Wilkinson sentou-se quase à nossa frente, e, ao seu lado, entre ela e a sra. Widburn, ficou o jovem duque de Merton.

Tive a impressão – é claro que pode ter sido só impressão – de que ele estava pouco à vontade, como se não gostasse muito das pessoas que o rodeavam. Era um rapaz estritamente conservador e reacionário, o tipo de personagem que parecia ter saído diretamente da Idade Média por algum equívoco lamentável. Sua paixão por uma mulher extremamente moderna como Jane Wilkinson era uma dessas ironias anacrônicas típicas da natureza.

Diante da beleza de Jane e testemunhando o encanto que sua fascinante voz rouca emprestava às frases mais banais, eu o compreendia. Mas acabamos nos acostumando com a beleza perfeita e as vozes inebriantes! Ocorreu-me que talvez, naquele momento, um raio de sensatez estivesse dissipando as brumas de arrebatamento. Foi uma observação casual, uma gafe um tanto humilhante por parte de Jane, que me causou essa impressão.

Alguém, não me lembro quem, havia citado o conto mitológico "O Julgamento de Páris", e na mesma hora a voz agradável de Jane se fez ouvir:

– Paris? Hoje em dia Paris não tem nenhuma importância. Londres e Nova York é que interessam.

Como acontece tantas vezes, as palavras foram pronunciadas num momento de silêncio da conversa, produzindo um constrangimento geral. À minha direita, percebi que Donald Ross conteve a respiração. A sra. Widburn começou a falar com veemência sobre óperas russas. Todo mundo pôs-se logo a conversar com alguém. Só Jane olhava, serena, de uma ponta à outra da mesa, sem a mínima consciência de que havia dito uma besteira.

Foi aí que reparei no duque. Estava com os lábios apertados, muito vermelhos, e me pareceu que tinha virado ligeiramente as costas para Jane. Deve ter tido um gostinho das situações embaraçosas que um homem de sua posição enfrentaria casando-se com uma mulher como Jane Wilkinson.

Como acontece tantas vezes, comentei a primeira coisa que me veio à cabeça com minha vizinha da esquerda, uma senhora robusta da nobreza que organizava matinês infantis. Lembro-me que perguntei: "Quem é aquela mulher estranha, de vestido roxo, do outro lado da mesa?". Claro, era a irmã dela! Depois de gaguejar desculpas, virei-me para conversar com Ross, que respondia com monossílabos.

Foi então que, repelido de ambos os lados, reparei em Bryan Martin. Devia ter chegado atrasado, porque eu não havia notado sua presença.

Estava um pouco mais afastado, no mesmo lado da mesa, inclinado para a frente e falando, todo animado, com uma bela loura.

Fazia algum tempo que não o via de perto e fiquei logo impressionado com a mudança. As rugas de preocupação haviam quase desaparecido. Ele parecia mais jovem e, em todos os sentidos, mais em forma. Ria e caçoava com a vizinha de mesa, muito bem disposto.

Não tive tempo de observá-lo com mais detalhes, pois nesse momento minha robusta companheira da esquerda resolveu me perdoar, concedendo-me o privilégio de ouvir um extenso monólogo sobre as maravilhas de uma matinê infantil que ela estava organizando com fins beneficentes.

Poirot precisou ir embora cedo, porque tinha um compromisso. Investigava o estranho desaparecimento das botas de um embaixador, e marcara um encontro para as duas e meia. Encarregou-me de dar o recado para a sra. Widburn. Enquanto eu esperava para falar com ela – o que não era nada fácil, pois ela estava cercada de amigos indo embora, todos exclamando "querida" em profusão –, alguém me tocou no ombro.

Era o jovem Ross.

– Monsieur Poirot não está mais aqui? Queria falar com ele.

Expliquei que Poirot acabara de sair.

Ross parecia surpreso. Olhando-o mais de perto, percebi que alguma coisa o preocupava. Ele estava pálido, tenso, com um olhar vago e esquisito.

– Era só com ele? – perguntei.

Ele respondeu lentamente:

– Não sei...

Uma resposta tão estranha que fiquei olhando-o, sem entender. Ele corou.

– Parece estranho, eu sei. A verdade é que aconteceu uma coisa muito esquisita, que eu não consigo entender. E eu gostaria de ouvir a opinião de Poirot. Porque não sei o que fazer. Não queria incomodá-lo, mas...

Ele parecia tão intrigado e aflito que procurei tranquilizá-lo.

– Poirot tinha um compromisso – expliquei. – Mas sei que pretende voltar às cinco horas. Por que não liga para ele mais tarde ou vai até lá para conversar pessoalmente?

– Obrigado. Acho que vou fazer isso mesmo. Às cinco?

– Melhor ligar primeiro – avisei –, para ter certeza antes de ir.

– Ótimo. Eu ligo. Muito obrigado, Hastings. Acho que pode ser importante. Muito importante.

Assenti e voltei para onde a sra. Widburn dispensava palavras melosas e lânguidos apertos de mão.

Cumprido meu dever, já me afastava quando senti uma mão no meu braço.

– Não me ignore – disse uma voz alegre.

Era Jenny Driver. Estava extremamente elegante, diga-se de passagem.

– Oi – falei. – De onde surgiu?

– Estava almoçando numa mesa próxima à sua.

– Não a vi. Como vão os negócios?

– Muito bem, obrigada.

– Os pratos de sopa estão vendendo bem?

– Os "pratos de sopa", como rudemente os chama, estão vendendo muito bem. Quando todo mundo estiver cheio deles, as pessoas passarão a usar algo como uma bolha com uma pena no meio da testa.

– Inescrupulosa – brinquei.

– Nem um pouco. Alguém precisa salvar as avestruzes. As coitadas estão à toa.

Riu e se afastou.

– Adeus. Hoje à tarde estou de folga e vou dar uma volta no campo.

– Maravilha – comentei, em tom de aprovação. – Está muito abafado hoje em Londres.

Também resolvi dar uma volta pelo parque. Cheguei em casa por volta das quatro horas. Poirot ainda não voltara. Chegou às vinte para as cinco. Veio com brilho nos olhos e de bom humor.

– Pelo visto, Holmes – observei –, localizou as botas do embaixador.

– Era um caso de contrabando de cocaína. Muito engenhoso. Passei a última hora num salão de beleza feminino. Havia uma moça lá, de cabelo castanho-avermelhado, que teria fisgado logo seu coração suscetível.

Poirot sempre achou que tenho uma queda por mulheres de cabelo avermelhado. Não me dou ao trabalho de discutir.

O telefone tocou.

– Deve ser Donald Ross – comentei, indo atender.

– Donald Ross?

– Sim, o rapaz que conhecemos em Chiswick. Ele quer conversar com você sobre alguma coisa.

Atendi.

– Alô. Aqui é o capitão Hastings.

Era Ross.

– Ah, é o senhor, Hastings? Monsieur Poirot chegou?

– Sim, está aqui do meu lado. Quer falar com ele ou vai vir para cá?

– É coisa rápida. Dá para explicar por telefone.

– Tudo bem. Um minuto.

Poirot se aproximou e pegou o fone. Eu estava tão perto que conseguia ouvir, vagamente, a voz de Ross.

– É o monsieur Poirot? – perguntou Ross ansioso, empolgado.

– Sim, é ele.

– Olhe, eu não queria incomodá-lo, mas há uma coisa que me parece um pouco estranha. Tem ligação com a morte de lorde Edgware.

Vi o rosto de Poirot ficar tenso.

– Prossiga, prossiga.

– Pode parecer uma besteira para o senhor...

– Não, não. Pode me contar.

– Foi Paris que me despertou a suspeita...

Ouvi uma campainha tocando ao longe.

– Só um segundo.

Escutou-se o baque do fone do outro lado da linha.

Esperamos. Poirot com o telefone na mão, eu do seu lado.

Como eu disse, esperamos.

Dois minutos se passaram. Três. Quatro. Cinco minutos.

Poirot mudou de posição, nervoso. Consultou o relógio. Depois, começou a bater no gancho e falou com a telefonista.

– O fone ainda está fora do gancho do outro lado da linha, mas ninguém responde. Rápido, Hastings, procure o endereço de Ross no catálogo. Precisamos ir até lá agora mesmo.

Capítulo 26

Paris?

Poucos minutos depois, estávamos dentro de um táxi.

Poirot estava seríssimo.

– Estou com medo, Hastings – disse. – Estou com medo.

– Você não está achando... – comecei e parei.

– Estamos enfrentando alguém que já atacou duas vezes. A pessoa não hesitará em atacar de novo. Está se contorcendo como um rato, lutando pela vida. Ross representa um perigo. Por isso, tem que ser eliminado.

– O que ele tinha a dizer de tão importante? – perguntei, um pouco cético. – Pelo visto, ele não achava importante.

– Pois se enganava. Evidentemente, o que ele queria contar era de suma importância.

– Mas como é que alguém ia saber?

– Você me disse que ele conversou com você, no Claridge. Com pessoas em volta. Loucura. Pura loucura. Ah! Por que você não o trouxe junto, para protegê-lo, para que ninguém se aproximasse dele até eu ouvir o que ele tinha a dizer?

– Jamais pensei... nunca imaginei... – respondi gaguejando.

Poirot fez um gesto rápido.

– Não se culpe. Como poderia saber? Eu... eu teria percebido. O assassino, Hastings, é astuto e implacável como um tigre. Ah! A gente não chega nunca?

Chegamos, finalmente. Ross morava num apartamento no primeiro andar de um edifício numa enorme praça em Kensington. Um cartão preso numa pequena fenda ao lado da campainha nos deu a informação. A porta estava aberta. No interior havia uma grande escada.

– Tão fácil de entrar. Sem ninguém ver – murmurou Poirot, subindo os degraus.

No primeiro andar havia uma espécie de parede divisória e uma porta estreita com fechadura Yale. O cartão de Ross estava fixado no meio da porta.

Paramos ali. O silêncio era absoluto.

Empurrei a porta, que, para minha surpresa, se abriu.

Entramos.

Havia um corredor estreito, uma porta aberta de um lado e uma outra à nossa frente, que, obviamente, dava para a sala de estar.

Fomos para essa sala de estar. Era a metade de uma grande sala de frente. Estava mobiliada de maneira simples, mas confortável. Numa pequena mesa, via-se o telefone. O fone continuava fora do gancho, perto do aparelho.

Poirot deu um passo à frente, olhou em volta e sacudiu a cabeça.

– Não está aqui. Venha, Hastings.

Voltamos por onde tínhamos vindo e entramos pela outra porta, chegando a uma pequena sala de jantar. Na ponta da mesa, caído de lado numa cadeira e estatelado em cima da mesa, estava Ross.

Poirot inclinou-se sobre ele.

Aprumou-se, pálido.

– Ele está morto. Foi esfaqueado na base do crânio.

Durante muito tempo, os acontecimentos dessa tarde ficaram gravados como um pesadelo na minha memória. Não conseguia me libertar de uma terrível sensação de responsabilidade.

Muito tempo mais tarde, naquela noite, quando estávamos sozinhos, contei a Poirot sobre meu sentimento de culpa. Ele reagiu imediatamente.

– Não, não, não se culpe. Como você podia ter suspeitado? Para começar, Deus não lhe deu uma natureza suspicaz.

– *Você* teria suspeitado?

– É diferente. Passei a vida toda atrás de criminosos. Sei que o impulso de matar fica cada vez mais forte, até que, no fim, mesmo por um motivo banal... – Poirot interrompeu-se.

Estava bastante calado desde a terrível descoberta. Enquanto durou todo o processo de chegada da polícia, o interrogatório das outras pessoas do prédio, os inúmeros detalhes da pavorosa rotina que se segue a um crime, Poirot manteve-se distante, estranhamente quieto, com um olhar remoto, especulativo. Agora, ao parar a frase no meio, esse mesmo olhar ressurgia.

– Não temos tempo a perder com remorsos, Hastings – disse, calmamente. – Não há tempo para "e se". O pobre rapaz que morreu tinha algo a nos contar. E sabemos agora que devia ser algo importantíssimo. Do contrário, ele não teria sido assassinado. Como ele não pode nos dizer mais nada, temos que fazer conjeturas. Fazer conjeturas a partir de uma única e insignificante pista.

– Paris – falei.

– Sim, Paris. – Poirot levantou-se e começou a andar de um lado para o outro. – Houve diversas menções a Paris nesse caso, mas infelizmente em situações diferentes. Existe a palavra Paris gravada na caixa dourada. Paris, em novembro do ano passado. A srta. Adams estava lá na época. Talvez Ross também estivesse. Será que Ross conhecia alguém que o viu com a srta. Adams em circunstâncias, digamos, peculiares?

– Não temos como saber – comentei.

– Temos sim. E *vamos* saber! O poder do cérebro humano, Hastings, é quase ilimitado. Que outras referências a Paris temos nesse caso? A mulher baixinha, de pincenê, que foi pegar a caixa no joalheiro. Era conhecida de Ross? O duque de Merton estava em Paris quando o crime foi cometido. Paris, Paris, Paris. Lorde Edgware estava indo para Paris... Ah! Talvez isso indique alguma coisa. Será que ele foi assassinado para não viajar?

Sentou-se novamente, de testa franzida. Dava quase para sentir as ondas de sua feroz concentração de raciocínio.

– O que aconteceu naquele almoço? – murmurou. – Alguma palavra ou frase casual deve ter sugerido a Donald Ross o significado do que ele já sabia, mas que até então não lhe parecia relevante. Houve alguma referência à França? A Paris? Do seu lado da mesa, digo.

– A palavra Paris foi mencionada, mas não nesse sentido.

Contei-lhe a respeito da gafe de Jane Wilkinson.

– Isso provavelmente explica tudo – disse Poirot, pensativo. – A palavra Paris seria suficiente... ligada com alguma outra coisa. Mas o quê? Para onde Ross estava olhando? Ou sobre o que ele estava falando quando essa palavra foi pronunciada?

– Estava falando sobre superstições escocesas.

– E para onde ele estava olhando?

– Não tenho certeza. Acho que em direção à cabeceira da mesa, onde a sra. Widburn estava sentada.

– Quem estava sentado ao lado dela?

– O duque de Merton, depois Jane Wilkinson e, ao lado, um homem que eu não conhecia.

– *Monsieur le Duc.* É possível que ele estivesse olhando para o *monsieur le Duc* quando a palavra Paris foi falada. Lembre-se de que o duque estava em Paris, ou deveria estar, no momento do crime. Suponhamos que Ross de repente tenha se lembrado de alguma coisa que demonstrasse que Merton *não* estava em Paris.

– Poirot!

– Sim, você considera isso um absurdo. Assim como todo mundo. *Monsieur le Duc* tinha um motivo para o crime? Sim, e forte. Mas suponhamos que ele o tenha cometido. Oh! Absurdo. Ele é tão rico, tão bem posicionado, de caráter tão imponente! Ninguém ousaria investigar seu álibi. E no entanto não é difícil forjar um álibi num grande hotel. Atravessar o canal no barco da tarde e voltar. É possível. Diga-me, Hastings, Ross não disse nada quando a palavra Paris foi mencionada? Não mostrou nenhuma emoção?

– Pelo que eu me lembro, ele conteve a respiração.

– E a maneira como ele falou com você depois. Ele estava perplexo? Confuso?

– Perplexo e confuso!

– *Précisément.* Ocorre-lhe uma ideia, que lhe parece absurda. E, no entanto, ele hesita em manifestá-la. Primeiro falará comigo. Mas, infelizmente, quando toma a decisão, eu já fui embora.

– Se pelo menos ele tivesse me contado um pouco mais... – lamentei.

– Sim. Quem estava perto de você na hora?

– Bom, praticamente todo mundo. Estavam se despedindo da sra. Widburn. Não reparei em ninguém em especial.

Poirot levantou-se de novo.

– Será que me enganei completamente? – murmurou, voltando a caminhar de um lado para o outro. – Estive enganado esse tempo todo?

Olhei para ele com simpatia. Não sabia exatamente que ideias lhe passavam pela cabeça. "Fechado como uma ostra", dizia Japp, e a descrição do inspetor da Scotland Yard era perfeita. Eu só sabia que, naquele momento, ele estava em guerra consigo mesmo.

– De qualquer maneira – falei –, esse crime não pode ser imputado a Ronald Marsh.

– É um ponto a seu favor – disse meu amigo, distraído. – Mas isso não nos interessa por enquanto.

Sentou-se, tão abruptamente quanto antes.

– Não posso estar completamente enganado, Hastings. Lembra que uma vez formulei cinco perguntas?

– Lembro-me de alguma coisa assim.

– As perguntas eram: por que lorde Edgware mudou de ideia em relação ao divórcio? Qual a explicação da carta que ele disse que tinha escrito para a esposa e que ela afirmava jamais ter recebido? Por que aquela expressão de raiva no rosto quando saímos de sua casa naquele dia? O que um par de pincenê estava fazendo na bolsa de Carlotta Adams? Por que alguém ligou para lady Edgware em Chiswick e logo desligou?

– Sim, eram essas perguntas. Agora me lembro.

– Hastings, esse tempo todo eu estava com uma determinada ideia na cabeça. Uma ideia sobre quem era o homem, o *vilão nos bastidores.* Para três dessas perguntas encontrei respostas condizentes com a minha ideia. Mas duas perguntas não consigo responder, Hastings. Isso significa que ou eu me enganei de pessoa, ou a resposta das duas perguntas estava na minha cara o tempo todo. O que você acha, Hastings? O que você acha?

Levantando-se, foi até a escrivaninha, destrancou-a e pegou a carta que Lucie Adams enviara dos Estados Unidos. Poirot havia pedido a Japp para ficar com ela por mais um ou dois dias, e Japp concordara. Colocou-a em cima da mesa e analisou-a, pensativo.

Os minutos se passavam. Bocejei e peguei um livro. Não achava que Poirot fosse obter grandes resultados de sua análise. Já havíamos examinado a carta de todos os ângulos. Admitida a hipótese de que não era a Ronald Marsh que se referia, não havia mais nada que indicasse quem poderia ser.

Folhei as páginas do livro...

Devo ter pegado no sono...

De repente, Poirot solta uma exclamação. Dei um salto.

Ele estava me olhando com uma expressão indescritível, os olhos verdes e brilhantes.

– Hastings, Hastings.

– O que foi?

– Você lembra que eu lhe disse que, se o criminoso fosse um homem ordenado e metódico, teria cortado essa página e não rasgado?

– Sim. E daí?

– Eu estava enganado. Existe ordem e método do princípio ao fim nesse crime. *A página tinha que ser rasgada, não cortada.* Olhe.

Olhei.

– *Eh bien*, está vendo?

Respondo que não com a cabeça.

– Você quer dizer que ele estava com pressa?

– Com pressa ou não, dá no mesmo. Não está vendo, meu caro. *A página tinha que ser rasgada...*

Sacudi a cabeça.

Em voz baixa, Poirot disse:

– Como fui idiota! Como fui cego! Mas *agora*... *agora* chegaremos ao fim!

Capítulo 27

A respeito do pincenê

Um pouco depois, sua disposição já tinha mudado. Poirot levantou-se.

Fiz o mesmo, sem entender nada, mas pronto para o que desse e viesse.

– Vamos pegar um táxi. Ainda são nove horas. Não é tarde para fazer uma visita.

Desci a escada correndo atrás dele.

– Quem vamos visitar?

– Estamos indo para Regent Gate.

Achei melhor ficar calado. Poirot, pelo visto, não estava com ânimo para ser interrogado. Que estava empolgado, dava para ver. Já no táxi, tamborilava no joelho com uma impaciência nervosa completamente contrária à sua calma habitual.

Repassei na cabeça cada palavra da carta de Carlotta Adams para a irmã. A essa altura, eu sabia praticamente tudo de cor. Fiquei repetindo a opinião de Poirot a respeito da página rasgada.

Mas não adiantava. Por mais que eu pensasse, suas palavras não faziam sentido. Por que uma página tinha que ser *rasgada*? Não. Eu não entendia.

Um novo mordomo abriu a porta em Regent Gate. Poirot perguntou pela srta. Carroll, e, enquanto seguíamos o rapaz escada acima, eu me perguntava pela quinquagésima vez por onde andaria o "deus grego" anterior. Até o momento, a polícia não conseguira encontrá-lo. Talvez também estivesse morto, pensei, com um calafrio na espinha.

A visão da srta. Carroll, enérgica, bem arrumada e em ótima forma, me tirou dessas especulações fantásticas. Ficou visivelmente surpresa em ver Poirot.

– Que bom que a senhora ainda está aqui, mademoiselle – disse Poirot, curvando-se sobre sua mão. – Receava que não estivesse mais na casa.

– Geraldine não me deixou ir embora – contou a srta. Carroll. – Implorou para que eu ficasse. De fato, numa hora dessas, a coitada precisa de alguém, de um escudo. E, em termos de escudo, monsieur Poirot, posso garantir que sou bastante eficaz.

Contraiu a boca, com amargura. Percebi que saberia se livrar de jornalistas e fofoqueiros com facilidade.

– Mademoiselle, sempre me pareceu o exemplo de eficácia. Qualidade que admiro bastante. A mademoiselle Marsh, por exemplo, carece de espírito prático.

– Ela é uma sonhadora – disse a srta. Carroll. – Não tem nenhum sentido prático. Sempre foi assim. Ainda bem que não precisa trabalhar para sobreviver.

– É verdade.

– Mas não imagino que o senhor tenha vindo aqui para falar sobre pessoas práticas ou não. O que posso fazer para ajudá-lo, monsieur Poirot?

Não acho que Poirot tenha gostado muito de ser forçado a abordar o assunto dessa forma. Ele era viciado em abordagens oblíquas, por assim dizer. Com a srta. Carroll, todavia, não dava para agir assim. Ela piscou os olhos, desconfiada, atrás das lentes grossas.

– Existem alguns pontos sobre os quais eu gostaria de obter informações mais precisas. Sei que posso confiar em sua memória, srta. Carroll.

– Se não pudesse, eu não teria muita utilidade como secretária – disse ela, séria.

– Lorde Edgware estava em Paris em novembro do ano passado?

– Sim.

– Sabe me dizer a data?

– Preciso verificar.

Levantou-se, destrancou uma gaveta, pegou um pequeno caderno, folheou algumas páginas e anunciou:

– Lorde Edgware foi para Paris no dia 3 de novembro e voltou no dia 7. Também esteve lá do dia 20 de novembro até o dia 4 de dezembro. Mais alguma coisa?

– Sim. Qual foi o motivo da visita?

– Na primeira vez, ele foi para ver umas estatuetas que pretendia comprar e que seriam leiloadas mais tarde. Na segunda, não tinha um motivo definido, até onde eu sei.

– A mademoiselle Marsh acompanhou o pai em alguma dessas ocasiões?

– Ela nunca o acompanhava, monsieur Poirot. Lorde Edgware jamais imaginaria uma coisa dessas. Naquela época, ela estava num convento em Paris, mas não creio que o pai tenha ido visitá-la ou convidado-a para dar uma volta. Eu ficaria muito surpresa se isso tivesse acontecido.

– E a senhora? Não o acompanhava?

– Não.

Olhou para ele com curiosidade e perguntou:

– Por que é que o senhor está me fazendo essas perguntas, monsieur Poirot? Aonde pretende chegar?

Poirot não respondeu.

– A srta. Marsh gosta muito do primo, não? – perguntou.

– Francamente, monsieur Poirot, não vejo como isso pode ter a ver com o senhor.

– Ela me procurou outro dia. Sabia?

– Não, não sabia. – Parecia espantada. – O que ela disse?

– Ela me contou, embora não com essas palavras, que gostava muito do primo.

– Então por que o senhor me pergunta?

– Porque queria saber sua opinião.

Dessa vez, a srta. Carroll resolveu responder.

– Gosta até demais, a meu ver. Sempre gostou.

– A senhora não gosta muito do atual lorde Edgware, não é?

– Não estou dizendo isso. Só não quero nada com esse sujeito. Ele não é sério. Não nego que seja simpático e sedutor. Mas preferiria que Geraldine se interessasse por alguém com um pouco mais de estrutura.

– Como o duque de Merton?

– Não conheço o duque. De qualquer maneira, ele parece levar a sério os deveres de sua posição. Mas ele está atrás daquela mulher, a preciosa Jane Wilkinson.

– A mãe dele...

– Oh! A mãe dele preferiria que ele se casasse com Geraldine, não tenho dúvida. Mas o que as mães podem fazer? Os filhos nunca querem se casar com as moças que as mães desejam.

– A senhora acha que o primo da srta. Marsh se interessa por ela?

– Na situação em que se encontra, não faz muita diferença.

– A senhora acha, então, que ele será condenado?

– Não. Não acho que tenha sido ele.

– Mas ele pode ser condenado mesmo assim.

A srta. Carroll não falou nada.

– Não quero mais incomodá-la – disse Poirot, levantando-se. – A propósito, conhecia Carlotta Adams?

– Vi uma apresentação dela. Muito boa.

– Sim, ela era muito boa. – Poirot parecia imerso em reflexões. – Ah! Já ia me esquecendo das luvas.

Estendendo o braço para pegá-las em cima da mesa, prendeu o punho da manga na corrente do pincenê da srta. Carroll, jogando tudo no chão. Poirot apanhou o pincenê e as luvas, pedindo desculpas, sem graça.

– Queria me desculpar mais uma vez por importuná-la – finalizou –, mas imaginei que pudesse encontrar alguma pista numa discussão que lorde Edgware teve com uma pessoa no ano passado. Por isso lhe perguntei sobre Paris. Que esperança a minha! Mas a mademoiselle se mostrou tão segura de que não tinha sido o primo quem cometeu o crime... Bem. Boa noite, mademoiselle, e mil desculpas pelo incômodo.

Já estávamos na porta quando ouvimos a voz da srta. Carroll.

– Monsieur Poirot, estes óculos não são meus. Não estou enxergando nada com eles.

– *Comment*? – perguntou Poirot perplexo. Depois, seu rosto se abriu num sorriso. – Mas como sou estabanado! Meus óculos devem ter caído do bolso quando me abaixei para pegar as luvas e os seus. Troquei os dois pares. Eles são muito parecidos, veja só.

A troca foi desfeita, com sorrisos dos dois lados, e fomos embora.

– Poirot, você não usa óculos – comentei, já do lado de fora.

Ele me olhou com brilho nos olhos.

– Muito perspicaz! Você percebeu logo.

– Esse era o pincenê que eu encontrei na bolsa de Carlotta Adams?

– Isso.

– Por que você achou que ele podia ser da srta. Carroll?

Poirot encolheu os ombros.

– Ela é a única pessoa relacionada com o caso que usa óculos.

– Mas os óculos não são dela – observei pensativo.

– É o que ela diz.

– Você é um desconfiado mesmo.

– Não é isso. Provavelmente, ela disse a verdade. Acho que disse. Caso contrário, duvido que tivesse notado a substituição. Eu agi com muita destreza, meu caro.

Caminhávamos pelas ruas sem direção definida. Sugeri que pegássemos um táxi, mas Poirot não quis.

– Preciso pensar, meu caro, e caminhar ajuda.

Não falei mais nada. A noite se aproximava, e eu não tinha pressa alguma de voltar para casa.

– Suas perguntas sobre Paris eram só para despistar? – perguntei com curiosidade.

– Não.

– Ainda não resolvemos o mistério da inicial D – observei, pensativo. – É estranho que ninguém relacionado com o caso tenha a inicial D, nem no nome, nem no sobrenome. Exceto... Sim! Exceto Donald Ross. E ele está morto.

– Sim – disse Poirot com voz grave. – Ele está morto.

Lembrei-me da outra noite em que nós três tínhamos caminhado juntos. Lembrei-me de outra coisa também, que me fez ter um sobressalto.

– Meu Deus! – exclamei. – Você se lembra, Poirot?

– De quê, meu caro?

– Do que Ross falou sobre treze à mesa. *E ele foi o primeiro a se levantar.*

Poirot não falou nada. Fiquei um pouco constrangido, como acontece quando uma superstição se comprova.

– É estranho – falei em voz baixa. – Você precisa reconhecer que é estranho.

– Hã?

– Eu disse que era estranho... a respeito de Ross e dos treze. Poirot, em que você está pensando?

Para minha surpresa e, devo confessar que não gostei muito, Poirot começou a sacudir-se de riso, sem parar. Alguma coisa lhe causava muita graça.

– Do que é que você está rindo, posso saber? – perguntei com certa agressividade.

– Ah! Ah! Ah! – fez Poirot. – Não é nada. É que me lembrei de uma charada que ouvi outro dia. Vou lhe contar. O que é que tem duas patas, penas e late como cachorro?

– Uma galinha, claro – respondi sem emoção. – Essa eu já sabia desde que era criança.

– Você está muito bem informado, Hastings. Até demais. Deveria ter dito: "Não sei". E aí eu diria: "Uma galinha". Você, então, retrucaria: "Mas galinha não late como cachorro". E eu responderia: "Ah, eu incluí isso para dificultar". Suponhamos, Hastings, que essa seja a explicação da letra D.

– Besteira!

– Sim, para a maioria das pessoas, mas para certo tipo de mentalidade... Ah, se ao menos houvesse alguém a quem perguntar...

Passamos em frente de um grande cinema. As pessoas saíam, discutindo seus assuntos particulares, questões com empregados, amigos do sexo oposto e, um ou outro, o filme a que acabaram de assistir.

Atravessamos a Euston Road com um grupo.

– Eu adorei – dizia uma moça, suspirando. – Acho o Bryan Martin simplesmente maravilhoso. Não perco um filme dele. O jeito que ele rolou o penhasco, chegando junto com os papéis...

Seu acompanhante não estava tão entusiasmado.

– História idiota. Eles deveriam ter perguntado logo para a Ellis, que é o que toda pessoa sensata faria...

O resto não ouvimos. Chegando à calçada, virei-me e dei com Poirot parado no meio da rua, com um monte de ônibus se aproximando dos dois lados. Instintivamente, cobri os olhos com as mãos. Ouvi o rangido de freios e algumas palavras pitorescas pronunciadas pelos motoristas. Com toda a dignidade, Poirot andou até o meio-fio. Parecia um sonâmbulo.

– Poirot, você está maluco?

– Não, *mon ami*. É que me ocorreu uma ideia. Ali, naquele momento.

– Um péssimo momento, diga-se de passagem. Quase que foi o último de sua vida.

– Não importa. Ah, *mon ami*, fui cego, surdo e insensível. Agora eu vejo as respostas para todas aquelas perguntas. Sim, as cinco. Sim, eu vejo tudo. Tão simples... tão puerilmente simples...

Capítulo 28

Poirot faz algumas perguntas

Fizemos uma estranha caminhada até chegar em casa.

Poirot seguia sua própria linha de raciocínio. De vez em quando, murmurava uma palavra. Cheguei a ouvir alguma coisa. A certa altura, ele disse "velas" e depois alguma coisa parecida com "*douzaine*". Imagino que, se eu fosse realmente sagaz, teria percebido o rumo de seus pensamentos. Era uma trilha óbvia. No momento, porém, aquilo não me parecia ter o menor nexo.

Assim que chegamos em casa, Poirot correu para o telefone. Ligou para o Savoy e pediu para falar com lady Edgware.

– Desista – comentei, achando graça.

Poirot, como eu já lhe disse tantas vezes, é um dos homens mais mal informados do mundo.

– Você não sabe? – continuei. – Ela está fazendo uma nova peça. Deve estar no teatro. São dez e meia ainda.

Poirot não me deu atenção. Falava com o funcionário do hotel, que evidentemente lhe dizia exatamente o que eu acabava de dizer.

– Ah, é mesmo? Eu poderia, então, falar com a empregada de lady Edgware?

Em poucos instantes, a ligação foi feita.

– É a criada de lady Edgware? Aqui é Poirot, Hercule Poirot. Lembra-se de mim, não?

– ...

– *Très bien.* Surgiu algo importante. Gostaria que viesse para cá imediatamente. Preciso conversar com a senhora.

– ...

– Mas sim, muito importante. Vou lhe dar o endereço. Preste atenção.

Repetiu duas vezes o endereço e desligou, pensativo.

– Qual é a ideia? – perguntei curioso. – Você realmente conseguiu alguma informação nova?

– Não, Hastings. Quem vai me dar informações é ela.

– Que informações?

– Informações sobre uma certa pessoa.

– Jane Wilkinson?

– Oh! Quanto a ela, já tenho todas as informações de que preciso. Conheço-a de cabo a rabo, como vocês dizem.

– Sobre quem, então?

Poirot deu um daqueles sorrisos irritantes e me mandou esperar para ver. Em seguida, começou a arrumar a sala com excesso de cuidado.

Dez minutos depois, a criada chegou. Parecia um pouco nervosa e insegura. Uma figura pequena, asseada, vestida de preto, olhando ao redor, desconfiada.

Poirot foi recebê-la.

– Ah, que bom que veio. Sente-se aqui, por favor, mademoiselle... Ellis, não?

– Sim, senhor. Ellis.

Sentou-se na cadeira que Poirot puxou para ela.

Ficou de mãos cruzadas no colo, olhando para nós dois. O rosto miúdo e pálido estava sereno, com os lábios finos apertados.

– Para começar, srta. Ellis, há quanto tempo trabalha para lady Edgware?

– Há três anos, senhor.

– Era o que eu achava. Conhece bem as questões dela.

Ellis não respondeu. Parecia que não tinha gostado.

– O que estou querendo dizer é que deve saber quem são os inimigos de sua patroa.

Ellis apertou os lábios com mais força.

– Muitas mulheres já tentaram se vingar dela, senhor. Sim, todas estão contra ela. Uma inveja danada.

– As pessoas de seu próprio sexo não gostam dela.

– Exatamente, senhor. Ela é bonita demais. E sempre consegue o que quer. Há muita inveja nesse meio teatral.

– E os homens?

Ellis permitiu que um sorriso contrariado lhe transformasse o esquálido semblante.

– Ela faz o que quer com eles, senhor. Isso é um fato.

– Concordo – disse Poirot sorrindo. – No entanto, mesmo assim, imagino que em algumas circunstâncias... – Parou a frase no meio, continuando em outro tom: – Conhece o sr. Bryan Martin, o ator?

– Sim, claro.

– Muito bem?

– Sim, muito bem, senhor.

– Creio que não me engano em dizer que há pouco menos de um ano o sr. Bryan Martin estava profundamente apaixonado por sua patroa.

– Totalmente, senhor. E não "estava". "Está", na minha opinião.

– Ele acreditava na época que se casaria com ela, não?

– Sim, senhor.

– Ela alguma vez chegou a pensar seriamente nessa possibilidade?

– Chegou, sim. Se tivesse conseguido o divórcio, acho que teria se casado.

– E aí o duque de Merton entrou em cena.

– Sim, senhor. Ele estava fazendo uma excursão pelos Estados Unidos. Foi amor à primeira vista com ele.

– E, então, adeus às chances de Bryan Martin.

Ellis respondeu que sim com a cabeça.

– Claro, o sr. Martin era muito rico – explicou ela. – Mas o duque de Merton também tinha uma posição, e a patroa dá muita importância para isso. Casando-se com o duque, ela seria uma das primeiras damas do país.

A voz da criada assumiu um tom de complacência presunçosa. Achei engraçado.

– Então podemos dizer que o sr. Bryan Martin foi... rejeitado. Ele ficou mal?

– Reagiu pessimamente, senhor.

– Sei.

– Chegou a ameaçá-la com um revólver uma vez. E as cenas que fazia! Aquilo me assustava. Ele começou a beber muito também. Ficou arrasado.

– Mas, no final, ele se acalmou.

– Era o que parecia, senhor. Mas ele ainda a rondava. E eu não gostava de seu olhar. Preveni a patroa, mas ela riu. Ela gosta de sentir que tem poder, entende?

– Sim – respondeu Poirot, pensativo. – Acho que compreendo o que quer dizer.

– Ultimamente, ele não tem aparecido muito. O que é bom, a meu ver. Está começando a superar. Assim espero.

– Talvez.

Poirot pronunciou essa palavra de um jeito que a surpreendeu.

– O senhor acha que ela está correndo perigo? – perguntou ela, ansiosa.

– Sim – respondeu Poirot, gravemente. – Acho que corre um grande perigo. Mas foi ela mesma quem provocou.

A mão de Poirot, deslizando a esmo pelo consolo da lareira, acabou esbarrando numa jarra de flores, derrubando-a. A água molhou o rosto e a cabeça de Ellis. Eu raramente vi Poirot tão estabanado, e cheguei à conclusão de que ele se encontrava num estado de grande perturbação mental. Aborrecido, foi correndo pegar uma toalha, ajudou a criada a secar o rosto e a nuca e pediu desculpas.

Finalmente, mediante a discreta entrega de uma cédula de dinheiro, Poirot acompanhou a criada até a porta, agradecendo-lhe a gentileza de ter vindo.

– Mas ainda é cedo – disse, consultando o relógio. – Chegará em casa antes de sua patroa voltar.

– Oh, isso não importa, senhor. Ela vai sair para jantar, creio eu. E, de qualquer maneira, jamais espero por ela, a não ser que ela me peça.

De repente, Poirot pegou uma tangente.

– Mademoiselle, desculpe-me, mas vejo que está mancando.

– Não é nada, senhor. Só estou com um pouco de dor nos pés.

– Calos? – murmurou Poirot, na voz confidencial de quem padece do mesmo mal.

Pelo jeito, eram calos. Poirot discorreu sobre um determinado remédio que, segundo ele, fazia maravilhas.

Depois disso, Ellis foi embora.

Eu estava curiosíssimo.

– E então, Poirot?

Poirot sorriu da minha ansiedade.

– Chega por hoje, meu caro. Amanhã de manhã cedo ligaremos para Japp. Vamos pedir para ele vir aqui. Também ligaremos para o sr. Bryan Martin. Acho que ele pode ter algo interessante para nos contar. Além disso, preciso saldar uma dívida que tenho com ele.

– É mesmo?

Olhei para Poirot de rabo de olho. Ele sorria sozinho, de uma maneira estranha.

– De qualquer forma – continuei –, você não pode suspeitar que *ele* tenha matado lorde Edgware. Principalmente depois do que acabamos de saber hoje à noite. Seria entrar no jogo de vingança de Jane. Matar um marido para que a mulher se case com outro é altruísmo demais para um homem só.

– Que pensamento profundo, Hastings!

– Não seja sarcástico! – exclamei um pouco incomodado. – E que negócio é esse que você está remexendo o tempo todo?

Poirot ergueu o objeto em questão.

– É o pincenê da nossa querida Ellis, meu caro. Ela o esqueceu.

– Impossível! Ela estava de pincenê quando saiu.

Poirot abanou a cabeça lentamente.

– Errado! Totalmente errado! O que ela estava usando, meu caro Hastings, era o pincenê que encontramos na bolsa de Carlotta Adams.

Fiquei sem palavras.

Capítulo 29

Poirot fala

Coube a mim ligar para o inspetor Japp na manhã seguinte.

Ele parecia um pouco desanimado.

– Ah, é você, capitão Hastings. O que conta de novo?

Transmiti-lhe o recado de Poirot.

– Para eu aparecer às onze? Acho que dá. Ele não descobriu nada que ajude no caso da morte de Ross, descobriu? Não me importo de confessar que uma ajuda não viria mal. Não temos pista alguma. Um mistério total.

– Acho que ele descobriu, sim – comentei, como quem não quer nada. – Parece bastante satisfeito com tudo.

– Mais do que eu, garanto que está. Tudo bem, capitão Hastings. Já estou indo para aí.

Minha próxima tarefa era ligar para Bryan Martin. Para ele, repeti o que Poirot me mandara dizer: que ele havia descoberto uma coisa que talvez fosse de seu interesse. Quando Bryan Martin me perguntou o que era, respondi que não sabia. Poirot não havia me contado. Houve uma pausa.

– Tudo bem – Bryan disse finalmente. – Estou indo para aí.

E desligou.

Em seguida, para minha surpresa, Poirot ligou para Jenny Driver e pediu que ela também estivesse presente.

Falava num tom tranquilo e grave. Não lhe fiz nenhuma pergunta.

Bryan Martin foi o primeiro a chegar. Estava com um aspecto saudável e bem disposto, mas parecia um pouco preocupado. Pelo menos, essa foi a minha impressão. Jenny Driver chegou quase em seguida. Ficou surpresa de encontrar Bryan, e ele reagiu do mesmo modo.

Poirot puxou duas cadeiras e ofereceu-as aos convidados. Consultou o relógio.

– Espero que o inspetor Japp não demore.

– Inspetor Japp? – perguntou Bryan espantado.

– Sim. Pedi-lhe que viesse. Informalmente. Como amigo.

– Sei.

Voltou a ficar em silêncio. Jenny olhou-o de relance e desviou o olhar. Parecia aflita com alguma coisa nessa manhã.

Um pouco depois, Japp entrou na sala.

Pareceu-me ligeiramente surpreso de encontrar Bryan Martin e Jenny Driver, mas não deixou transparecer. Cumprimentou Poirot com a costumeira jovialidade.

– E então, Poirot, o que é que manda? Deve ter elaborado alguma teoria maravilhosa.

Poirot sorriu.

– Não, não. Nada de maravilhoso. Apenas uma pequena história, bem simples. Tão simples que sinto até vergonha de não ter percebido logo. Se permite, gostaria de recapitular o caso desde o início.

Japp suspirou e consultou o relógio.

– Se não for levar mais de uma hora... – disse.

– Fique tranquilo – retrucou Poirot. – Não levará tanto tempo. Escute: você quer saber quem matou lorde Edgware, quem matou a srta. Adams e quem matou Donald Ross, não quer?

– Gostaria de saber a respeito do último – disse Japp com cuidado.

– Então ouça e saberá de tudo. Serei humilde. ("Essa é boa!", pensei, incrédulo.) Apresentarei todas as etapas do processo. Revelarei como eu andava de olhos vendados, como fui idiota, como precisei do diálogo com o meu amigo Hastings e do comentário casual de um completo desconhecido para entrar na pista certa.

Fez uma pausa e, pigarreando, pôs-se a falar no que eu chamava de voz "professoral".

– Começarei pelo jantar no Savoy. Lady Edgware me abordou e pediu para conversar comigo em particular. Queria se livrar do marido. No final da nossa conversa, ela disse, de modo pouco sensato, a meu ver, que seria capaz de pegar um táxi e matá-lo pessoalmente. Essas palavras foram ouvidas pelo sr. Bryan Martin, que entrava naquele momento.

Poirot girou o corpo.

– Foi assim, não foi?

– Todos nós ouvimos – respondeu o ator. – Os Widburn, Marsh, Carlotta... todos nós.

– Ah, concordo. Concordo plenamente. *Eh bien*, eu não tive como me esquecer dessas palavras de lady Edgware. O sr. Bryan Martin veio me procurar na manhã seguinte com o firme propósito de gravá-las na minha mente.

– Nada disso – protestou Bryan Martin, indignado. – Eu vim...

Poirot ergueu a mão.

– O senhor veio, ostensivamente, me contar uma história a respeito de estar sendo seguido, uma história que qualquer criança logo perceberia que era mentira. Provavelmente, se baseou em algum filme antigo. Uma moça cujo consentimento precisava obter, um homem que o senhor identificava por um dente de ouro. *Mon ami*, nenhum *jovem* hoje em dia teria um dente de ouro.

Não se usa mais, principalmente nos Estados Unidos. O dente de ouro transformou-se num artigo dentário obsoleto. Oh, era tudo tão óbvio... absurdo! Depois do conto da carochinha, o senhor passou ao verdadeiro motivo de sua visita: envenenar minha mente contra lady Edgware. Para ser mais claro, preparar o terreno para o momento em que ela matasse o marido.

– Não sei do que o senhor está falando – murmurou Bryan Martin, completamente pálido.

– O senhor ridiculariza a ideia de que ele consentirá o divórcio! Acha que vou falar com ele no dia seguinte, mas mudam o horário marcado, e eu vou vê-lo naquela manhã mesmo. Ele *concorda* com o divórcio. Ou seja, qualquer motivo para o crime da parte de lady Edgware se desfaz. Além disso, ele me conta que já escreveu uma carta para a esposa a respeito. Lady Edgware declara que jamais recebeu essa carta. Ou ela está mentindo, ou é o marido quem mente. Uma terceira hipótese é que alguém tenha interceptado a carta. Mas quem? Então eu me pergunto: *por que* cargas d'água o sr. Bryan Martin se daria ao trabalho de vir me contar todas essas mentiras? Que motivação o impele? E chego à conclusão, monsieur, de que o senhor está perdidamente apaixonado por lady Edgware. Lorde Edgware diz que a esposa lhe confessou que queria se casar com um ator. Bem, suponhamos que seja verdade, mas que ela mude de ideia. No momento em que chega a carta de lorde Edgware concordando com o divórcio, é com outro que ela deseja se casar, não o senhor! Seria motivo suficiente para desaparecer com a carta.

– Eu nunca...

– Daqui a pouco o senhor poderá dizer o que quiser. Por enquanto, escute. Qual seria, então, o seu estado de espírito? O senhor, ídolo adorado, uma pessoa que jamais foi rejeitada na vida? A meu ver, uma espécie de fúria incontida, um desejo de causar o maior dano possível a lady Edgware. E que dano maior do que ela ser acusada, talvez até enforcada, por assassinato.

– Meu Deus! – exclamou Japp.

Poirot virou-se para ele.

– Mas, sim, essa foi a ideiazinha que começou a se formar dentro de mim. Várias coisas corroboraram. Carlotta Adams tinha dois amigos principais: o capitão Marsh e Bryan Martin. Era possível que Bryan Martin, um homem rico, tivesse sugerido o trote e oferecido os dez mil dólares como recompensa. Desde o início me pareceu improvável que a srta. Adams pudesse ter acreditado que Ronald Marsh dispusesse de tal quantia para lhe dar. Ela sabia que ele estava numa situação financeira extremamente delicada. Bryan Martin era uma solução muito mais plausível.

– Eu não... estou lhe dizendo que... – saiu roucamente dos lábios do ator.

– Quando o conteúdo da carta da srta. Adams para a irmã foi telegrafado de Washington... *uh, lá, lá!* Fiquei bastante abalado. Parecia que meu raciocínio estava totalmente errado. Mais tarde, contudo, fiz uma descoberta. A carta original me foi enviada, e faltava uma folha. O texto não era contínuo. Portanto, *a pessoa da página seguinte talvez não fosse o capitão Marsh*, de quem ela falava. Havia outra pista. O capitão Marsh, quando foi preso, declarou que julgava ter visto Bryan Martin entrando na casa. Vindo de um homem acusado, o testemunho não tinha muito valor. Além disso, monsieur Martin possuía um álibi. Claro! Era de se esperar. Se monsieur Martin cometesse o crime, um álibi era absolutamente necessário. Esse álibi foi confirmado somente por uma pessoa: a srta. Driver.

– E qual o problema? – retrucou a moça, abruptamente.

– Nenhum, mademoiselle – disse Poirot, sorrindo. – Só que, naquele mesmo dia, encontrei a senhora almoçando com monsieur Martin, e a senhora se deu ao trabalho de vir até minha mesa para tentar me fazer acreditar que sua amiga, a srta. Adams, estava interessada em Ronald Marsh, não em Bryan Martin, como eu supunha.

– De maneira alguma – protestou o ator com veemência.

– Talvez o senhor não percebesse, monsieur – disse Poirot, calmamente –, mas acho que era verdade. Nada justificaria tão bem a antipatia que sentia em relação a lady Edgware. Não gostava dela por sua causa. O senhor tinha contado a ela sobre a rejeição, não tinha?

– Na verdade, sim. Eu precisava desabafar com alguém, e ela...

– Mostrou-se compreensiva. Sim, ela era muito compreensiva, eu mesmo reparei. *Eh bien*, o que acontece então? Ronald Marsh é preso. De repente, o senhor se sente mais disposto. As angústias desaparecem. Embora seu plano tenha falhado, pois lady Edgware decidiu comparecer ao jantar no último minuto, outra pessoa se converte no bode expiatório, aliviando-o de qualquer angústia que porventura ainda sentisse. E aí, durante um almoço, o senhor ouve Donald Ross, aquele rapaz simpático, mas meio ignorante, dizer alguma coisa para Hastings que parece demonstrar que o senhor não está tão seguro assim.

– Não é verdade – berrou o ator. O suor lhe escorria pelo rosto. Seus olhos estavam aterrorizados. – Eu não ouvi nada. Nada. Não fiz nada.

Nesse momento, então, ocorreu a maior surpresa dessa manhã, a meu ver

– Tem razão – disse Poirot tranquilamente. – E espero que agora se sinta suficientemente punido por ter contado *a mim*, Hercule Poirot, uma história da carochinha.

Ficamos todos perplexos. Poirot continuou, em tom visionário.

– Estão vendo? Estou expondo todos os meus erros. Fiz cinco perguntas a mim mesmo. Hastings sabe quais são. Três das respostas se encaixavam perfeitamente. Quem havia interceptado a carta? Bryan Martin, evidentemente, preenchia muito bem esse requisito. Outra pergunta era: o que havia induzido lorde Edgware a mudar de ideia e consentir em dar o divórcio? Bem, eu tinha uma teoria quanto a isso. Ou ele queria se casar novamente, embora eu não tenha encontrado nenhum indício nesse sentido, ou havia algum tipo de chantagem na história. Lorde Edgware era um homem de gostos peculiares. É possível que determinados fatos a seu respeito viessem à tona e que, apesar de isso não dar direito à esposa de obter um divórcio segundo a lei inglesa, eles pudessem ser usados por ela como um pretexto, com ameaça de publicidade. Acho que foi isso o que aconteceu. Lorde Edgware não queria um escândalo público vinculado a seu nome. Acabou cedendo, embora a fúria em ser obrigado a ir contra a vontade se tornasse flagrante na expressão sanguinária que tinha no rosto quando não se julgava observado. Isso também explica a rapidez suspeita com que explicou: "Não por causa de qualquer coisa naquela carta", antes mesmo que eu insinuasse alguma coisa. Restavam duas perguntas. Uma em relação a um estranho pincenê na bolsa da srta. Adams que não lhe pertencia. E a última: por que ligaram para lady Edgware enquanto ela jantava em Chiswick? Eu não conseguia enquadrar o monsieur Bryan Martin em nenhuma das duas respostas. Então, fui forçado a concluir que havia me enganado, ou sobre o monsieur Martin, ou sobre as perguntas. Em desespero, reli a carta da srta. Adams, com a máxima atenção. E descobri uma coisa! Sim, descobri uma coisa! Vejam com os próprios olhos. Aqui está. Estão vendo como a folha foi rasgada? De maneira irregular, como acontece normalmente. Suponhamos que antes do "disse" no alto da página houvesse um pronome, e que esse pronome fosse "ela" em vez de "ele". Ah! Agora entenderam! Estão vendo? Não foi *ele*. Foi *ela*. Foi uma *mulher* quem propôs o trote a Carlotta Adams. Fiz uma lista de todas as mulheres que tinham alguma relação com o caso, mesmo que remota. Além de Jane Wilkinson, havia mais quatro: Geraldine Marsh, srta. Carroll, srta. Driver e a duquesa de Merton. Dessas quatro, a que mais me interessava era a srta. Carroll. Ela usava óculos, estava em casa naquela noite, já havia se mostrado imprecisa em seu depoimento, devido ao desejo de incriminar lady Edgware, e era também uma mulher de grande eficácia e sangue-frio, capaz de cometer um crime dessa natureza. O motivo era mais obscuro. Mas ela havia trabalhado alguns anos com lorde Edgware e podia existir um motivo que ignorávamos completamente. Senti também que não podia descartar Geraldine Marsh. Ela odiava o pai, conforme ela mesma me disse. Era neurótica e extremamente nervosa. Suponhamos que tenha esfaqueado o pai ao entrar em casa naquela noite e só depois subido calmamente para pegar as pérolas. Imaginem seu desespero ao descobrir que o primo a quem amava tanto não havia ficado do lado de fora, no táxi, decidido a segui-la. Sua agitação se explicaria, nesse caso. Também teria motivo para se mostrar agitada caso fosse inocente, mas pelo medo de que o primo tivesse cometido o crime. Havia outro detalhe. A caixa dourada, encontrada na bolsa da srta. Adams, tinha uma inicial D gravada. Ouvi que o primo chamava Geraldine de "Dina". Além disso, ele esteve num pensionato em Paris no mês de novembro passado, e poderia muito bem ter conhecido Carlotta Adams lá. Vocês devem achar fantástico acrescentar a duquesa de Merton à lista. Mas ela veio me procurar e me deu a impressão de ser um tipo fanático. Concentrou no filho o amor de toda a vida, e poderia ter arquitetado um plano para destruir a mulher que estava prestes a arruinar a vida dele. Depois havia a srta. Jenny Driver.

Poirot fez uma pausa, olhando para Jenny. Ela o encarou de volta, inclinando a cabeça de lado, a modo de provocação.

– E o que o senhor tem contra mim? – perguntou.

– Nada, mademoiselle, exceto que a senhora é amiga de Bryan Martin. E que seu sobrenome começa com D.

– Não é muito.

– Há mais uma coisa. A senhora tem a inteligência e o sangue-frio para cometer um crime desse tipo. Duvido que alguém mais tivesse.

A moça acendeu um cigarro.

– Continue – disse animadamente.

– O álibi do monsieur Martin seria válido ou não? Eu precisava responder a essa questão. Se fosse, quem Ronald Marsh tinha visto entrando na casa? E de repente eu me lembrei de uma coisa. O belo mordomo de Regent Gate se parecia bastante com Bryan Martin. Era ele que o capitão Marsh tinha visto. Formei uma teoria a respeito. Na minha opinião, ele encontrou o patrão assassinado e, ao lado, um envelope com dinheiro francês, no valor de cem libras. Ele pegou as notas, saiu de casa, deixou o dinheiro com algum amigo de reputação duvidosa e voltou, entrando com a chave de lorde Edgware. Deixou que o crime fosse descoberto pela empregada na manhã seguinte. Não sentia que corria perigo, pois estava convencido de que fora lady Edgware quem cometera o crime, e as notas seriam trocadas por moeda inglesa antes que alguém desse pela falta. No entanto, quando lady Edgware apresentou um álibi e a Scotland Yard começou a investigar seus antecedentes, ele ficou com medo e levantou acampamento.

Japp assentiu.

– Ainda resta a questão do pincenê. Se fosse da srta. Carroll, o caso parecia solucionado. Ela teria interceptado a carta e, no momento de combinar detalhes com Carlotta Adams, ou num encontro com ela na noite do crime, o pincenê podia ter ido parar, inadvertidamente, na bolsa de Carlotta Adams. Mas, pelo visto, o pincenê não tinha nada a ver com a srta. Carroll. Eu estava caminhando para casa com Hastings, um pouco deprimido, tentando organizar as ideias na cabeça, quando de repente aconteceu um milagre! Primeiro Hastings falou de várias coisas numa determinada ordem. Mencionou que Donald Ross havia sido um dos treze à mesa de sir Montagu Corner e o primeiro a se levantar. Eu estava seguindo minha própria linha de raciocínio e não prestei muita atenção. Mas concluí rapidamente que, a rigor, aquilo não podia ser verdade. Ross podia ter sido o primeiro a terminar de jantar, mas, na verdade, lady Edgware se levantou primeiro, porque foi chamada para atender o telefone. Pensando nela, ocorreu-me uma determinada charada, que, na minha opinião, tinha a ver com sua mentalidade um pouco infantil. Contei para o Hastings. Ele não se interessou. Em seguida, comecei a me perguntar a quem poderia pedir detalhes sobre o que Bryan Martin sentia por Jane Wilkinson. Eu sabia que ela mesma não me contaria. E então uma pessoa na rua fez um comentário casual que me chamou a atenção. Ele disse para a moça com quem conversava que "deveriam ter perguntado logo para a Ellis". E imediatamente a história toda me veio num flash!

Poirot olhou em volta.

– Sim, sim. O pincenê, o telefonema, a mulher baixinha que foi pegar a caixa dourada em Paris. *Ellis*, claro, a criada de Jane Wilkinson. Segui todas as pistas: as velas, a penumbra, a sra. Van Dusen, tudo. Eu *sabia*!

Capítulo 30

A história

Poirot olhou para nós.

– Muito bem, meus amigos – disse, de modo simpático. – Vou lhes contar a verdadeira história do que aconteceu naquela noite. Carlotta Adams sai de seu apartamento às sete horas. De lá, pega um táxi e vai ao Piccadilly Palace.

– O quê? – exclamei.

– Ao Piccadilly Palace. Mais cedo, durante o dia, ela reservou um quarto lá, com o nome de sra. Van Dusen. Usa óculos de lentes grossas, que, como todos nós sabemos, modificam bastante a fisionomia da pessoa. Como eu ia dizendo, ela reserva um quarto, avisando que vai tomar o expresso noturno para Liverpool e que sua bagagem foi na frente. Às oito e meia, lady Edgware chega e pergunta por ela. É levada ao seu quarto. Lá, elas trocam as roupas. De peruca loura, vestido de tafetá branco e abrigo de arminho, *Carlotta Adams, e não Jane Wilkinson, sai do hotel e vai de carro até Chiswick.* Sim, sim, é perfeitamente possível. Estive na casa à noite. A mesa de jantar é iluminada somente por velas, ninguém conhece Jane Wilkinson direito. Tem o cabelo dourado, a famosa voz rouca e os mesmo gestos. Ah, muito fácil. E, se não tivesse dado certo, se alguém tivesse descoberto a farsa, bem, já estava tudo encaminhado. Lady Edgware, de peruca preta, com as roupas de Carlotta Adams e pincenê, paga a conta, manda a maleta para o táxi e parte para Euston. Tira a peruca no banheiro da estação, deixa a maleta no depósito. Antes de ir para Regent Gate, liga para Chiswick e pede para falar com lady Edgware. Tudo combinado entre elas. Se tudo tivesse dado certo e Carlotta não tivesse sido desmascarada, ela deveria responder simplesmente: "Isso. É ela mesma". Nem é preciso dizer que a srta. Adams ignorava o verdadeiro motivo do telefonema. Escutando a senha, lady Edgware segue adiante com o plano. Vai até Regent Gate, pergunta por lorde Edgware, anuncia sua identidade, entra na biblioteca *e comete o primeiro assassinato*. Evidentemente, ela não sabe que a srta. Carroll a está observando do alto da escada. Sabe somente que será a palavra do mordomo (que jamais a tinha visto, lembrem-se, e ela está usando um chapéu que esconde parte de seu rosto) contra o testemunho de dozes pessoas bem conhecidas e ilustres. Ela sai da casa, volta a Euston, põe de novo a peruca preta e pega a maleta. Agora precisa fazer hora até Carlotta Adams voltar de Chiswick. Combinaram um horário aproximado. Ela vai até a Corner House e fica consultando o relógio, porque o tempo demora a passar. Então prepara o segundo assassinato. Coloca a caixinha dourada que encomendou de Paris na bolsa de Carlotta Adams, que, obviamente, está com ela. Talvez tenha sido nesse momento que encontra a carta. Ou talvez tenha sido mais cedo. De qualquer maneira, assim que ela vê o endereço, sente o perigo. Abre o envelope. Suas suspeitas se confirmam. Seu primeiro impulso talvez tenha sido destruir a carta inteira. Mas logo descobre uma solução melhor. Tirando uma página, o texto parece uma acusação contra Ronald Marsh, um sujeito que tinha um forte motivo para cometer o crime. Mesmo que Ronald tivesse um álibi, a carta incriminaria um homem. É isso o que ela faz. Retira uma página e guarda a carta de volta no envelope, devolvendo o envelope para a bolsa. Na hora marcada, caminha em direção ao hotel Savoy. Assim que vê o carro passar (com "ela mesma" dentro), apressa o passo, entra e sobe a escada. Está vestida discretamente de preto. É improvável que alguém repare. Lá em cima, dirige-se ao seu quarto. Carlotta Adams acaba de chegar. A criada recebeu instruções de ir para a cama. Nada fora do normal. Elas trocam as roupas novamente, e lady Edgware sugere um rápido drinque. Para comemorar. Na bebida está o Veronal. Ela parabeniza a vítima e diz que enviará o cheque no dia seguinte. Carlotta Adams vai para casa. Sente-se muito sonolenta, tenta ligar para um amigo, possivelmente Bryan Martin ou o capitão Marsh, pois ambos têm números de Victoria, mas desiste. O cansaço é maior. O Veronal está começando a fazer efeito. Ela vai para a cama *e nunca mais acorda.* O segundo crime foi executado com perfeição. Agora, o terceiro crime. Estamos num almoço. Sir Montagu Corner comenta a respeito de uma conversa que teve com lady Edgware na noite do assassinato. Isso é fácil. Mas ela acaba metendo os pés pelas mãos. Alguém menciona o "Julgamento de Páris", e ela confunde o personagem mitológico com a cidade, que é a única coisa que conhece com esse nome, a Paris da moda e da beleza! O problema é que, na sua frente, está sentado um jovem que compareceu ao jantar em Chiswick, e ele escutou a lady Edgware daquela noite discutindo Homero e a civilização grega de modo geral. Carlotta Adams era uma moça culta. O rapaz não entende. Olha fixamente para ela. E, de repente, ele percebe: *aquela não é a mesma mulher.* Fica extremamente abalado. Não sabe o que fazer. Precisa de um conselho. Lembra-se de mim. Fala com Hastings. Mas lady Edgware ouve a conversa. É esperta o suficiente para se dar conta de que se entregou. Escuta Hastings dizendo que só chegarei em casa às cinco. Às vinte para as cinco, vai até o apartamento de Ross. Ele abre a porta, fica bastante surpreso de vê-la, mas não sente medo. Um jovem forte não precisa sentir medo de uma mulher. Vai com ela até a sala de jantar. Ela inventa uma história qualquer. Talvez ela tenha se ajoelhado e lançado os braços em torno do pescoço dele. Depois, ágil e certeira, desfere o golpe, como antes. Ross talvez tenha soltado um grito abafado, e pronto. Mais um silenciado.

Poirot fez uma pausa. Japp, então, perguntou com a voz rouca:

– Quer dizer que foi sempre ela?

Poirot curvou a cabeça.

– Mas por quê? Se o marido estava disposto a conceder o divórcio.

– Porque o duque de Merton é um pilar do anglo-catolicismo e não se casaria com uma mulher cujo marido estivesse vivo. Um jovem de princípios fanáticos. Como viúva, ela tinha certeza de que ele a aceitaria. Sem dúvida já tentara sugerir o divórcio, mas ele não havia mordido a isca.

– Então por que ela mandou o senhor conversar com lorde Edgware?

– *Ah! Parbleu!* – Poirot, após se mostrar muito correto e inglês, de repente reassumiu a verdadeira identidade. – Para me jogar areia nos olhos! Para que eu fosse testemunha do fato de que não havia motivo para o crime! Sim, ela ousou fazer de mim, Hercule Poirot, seu títere! *Ma foi*, e bem que conseguiu! Oh, que cérebro estranho, infantil e ardiloso. Que talento para a intepretação! Como interpretou bem o papel de mulher perplexa ao saber da carta que o marido lhe escrevera, jurando que jamais a recebeu! Terá sentido algum remorso por algum dos três crimes que cometeu? Sou capaz de jurar que não.

– Eu avisei como ela era – exclamou Bryan Martin. – Eu avisei. Eu sabia que ela ia matá-lo. Tive esse pressentimento. E temia que ela escapasse impune. Ela é esperta como um demônio, mas banca a ignorante. E eu queria que ela sofresse. Queria que penasse. Que fosse enforcada por isso.

Seu rosto estava vermelho. A voz lhe saía pastosa.

– Calma aí – disse Jenny Driver.

Falava exatamente como as babás falavam com crianças pequenas no parque.

– E a caixa dourada com a inicial D e Paris, novembro, no interior?

– Ela encomendou por carta e mandou Ellis, a criada, ir buscá-la. Naturalmente, Ellis limitou-se a apanhar o embrulho pelo qual pagou. Não tinha a menor ideia do que continha. Além disso, lady Edgware pegou emprestado um pincenê de Ellis para ajudar no disfarce de sra. Van Dusen. Esqueceu-se dele na bolsa de Carlotta Adams. O único erro que cometeu. Oh! Isso me ocorreu no meio da rua! Não foi muito educado o que o motorista de ônibus gritou para mim, mas valeu a pena. Ellis! O pincenê de Ellis. Ellis indo pegar a caixa em Paris. Ellis e, portanto, Jane Wilkinson. É bem possível que ela tenha pegado com Ellis mais alguma coisa além *de* pincenês.

– O quê?

– Um bisturi de manicure, para calos.

Estremeci.

Fez-se um silêncio momentâneo.

Depois, Japp perguntou, com estranha confiança na resposta:

– Monsieur Poirot, isso é *verdade*?

– Sim, é verdade, *mon ami*.

Então Bryan Martin falou, com palavras bem típicas dele.

– Mas escute uma coisa – disse, irritado. – E *eu* nessa história? Por que *me* trouxe aqui hoje? Por que me dar esse susto?

Poirot olhou friamente para ele.

– Para puni-lo, monsieur, pela sua impertinência! Como ousa brincar com Hercule Poirot?

Jenny Driver começou a rir sem parar.

– Bem feito, Bryan – disse, quando conseguiu falar.

– Fico feliz que não tenha sido Ronnie Marsh – declarou. – Sempre gostei dele. E estou muito feliz, *felicíssima*, de que a morte de Carlotta não ficará impune! Quanto ao Bryan, vou lhe contar uma coisa, monsieur Poirot. Vou me casar com ele. E se ele acha que pode se divorciar e se casar a cada dois ou três anos, como se faz em Hollywood, está muito enganado. Vai se casar comigo e sossegar o facho.

Poirot olhou para ela, reparando no queixo resoluto e na cabeleira flamejante.

– É muito possível, mademoiselle, que assim seja – disse ele. – Eu não falei que a senhora tinha sangue-frio? Até para se casar com um artista de cinema.

Capítulo 31

Um documento humano

Um ou dois dias depois, fui chamado repentinamente de volta à Argentina, de modo que nunca mais vi Jane Wilkinson. Acompanhei o julgamento e a condenação pelos jornais. O que me pareceu inusitado é que ela desmoronou ao ser acusada da verdade. Enquanto podia se orgulhar de sua esperteza e desempenhar seu papel, não cometeu nenhum erro. Mas no momento em que perdeu a autoconfiança, devido à descoberta do plano, mostrou-se incapaz, como uma criança, de continuar com a dissimulação. Submetida a interrogatório, sofreu um colapso nervoso.

Assim, como eu já disse antes, aquele almoço foi a última vez em que vi Jane Wilkinson. Mas, quando penso nela, vejo-a sempre da mesma forma: de pé, em seu apartamento no Savoy, experimentando luxuosas roupas de luto, com o rosto sério e compenetrado. Estou convencido de que não era pose. Estava sendo totalmente espontânea. Havia realizado seu plano e, portanto, não tinha mais apreensões nem dúvidas. Não acredito tampouco que tenha sentido qualquer remorso pelos três crimes cometidos.

Reproduzo aqui um documento que ela pediu que fosse enviado a Poirot após sua morte. É, a meu ver, típico dessa mulher tão bela e completamente inescrupulosa.

Prezado monsieur Poirot, tenho refletido bastante sobre as coisas e senti o desejo de lhe escrever esta carta. Sei que o senhor às vezes publica relatórios de seus casos. Não creio que já tenha publicado um documento de próprio punho do culpado. Outro desejo meu é de que todo mundo saiba exatamente o que eu fiz. Continuo achando que foi tudo muito bem planejado. Se não fosse o senhor, a coisa teria dado certo. Fiquei com um pouco de raiva, mas suponho que o senhor não tinha outra opção. Tenho certeza de que dará a devida importância ao que estou lhe enviando. Promete? Eu gostaria de ser lembrada. E creio que, de fato, sou uma criatura singular. Todo mundo aqui parece pensar assim.

Tudo começou nos Estados Unidos, quando conheci Merton. Percebi logo que, se eu fosse viúva, ele se casaria comigo. Infelizmente, ele tinha uma espécie de preconceito estranho contra divórcio. Tentei passar por cima disso, mas não consegui e tive que tomar cuidado, porque ele era uma pessoa bastante bizarra.

Logo me dei conta de que meu marido tinha que morrer, só não sabia como. Nos Estados Unidos, é normal imaginar esse tipo de coisa. Pensei muito, mas não conseguia encontrar uma resposta. E aí, de repente, fui assistir ao espetáculo de Carlotta Adams, em que ela faz uma imitação minha, e na mesma hora comecei a arquitetar um plano. Com a ajuda dela, eu teria um álibi. Naquela mesma noite, vi o senhor, e de repente me pareceu uma boa ideia pedir-lhe para conversar com o meu marido sobre divórcio. Ao mesmo tempo, comecei a espalhar que queria matar meu marido, porque sempre notei que, quando dizemos a verdade brincando, ninguém acredita. Já fiz isso várias vezes com contratos. E também é sempre bom aparentar mais ignorância do que se tem. Em meu segundo encontro com Carlotta Adams, abordei o assunto. Disse que era uma aposta, e ela caiu como um patinho. Ela deveria se passar por mim numa reunião e, se não fosse descoberta, ganharia dez mil dólares. Ela ficou bem entusiasmada e me deu várias ideias, sobre a troca de roupas e esse tipo de coisa. Não podíamos nos encontrar aqui por causa de Ellis e não podíamos nos encontrar no apartamento dela por causa de sua criada. Carlotta, evidentemente, não entendia por quê. Foi uma situação meio complicada. Limitei-me a dizer que não dava. Ela me achou um pouco boba, mas aceitou, e pensamos no plano do hotel. Levei o pincenê de Ellis.

Evidentemente, logo percebi que Carlotta também teria que ser eliminada. Era uma pena, mas aquelas imitações suas constituíam uma verdadeira afronta. Se eu não tivesse gostado da minha, teria me sentido bastante ultrajada. Tinha um pouco de Veronal comigo, embora raramente tomasse. Então, era fácil. E depois me ocorreu uma ideia brilhante. Seria muito melhor se desse a impressão de que ela estava habituada a tomar o remédio. Encomendei uma caixa, duplicata de uma que me deram de presente, e mandei gravar suas iniciais na tampa, com uma inscrição dentro. Achei que se eu colocasse uma letra qualquer e "Paris, novembro" por dentro, dificultaria tudo. Escrevi do Ritz encomendando a caixa, um dia em que eu estava almoçando lá. E mandei Ellis buscá-la. Obviamente, ela não sabia o que era.

Tudo transcorreu bastante bem aquela noite. Enquanto Ellis estava em Paris, peguei um dos bisturis que ela usava para cortar calos, porque era afiado e prático. Ela nunca percebeu, pois guardei o bisturi no mesmo lugar depois. Foi um médico de São Francisco que me mostrou onde enfiá-lo. Ele estava falando sobre punções da medula espinhal e da cavidade linfática, e disse que era preciso tomar muito cuidado para não perfurar a cisterna magna até o bulbo raquidiano, onde se encontram todos os centros nervosos vitais, o que provocaria a morte instantânea. Pedi que ele me mostrasse o ponto exato diversas vezes. Julguei que pudesse ser útil algum dia. Falei que pretendia usar a ideia num filme.

Achei uma traição Carlotta Adams escrever para a irmã. Ela havia prometido que não contaria para ninguém. Creio que fui muito esperta por me dar conta de que seria bom rasgar aquela página, suprimindo o pronome. Pensei em tudo sozinha. Acho que nada me deu tanto orgulho quanto isso. Todo mundo sempre diz que não sou inteligente. Mas a pessoa tem que ser bastante inteligente para ter uma ideia dessas.

Pensei em todos os detalhes com todo o cuidado e fiz exatamente o que havia planejado quando veio o homem da Scotland Yard. Até me diverti com a situação. Parecia que ele ia realmente me prender. Eu me sentia bastante segura, porque eles teriam que acreditar em todas aquelas pessoas presentes no jantar, e eu não via como eles poderiam descobrir sobre a troca de roupas entre mim e Carlotta.

Depois disso, fiquei extasiada. Estava com sorte e realmente sentia que tudo ia dar certo. A velha duquesa se portava de maneira lamentável comigo, mas Merton era um doce. Queria que nos casássemos o quanto antes e não suspeitava de nada.

Acho que nunca fui tão feliz como nessas curtas semanas. A prisão do sobrinho do meu marido me deixou ainda mais segura. E orgulhosíssima por ter pensado em arrancar aquela página da carta de Carlotta Adams.

A história de Donald Ross foi pura falta de sorte. Até agora, não sei direito como ele me descobriu. Foi alguma coisa a ver com Paris ser uma pessoa e não uma cidade. Não imagino quem tenha sido Páris, e, de qualquer maneira, acho um nome horrível para homem.

É curioso: quando começamos a ter azar, a coisa não para mais. Eu precisava fazer alguma coisa rapidamente para me livrar de Donald Ross, e deu tudo certo. Mas podia não ter dado, porque não tive tempo de pensar nem de arrumar um álibi. Depois disso, eu me senti realmente segura.

Evidentemente, Ellis me contou que o senhor a tinha chamado para um interrogatório, mas achei que fosse alguma coisa relacionada com Bryan Martin. Não imaginava aonde o senhor queria chegar. O senhor não lhe perguntou se ela tinha buscado o pacote em Paris. Suponho que pensou que, se ela me contasse isso, eu acabaria desconfiando. Pois não desconfiei de nada e fiquei totalmente surpresa. Não conseguia acreditar. Impressionante como o senhor parecia saber de tudo o que eu tinha feito.

Acabei entregando os pontos. Não tinha como lutar contra a sorte. Porque foi falta de sorte, não foi? Fico me perguntando se o senhor não sente nenhum remorso pelo que fez. Afinal, eu só desejava ser feliz, do meu jeito, é verdade. E, se não tivesse sido por mim, o senhor jamais teria se envolvido no caso. Como é que eu ia saber que o senhor era tão inteligente? O senhor não parecia tão inteligente assim.

É engraçado, mas não perdi minha beleza. Apesar do julgamento extenuante, das coisas pavorosas que o homem do outro lado me disse e da maneira como me bombardearam com perguntas.

Estou muito mais magra e pálida, mas até que estou bem. Todo mundo diz que sou muito corajosa. Não se enforcam mais as pessoas em público, não é? Uma pena.

Tenho certeza de que nunca houve uma assassina como eu.

Agora, preciso me despedir. É tão estranho. Parece que não entendo muito bem o que está acontecendo à minha volta. Vou falar com o capelão amanhã.

Com o meu perdão (porque devo perdoar meus inimigos, não devo?),

Jane Wilkinson.

P.S.: o senhor acha que vão me colocar no museu Madame Tussauds?

Coleção L&PM POCKET

1281.**Da Terra à Lua** – Júlio Verne
1282.**Minhas galerias e meus pintores** – Kahnweiler
1283.**A arte do romance** – Virginia Woolf
1284.**Teatro completo v. 1: As aves da noite** ***seguido de*** **O visitante** – Hilda Hilst
1285.**Teatro completo v. 2: O verdugo** ***seguido de*** **A morte do patriarca** – Hilda Hilst
1286.**Teatro completo v. 3: O rato no muro** ***seguido de*** **Auto da barca de Camiri** – Hilda Hilst
1287.**Teatro completo v. 4: A empresa** ***seguido de*** **O novo sistema** – Hilda Hilst
1289.**Fora de mim** – Martha Medeiros
1290.**Divã** – Martha Medeiros
1291.**Sobre a genealogia da moral: um escrito polêmico** – Nietzsche
1292.**A consciência de Zeno** – Italo Svevo
1293.**Células-tronco** – Jonathan Slack
1294.**O fim do ciúme e outros contos** – Proust
1295.**A jangada** – Júlio Verne
1296.**A ilha do dr. Moreau** – H.G. Wells
1297.**Ninho de fidalgos** – Ivan Turguêniev
1298.**Jane Eyre** – Charlotte Brontë
1299.**Sobre gatos** – Bukowski
1300.**Sobre o amor** – Bukowski
1301.**Escrever para não enlouquecer** – Bukowski
1302.**222 receitas** – J. A. Pinheiro Machado
1303.**Reinações de Narizinho** – Monteiro Lobato
1304.**O Saci** – Monteiro Lobato
1305.**Memórias da Emília** – Monteiro Lobato
1306.**O Picapau Amarelo** – Monteiro Lobato
1307.**A reforma da Natureza** – Monteiro Lobato
1308.**Fábulas** ***seguido de*** **Histórias diversas** – Monteiro Lobato
1309.**Aventuras de Hans Staden** – Monteiro Lobato
1310.**Peter Pan** – Monteiro Lobato
1311.**Dom Quixote das crianças** – Monteiro Lobato
1312.**O Minotauro** – Monteiro Lobato
1313.**Um quarto só seu** – Virginia Woolf
1314.**Sonetos** – Shakespeare
1315(35).**Thoreau** – Marie Berthoumieu e Laura El Makki
1316.**Teoria da arte** – Cynthia Freeland
1317.**A arte da prudência** – Baltasar Gracián
1318.**O louco** ***seguido de*** **Areia e espuma** – Khalil Gibran
1319.**O profeta** ***seguido de*** **O jardim do profeta** – Khalil Gibran
1320.**Jesus, o Filho do Homem** – Khalil Gibran
1321.**A luta** – Norman Mailer
1322.**Sobre o sofrimento do mundo e outros ensaios** – Schopenhauer
1323.**Epidemiologia** – Rodolfo Sacacci
1324.**Japão moderno** – Christopher Goto-Jones
1325.**A arte da meditação** – Matthieu Ricard
1326.**O adversário secreto** – Agatha Christie
1327.**Pollyanna** – Eleanor H. Porter
1328.**Espelhos** – Eduardo Galeano
1329.**A Vênus das peles** – Sacher-Masoch
1330.**O 18 de brumário de Luís Bonaparte** – Karl Marx
1331.**Um jogo para os vivos** – Patricia Highsmith
1332.**A tristeza pode esperar** – J.J. Camargo
1333.**Vinte poemas de amor e uma canção desesperada** – Pablo Neruda
1334.**Judaísmo** – Norman Solomon
1335.**Esquizofrenia** – Christopher Frith & Eve Johnstone
1336.**Seis personagens em busca de um autor** – Luigi Pirandello
1337.**A Fazenda dos Animais** – George Orwell
1338.**1984** – George Orwell
1339.**Ubu Rei** – Alfred Jarry
1340.**Sobre bêbados e bebidas** – Bukowski
1341.**Tempestade para os vivos e para os mortos** – Bukowski
1342.**Complicado** – Natsume Ono
1343.**Sobre o livre-arbítrio** – Schopenhauer
1344.**Uma breve história da literatura** – John Sutherland
1345.**Você fica tão sozinho às vezes que até faz sentido** – Bukowski
1346.**Um apartamento em Paris** – Guillaume Musso
1347.**Receitas fáceis e saborosas** – José Antonio Pinheiro Machado
1348.**Por que engordamos** – Gary Taubes
1349.**A fabulosa história do hospital** – Jean-Noël Fabiani
1350.**Voo noturno** ***seguido de*** **Terra dos homens** – Antoine de Saint-Exupéry
1351.**Doutor Sax** – Jack Kerouac
1352.**O livro do Tao e da virtude** – Lao-Tsé
1353.**Pista negra** – Antonio Manzini
1354.**A chave de vidro** – Dashiell Hammett
1355.**Martin Eden** – Jack London
1356.**Já te disse adeus, e agora, como te esqueço?** – Walter Riso
1357.**A viagem do descobrimento** – Eduardo Bueno
1358.**Náufragos, traficantes e degredados** – Eduardo Bueno
1359.**Retrato do Brasil** – Paulo Prado
1360.**Maravilhosamente imperfeito, escandalosamente feliz** – Walter Riso
1361.**É...** – Millôr Fernandes
1362.**Duas tábuas e uma paixão** – Millôr Fernandes
1363.**Selma e Sinatra** – Martha Medeiros
1364.**Tudo que eu queria te dizer** – Martha Medeiros
1365.**Várias histórias** – Machado de Assis
1366.**A sabedoria do Padre Brown** – G. K. Chesterton
1367.**Capitães do Brasil** – Eduardo Bueno
1368.**O falcão maltês** – Dashiell Hammett
1369.**A arte de estar com a razão** – Arthur Schopenhauer
1370.**A visão dos vencidos** – Miguel León-Portilla

IMPRESSÃO:

PALLOTTI
GRÁFICA

Santa Maria - RS | Fone: (55) 3220.4500
www.graficapallotti.com.br